推し婚

婚姻届は、提出用、観賞用、保管用の３枚でお願いします！

ルネッタⓁブックス

推し婚

婚姻届は、提出用、観賞用、保管用の３枚でお願いします！

平井琴美《ひらいことみ》は緊張していた。

自分が座らされている超豪華応接セットのふかふかなソファにも、指紋さえ付いていないクリスタル製のローテーブルにも、地上三十階建てのオフィスビルにあるこの一室にも、長い脚を優雅に組んでいる目の前の男にも——

その彼が無言で手にしているのは、琴美の履歴書だ。

そう、琴美は今、就職面接の真っ最中なのだ。つまり、目の前の彼は面接官。まだ二十代後半か、三十歳前半に見える彼は、実はこの会社の社長さんらしい。

短い黒髪の前を上げて、キリッとした意志の強そうな眉を出しているから、整った顔立ちがよく見える。男の人は眉と目の距離が近いほうがよりイケメンに見えるという法則があるらしいが、彼はまさしくそれに当てはまる。スッと鼻筋が通っていてかなりの男前だ。クールな眼差《まなざ》しにじっと見つめられると、緊張に緊張が重なって、脈拍がとんでもないことになってしまう。

(ひぇ〜〜。芸能界でもトップクラスのイケメンだよぉ〜〜)

誇《ほこ》れる経歴も、レアな資格や免許もない。おまけに高校卒業の十八歳から二十一歳の三年間には謎の空白……。更に二十一歳から二十五歳までは通信制の大学。

通信制の大学はまだいいとしても、謎の三年間の空白——これがいけなかった。人事に好印象を残せるはずもなく、琴美は書類選考で落とされること通算九十九社。大企業は言わずもがな、中小企業からも敬遠されているのをいやというほど感じる。お陰で琴美は、通信制の大学を卒業して三ヶ月が経つ今も、不安定なアルバイト生活だ。

——どんな仕事でもいいから正社員になりたい！

そんな必死な思いで手当たり次第に送った履歴書で、やっとこさ面接まで辿《たど》り着けたのがここ——株式会社キスマダールという、今をときめくスマートフォン向けのゲーム制作会社だ。

キスマダールをメジャーにしたのは、『プロデューサーになって、君だけのアイドルグループを育てて武道館に連れて行こう！』——というコンセプトでリリースされたスマートフォンゲーム〝アイドルプロデューション〟だ。これが男性アイドルであれ、女性アイドルであれ、プレイヤーであるプロデューサーとの恋愛要素もあるストーリーがウケにウケて大ヒット。しかも、続けて出した別のパズルゲームもヒットして、年間売上高は七〇〇億円。今や十代から三十代のスマートフォンには、キスマダール製のゲームアプリが何某《なにがし》か一本は入っているという、スマートフォンゲーム業界でシェアナンバーワンを誇る会社だ。テレビCMもバンバン流れている。

今回の求人は、そのキスマダールの社長秘書なのだ。しかも、社長直々の面接である。

(秘書の経験なんてないけど、採用してもらえるのかな？　そもそもココ、未経験者ＯＫって書いてあったかな？　ああ〜いっぱい履歴書送ったから覚えてないよ。そもそもわたし、ゲームしないし……やばい、緊張からお腹が痛くなってきたかもしれない……)

ハーフアップにしたミディアムの黒髪と、オーソドックスな就活スーツ姿で、にこにこと微笑みながらお行儀よく脚を斜めに揃え、両手を太腿の上に重ねる。

腹が痛かろうがなんだろうが、やっと面接まで辿り着けたこのチャンスをふいにしてなるものか。なんとしてもこの若い社長さんに好印象を持ってもらわねば、連続不採用歴が三ケタの大台に乗ってしまう。琴美は緊張から汗ばむ手をそっとさすった。

「平井琴美さん……七月二十五日生まれなんですね？」

いくつか聞かれた採用面接マニュアルそのままの質問が終わったと思ったら、確かめるようにそんなことを聞かれて、おもわずぱちぱちと瞬《まばた》きする。おおよそ、採用面接には必要のない質問に思えたのだ。が、確かにそう履歴書に書いたのは自分だし、紛《まぎ》れもない事実である。

「あ、はい。そうです……」

とりあえず素直に頷《うなず》くと、彼は続けて「血液型は？」と尋ねてきた。

「えっと、A型です」

どうしてこんなことを聞くのだろう？　誕生日は履歴書に書いたが、血液型は書いていない。もしかして彼は、採用する秘書との相性をはかるのに、誕生日占いや、血液型占いでも重要視しているのだろうか？　まぁ、世の中にはそういう信条の人もいるのかもしれない。

「ありがとうございます。面接は以上で終了です。私は平井さんを採用したいと思っています」

「本当ですか!?」

（やった！　やりました！　平井琴美、ついに夢の正社員！）

声が出るのと同時に、心の中で万歳三唱をする。ついでに紙吹雪なんか舞っちゃたりして、自分の新たな門出を祝う。

（あ、でもわたしに秘書なんて勤まるかな？　大丈夫かな？　そこは不安だなぁ……）

「そこで雇用にあたって、最後に一点、質問があります」

「し、質……問……」

「大切なことなので、正直に答えてもらいたいと思っています」

琴美はごくっと生唾を呑《の》んだ。それは、聞かれるであろう質問内容に心当たりがあるからだ。

履歴書にある、高校卒業後からの三年間にわたる謎の空白期間――

（ぜ、絶対聞かれる……どうしよう……）

なにせ今まで、書類選考でバンバン落とされていたものだから、質問の答えをきちんと考えていなかったのだ。

高校は卒業しているから、いじめ等による引き籠もりの線は厳しいだろう。通信大学に入学することはそれほど難しくない。では第一志望の大学に入れずに、三年浪人した挙げ句に入ったのが通信大学だという話をでっち上げる？　でも、それはそれで、当初の目標を完遂できなかった人間というふうに見られやしないだろうか？

（な、なんて答えたら――）

琴美の考えがまとまる前に、目の前の若い社長さんは、自分の両膝に肘を突き、顔の前で両手を組み合わせた状態で、真っ直《ます》ぐに見つめてきた。

「平井さんはもしかして、Re《レ》＝M《ム》に所属していた元メンバー、白石《しらいし》ことりさんではありませんか？」

「っ！」

　質問の体《てい》を取りながらも、確信を持ったかのような強い口調に、反射的にビクッと身体が強張《こわば》った。

　Ｒｅ＝Ｍ――正式名称は、〝Render＝Move〟《レンダー＝ムーブ》。赤坂《あかさか》かすみ、青井《あおい》さやか、萌黄《もえぎ》ゆえ、緑野《みどりの》とも、そして黒木《くろき》なぎさの女性五人からなるアイドルユニットだ。

　元は地方のローカルアイドルだったのだが、数々のアイドルやスターを世に生み出してきた、有名音楽プロデューサー・原田隆《はらだたかし》がバックについたことから一気にブレイク。今や十代の若者たちを中心に絶大な支持を集めており、二日間にわたる単独武道館ライブで、のべ十二万人を動員した。去年の女性アーティスト一位にも輝いている。

　もっとも、〝白石ことり〟はＲｅ＝Ｍが地上波デビューを果たす直前に、芸能界を引退。代わりに黒木なぎさがメンバー入りしている。今は黒木《かのじょ》がセンターだ。

（……大きな会社だもの……事前調査みたいなのがあったのかな……）

　琴美がアイドルだった時期は、十六歳から十九歳までの三年間と短い。

　アイドル期間中に通っていた高校は、通常通り十八歳で卒業したものの、十九歳の終わり頃から二年間余り実家に引き籠もり、二十一歳の頃に再び上京して、通信制の大学に入学。バイトを掛け持ちしながら、二十五歳で卒業したわけだ。実家を出たのは家族との軋轢《あつれき》を避《さ》けたかったから。地元の大学ではなく通信大学を選んだのは、自分を知る人と会いたくなかったから……

　これが琴美の履歴書に発生している、謎の空白の正体だ。

　もしも事前調査があったのなら、ここで嘘《うそ》をつけば採用なしになるだろう。それに、前職を知らせておくことは常識の範囲内――

琴美はゆっくりと深呼吸をすると、自分の反応をじっと窺《うかが》う社長さんの目を見つめ返した。

「はい……恥ずかしながら、白石ことりの名前でアイドル活動をしていた時期がありました……」

「やはりそうでしたか――」

神妙そうにそう言った社長さんは、一度言葉を切ると、今度はキリッとした顔になった。

「ファンです」

「はい？」

おもわず素《す》で聞き返してしまい、目をぱちくりする。

しかし、そんな琴美の反応などお構いなしに、彼はずいっと身を乗り出した。

「ファンです。俺、白石ことりちゃんの大ファンです。Ｒｅ＝Ｍがブレイクする前からの、ことりちゃんファンです」

地味に興奮しているのか、早口になった上に、一人称まで変わった社長さんの反応に、かなり動揺してしまう。さっきまで、クールでスマートだったキャラが一瞬で完全崩壊だ。

「えっ？　ど、どうも、ありがとうございます……？」

疑問形でお礼を言いながらも、冷静になってみればこれほど嬉《うれ》しいことはない。

髪型も髪色も、メイクの仕方ひとつ取っても、現役当時の自分とは違う。それに、Ｒｅ＝Ｍの公式サイトから、白石ことりのプロフィールが削除されて久しい。ことり時代の写真もほぼインターネット上に残っていない。Ｒｅ＝Ｍの野外ライブは、ファンによる撮影は禁止されているからだ。

写真が欲しければ、ブロマイドやフォトブックを購入。もしくは2ショット写真会のイベントに参加してもらうことがルールとなっている。

琴美がＲｅ＝Ｍから外されたのは、Ｒｅ＝Ｍがライブハウスデビュー、地上波デビューする前のことだ。Ｒｅ＝Ｍファンの中でも相当の古参でないと、幻の六人目のメンバーのことは知らないだろう。現に今までバイト先で、〝Ｒｅ＝Ｍにいた白石ことり本人だ〟と気付いた人はいなかったのだ。

でも、彼は気付いてくれた。しかも確信を持っていた。きっと余程のファンだったに違いない。

（活動期間短かったのに、まだわたしのこと覚えてくれてる人がいたんだ。ちょっと感動……）

地元なら琴美がアイドル活動をしていたことを知っている人はいるが、ファンではない。それにファンだと言ってくれたことよりも、正直、覚えていてくれたことのほうが嬉しい。

ポッと頬に色が付いた琴美は、照れ隠しに俯《うつむ》いた。

「……照れたことりちゃんマジ可愛い……うぉ……これは天使……！　神の最高傑作……！」

（？）

ボソボソとなにか言われた気がして、パッと顔を上げると、キリッと姿勢を正した社長さんと目が合う。

（え？　今、社長さん、両手で頭抱えてなかった……？）

見間違いだろうか？　彼の手がサッと動いたような？　なんて言っているのかはわからなかったが、声だって聞こえた気がしたのだが……？

動揺する琴美をよそに、社長さんは姿勢を正したまま口を開いた。

「では、労働契約書にサインをいただけますか？　あ、今日は印鑑はお持ちで？」

「は、はい！　あります！」

社長さんは立ち上がると、窓際にある重厚な机から書類を取って、琴美に差し出してきた。

「内容は求人に出していたものと同じですが、一応目を通してからサインと印鑑をお願いします」

「はい、わかりました」

言われた通りにパラパラと書類を捲《めく》って、内容をひと通り確認する。

勤務時間は基本的には午前九時から、午後六時まで。昼休みは一時間、適宜休憩ありで、土日が休み。ただし、土日に勤務が入った際は代休取得が可能。雇用保険、社会保険、他にも各種休暇制度や、住宅手当て、時間外手当て、交通費全額支給など手厚い福利厚生を完備。一年目から有給の取得が可能。しかも、年に二回ボーナスが出る！　ああ、素晴《すば》らしきかな、ホワイト企業!!　さらば、不安定なバイト生活！

琴美は喜んで契約書にサインをした。もちろん印鑑も忘れない。

「では次にこちらにも」

同じ契約書を差し出される。なるほど、控えを双方持つということか。

琴美は二枚目の契約書にも迷うことなくサインと捺印をした。

「次はこちらに。丸で囲っているところだけで結構です」

三枚目の紙は契約書ではなく、一枚の薄いペラ紙だった。

(覚え書きみたいなものかな？　大きな会社の正社員ともなると、何枚も契約書が必要なのね)

今回初めて正社員になる琴美は、そういうものかもしれないと思いながらペラ紙を受け取った。そして鉛筆で書いたであろう、薄い丸で囲まれた欄の中に「平」の三画部分まで書いてから、ふと手をとめる――

「あ、あの、これ、こ、こ、婚姻届……？」

ペラ紙の左上にしれっと書かれているのは〝婚姻届〟の文字だ。今は、正社員として採用してもらうための書類を書いている最中だったはず。なのに、突然出てきたのは〝婚姻届〟。何度見ても、〝婚姻届〟。見間違えようもないくらい〝婚姻届〟である。

（え？　え？　えっ⁇）

ペラ紙と、それを差し出してきた社長さんの顔を交互に見ながら、激しく狼狽《うろた》える。どうして婚姻届《こんなもの》が？　なにかの間違いか⁉　琴美の頭の中はもうパニックだ。

そのとき、彼が真顔で口を開いた。

「好きです。結婚してください」

「……はい？」

ちょっとどころか、だいぶ引き攣《つ》った笑顔を向けて小首を傾《かし》げる。

事態が呑み込めない。婚姻届を渡され、好きだと言われる？　まるでプロポーズみたいじゃないか！　琴美にしてみれば、彼は今日会ったばかりの人なのに！

しかし目の前の社長さんは、膝に載せた両手を顔の前で組み合わせたまま、至極真面目《まじめ》に言い放つのだ。

「好きです。結婚してください」

（……そ、そんな、繰り返されても……）

さっきの引き攣った笑顔と、小首を傾げたままのポーズで完全にフリーズする。そんな琴美の反応など物ともせずに、彼はなにかのスイッチが入ったかのように、突然、語りはじめた。

「俺は白石ことりちゃんに救われたんです。実は俺、サラリーマン時代、過労で頭がおかしくなった時期がありまして、毎日、死にたい、死にたいと思っていました。忘れもしません。六年前の七月二十八日、霞《かすみ》ケ《が》関《せき》駅の前で歌っていたあなたからレスを貰《もら》った瞬間。生きる気力が湧いてきたんです！　完全にガチ恋しました。気が付いたら、ＣＤとフォトブックを買っていました。Ｒｅ＝Ｍのライブにも何度も行きました。でも、サラリーマン勤めだと思うように休みが取れなくて、でもことりちゃんに貢ぎたいから金は必要で……。じゃあもう、自分が好きなときに休める自分のための会社を作っちゃえばいいんじゃないか!?　そんでもってＲｅ＝Ｍのスポンサーになればよくないか!?　と思いまして、現在に至るわけです」

（い、至っちゃったんですか!?）

いつの間にか立ち上がり、握り拳《こぶし》を固め、早口で熱弁している社長さんを見上げて、呆気《あっけ》に取られるしかない。

アイドルは虚像だ。そこにいるが、すべては人の心を掴むために、計算して作られた存在。そこに理想の恋愛対象を投影して、本気《ガチンコ》で恋してしまうガチ恋勢という方がいらっしゃるが、彼はそのタイプなのか!?

彼が言うレスというのは、ライブ中にステージ上のアイドルが、ファンに対して目線を送ったり、手を振ったりといったアクションサインを送ることだ。だいたいが振り付けで決まっていて、余裕があるときにするもの。特定の誰かに向けてするというよりは、カメラが回ったときにカメラの動きにキメポーズを持っていけるようにする練習のような役割もある。

やっているアイドル側からするとそんなレスでも、ファンからすれば「自分にレスが来た！」「自分のことを見てくれた！」と大興奮モノなのだ。そしてそれが、ライブの醍醐味《だいごみ》でもある。

琴美がＲｅ＝Ｍに在籍していた頃は、Ｒｅ＝Ｍがメジャーデビューする前——つまりは下積み期間に相当する。Ｒｅ＝Ｍの存在をアピールするため、いろんな駅前で路上ライブを行ってきた。霞ヶ関駅で路上ライブをした覚えも、うっすらとだがある。しかし、日付までは覚えていない。確か、夏だった気はするが……そのときに誰にレスをしたかなんて、まったく記憶にないのだ。

「ほら、うちの会社の名前〝キスマダール〟っていうじゃないですか？　これ、ハンガリー語で〝小鳥〟っていう意味なんですよ。スポンサーになって、ことりちゃんに会えたら、『あなたに勇気を貰って作った会社です』って言いたくて」

そう言った彼は、少しはにかんだ笑顔だ。

（ファンになってくれたのは嬉しいけど……え？　わたしがきっかけでこの会社作っちゃったんですか⁉　もともとの勤め先を辞めて⁉）

その心意気は嬉しいが、起業が成功するかはわからなかっただろうに、なんて無茶な……

「会社が軌道に乗ってきて、Ｒｅ＝Ｍも順調にブレイクの兆《きざ》しが見えてきて、Ｒｅ＝Ｍの野外ライブに行くために、いつものように、ことりちゃんカラーの白いペンライトを片手に俺は会社を出ました。でもその日、舞台の上にことりちゃんはいなかった……」

「………」

当時のことを思い出して、琴美は小さく唇を引き結んだ。

舞台に上がる準備は、いつだってできていた。歌やダンスのレッスンも欠かず、体調だってバッチリ整えていた。年が明けて数日経った頃、琴美は音楽プロデューサーである原田に、ひとり呼び出されたのだ。

原田は当時四十半ばで、髪はドレッド、いつもスリッパをぺったんぺったんと響かせて歩いている。そして独特のオーラがある太ったおじさんだったが、書く歌詞は魂に訴えかけるようなものがあり、歌の指導も的確。この人は本物の天才なのだと、琴美は彼を尊敬していた。

稽古《けいこ》の終わったスタジオの一室で、ソファに腰を下ろした原田は、琴美を自分の隣に座らせてこう言った。

『今のRe＝Mはオールセンターだ。特別なセンターがいない。今のメンバー内ではぁ、歌唱力、声量、ダンステクニックもおまえが頭ひとつ抜きん出ている』

『ありがとうございます！　原田さん！』

尊敬するプロデューサーに褒《ほ》められて、おもわず頬がほころぶ。

(小さな頃からバレエを習っててよかった！)

原田は満足そうに頷《うなず》いて、琴美の頭を撫《な》でてきた。

『これからは野外ライブを減らして、箱《ライブハウス》でやっていくつもりだ。ことり、俺はなぁ、そのときおまえをセンターにしたいと思っている』

『センター!?　わたしがセンターでいいんですか!?』

琴美の胸は一気に高鳴った。

五人のアイドルユニットだ。中央に来るメンバーは歌によって違う。それぞれにテーマソングがあり、Ｒｅ＝Ｍは平等にセンターを務めていたのだ。原田はその体制を変えるつもりらしい。センターはアイドルの憧れだ。琴美だってアイドルという仕事に誇《ほこ》りを持っている。上を目指したいと思うのは当然だし、自分を応援してくれるファンの期待に応えたい。

（わたしがセンターに……！）

『……おまえがセンターになれるかどうかは、この俺の心持ちひとつだ……。わかるな……？』

そう言いながら、スカートの中に手を入れられて、太腿を直《じか》に撫で回される。

恐怖で固まった琴美に、原田の酒臭い息が吹きかけられて、れろーっと耳を舐《な》められる。そのあとシャツの胸元のボタンを外され――……

当時十九歳だった琴美は、あっという間にパニックになって、泣きながら部屋を飛び出していたのだ。

（な、なに？　なに、やだ！　怖い！　怖い、怖い、怖いよぉ……）

尊敬していたプロデューサーから、センターになる代わりに身体を求められた？　原田の生暖かい手の感触や、吹きかけられた吐息が自分に纏《まと》わりついているようで気持ち悪く、それを振り払うように泣きながら全力で走った。

『マネージャーッ！』

ちょうど廊下をひとりで歩いていた、Ｒｅ＝Ｍの専属マネージャーである、松井《まつい》を呼びとめて助けを求める。まだ二十代中盤と若いが、Ｒｅ＝Ｍの下積み期間を支えてくれた信頼できる人だ。

胸元を乱し、泣きじゃくる琴美を見て何事かを察したのか、彼は琴美を別室に連れて行ってくれた。

『ことり、座るといい。今、温かい飲み物を淹《い》れるから』

松井はそう言って、自分のジャケットを脱いでことりの肩に掛けると、ソファへと座らせた。

涙を拭《ぬぐ》って、乱れた胸元のボタンを掛け直そうとするが、うまくできない。指先がガクガクと震える。指先と言わず、身体そのものが、信じられないくらい冷たくなっていた。それを見た彼は、ソファに座る琴美の足元に片膝を突いて、代わりにボタンを掛けてくれた。

『ことり、なにがあったかだいたい察しはつくけど、誰にも言わないほうがいい』

『……え？』

真っ白だった頭が更に真っ白になる。

『枕だろ？　この業界にはよくあることだ。警察に言って事件になるとね、一番困るのはことりだよ。未遂であれどうであれ、ファンからはそういう目で見られるし、芸能リポーターはことりを追いかけ回して、おもしろおかしく書きたてるだろう。Ｒｅ＝Ｍが今一番大事なときだって、わかってるよね？』

Ｒｅ＝Ｍはこれから活動の場をライブハウスに移していく。最初は小さな会場からだろうが、どんどんその規模は大きくなっていくはず。来月にはプロモーションビデオの撮影だって予定されているのだ。

――今が一番大事なとき。

『………』

なにも言えなくなった琴美の両肩を、松井はポンポンと叩《たた》いた。

『あまり深く考えないで。なにもなかったんだろう？　ほら、原田さん、この時間はよく飲んでるからさ。酔った勢いの、ね？』

ああ……そうかもしれない。

（は、原田さん、お、お酒飲んでた、みたいだし……マネージャーの言う通り、よ、酔っていたのかも……）

酔っていたって、していいことじゃない。しかも、四十を超えた大人が未成年に。

今ならわかることも、当時の琴美は、マネージャーに言われた言葉を、ひたすら自分に言い聞かせるしか恐怖に打ち勝つ術《すべ》を知らなかったのだ。

しかし翌日、ミーティングの際に、メンバー全員の前でプロデューサーの原田から投げやりな態度で告げられたのは、白石ことりの研究生降格。マネージャーはお情け程度に『そんな……』と言ったが、原田は更に声を大きくした。

『あのさぁ、今まではどーだったか知らないけどねぇ!?　俺が作る新しいＲｅ＝Ｍに必要な華が、ことりには圧倒的に足りないんだよ。華だよ、華ぁ！　センターに必要なのは圧倒的なカリスマ性のある華！　わかるぅ⁉』

プロデューサーが代われば方針も変わることもあるだろう。でも、自分が研究生降格になったきっかけに心当たりがある琴美は、じっと原田を見つめたまま、無言で涙を流すしかなかったのだ。

研究生に降格になれば、ライブには出演できない。ダンスレッスンも、所属事務所の研究生たちと一緒だ。

『あ、白石ことりだ。なに、あの子、研究生降格？　なんかやらかしたん？』

『なんかわかんないけど、原田Pをキレさせたらしいよ』

『原田Pキレさすとか、スタメンだからって調子のってんじゃゃね？』

『でも正直、ザマァって感じ。これはメンバーチェンジくるかな』

あらぬ噂《うわさ》を立てられ、研究生の中にも居辛《いづら》い日が続いたが、それでもレッスン中はなにも考えないでいられた。

歌って、踊って、また最高のパフォーマンスをお客さんに見てもらう。自分のすべてを出し切る。それはテクニックだけではない、表現者としての内側から滲《にじ》み出る熱だ。その熱がお客さんに伝わるからこそ、ライブは成り立つのだから。

研究生降格処分になっても、〝白石ことり〟の歌唱力と声量、そしてダンステクニックは抜きん出たまま。周囲からのやっかみの声だけが大きくなって、琴美の神経をすり減らしていく――

そんな中で迎えた春、ダンスレッスンが終わって、ひとり暮らしをしているアパートに帰る夕暮れ時、琴美は突然、羽交い締めにされて、路地裏に連れ込まれたのだ。

『!?』

男とわかる、大きくて少しカサついた手に口を塞《ふさ》がれて、胸元をまさぐられる。

（い、いやッ！）

琴美は暴れに暴れた。身を捩《よじ》り、手に持っていたステンレス水筒入りのレッスンバッグを男の身体に力いっぱい叩きつける。

『ぐっ！』

遠心力を味方につけた水筒が、ゴンッといい具合に頭部に当たったのか、男の力が緩んだ隙に、自分の口を塞いでいた手におもいっきり噛みついてやった。

『コイツ！』

『！』

マスクをしているのか、少しくぐもった声ではあったものの、聞き覚えがある――そう思ったのも束の間、力任せに突き飛ばされて、琴美はアスファルトに身体をしたたか打ちつけた。

『ううう……』

悶《もだ》えながら力の入らないほうの左肩を触ると、破けたシャツの下の皮膚は、下ろし金ですり下ろしたようにずる剥《む》けになっているではないか。血がダラダラと流れて、琴美のシャツを赤く染める。

『チッ！』

盛大に舌打ちした男が、座り込んだ琴美を置いて駆けて行く。その後ろ姿は、Tシャツとジーンズ姿。帽子からはドレッドヘアが覗《のぞ》いており、足元こそスニーカーだったが、その肥え太った男を琴美はよく知っていた。

（……原田プロデューサー……？）

あの声と、後ろ姿は原田で間違いないだろう。

軋《きし》む身体を起こして、琴美は普段から世話になっている整骨院に向かった。

診てもらった結果、動かない左肩は脱臼しているとのこと。痛い思いをして肩をはめてもらい、傷の手当てを受ける。

『どうしたの？　ことりちゃん、こんな怪我どこで？』

『……ちょっとレッスン中に、転んで……』

男に――プロデューサーに――襲われたなんて、口が裂けても言えるものか。

診察してもらってから気付いたのだが、左足首も痛めていたし、頭にたんこぶもできていた。きっと切羽詰まっていて、痛みに頭が回らなかったのだろう。しばらくレッスンは休んだほうがいいと言われ、琴美はマネージャーの松井に連絡を入れた。

『……すみません。あの、怪我をしたので、明日からしばらくレッスンをお休みさせていただきたいんですが……』

『あー、うん。だったらさ、ことり……もう、このまま引退するのはどうかな？』

『…………』

自分では一度も考えたことのなかった〝引退〟の二文字に言葉を失う。

松井は続けて、こうも言った。

『ことりがＲｅ＝Ｍに復帰できる確率は正直、絶望的だと思う。今日、原田さんが、新メンバーを連れてきたんだ。本当にスゴイ子でさ、今後はその子がＲｅ＝Ｍのセンターになる』

加えて、業界でも超大物として有名な原田プロデューサーの反感を買ったとされる白石ことりを、事務所側が積極的に使っていくこともないだろう、と。つまりそれは、別の既存ユニットや、これから新しく作るユニットにも、白石ことりが抜擢されることはないという意味だ。

事実上のクビ宣言であった。

どれだけレッスンを重ねても、どれだけ歌唱力があろうと、どれだけ声量があろうと、どれだけダンスのキレがよくても、どれだけファンが付いていようと関係ない。実力とは違うモノが、物を言う。

それからの、琴美の記憶は曖昧《あいまい》だ。

事務所を辞めて、ひとり暮らしをしていたアパートを引き払い、地元へと帰った。他のプロダクションに移籍することも考えたが、原田は音楽プロデューサーとして、いろんなところにツテがある。実質、彼にクビを切られた琴美を迎えてくれるプロダクションなんてない。諦めることしかできずに戻ってきた琴美を、もともとアイドル活動をよく思っていなかった両親は、『堪《こら》え性《しょう》がない上に、アイドルなんてもんに時間を無駄《むだ》にして！』と詰《なじ》った。

スマートフォンのメッセージアプリには、心配してくれたＲｅ＝Ｍのメンバーたちから次々とメッセージが入ってきた。メンバーらの情報によると、ことりはストーカーに襲われて怪我をしたから、本人の強い希望で芸能界から引退することになったと公式が発表したらしい。

『ハッ』と乾いた笑いを浮かべた琴美は、これが芸能界なのだと、いやというほど実感した。

（あのとき、逃げずに原田プロデューサーの言いなりになって、好きにされていればよかったの？）

うっすらと肩に残る傷痕に無意識に手をやる。

そうしたら自分は、原田が操るマリオネットになる代わりに、センターでスポットライトを浴びていたかもしれない。

でも、そうして得たセンターで、マリオネットの自分はいったいなにを表現できたのだろうか？

「最初は病欠だと言われたことりちゃんだったけど、ブログも更新されなくなって、野外ライブにも全然出なくなって、ことりちゃんはどうなったんだって事務所に問い合わせしたり、ネットで検索しまくったりしているうちに、公式からことりちゃんがストーカー被害に遭って怪我をして、本人の希望でＲｅ＝Ｍを脱退、そのまま芸能界を引退するというアナウンスが流れて、Ｒｅ＝Ｍ初のライブハウスツアーでは新メンバーがお披露《ひろ》目《め》されて――」

「あ、ことりちゃんが出ないってわかってからは、もう、Ｒｅ＝Ｍの追っかけもやめたんですけどね」と付け足して、「俺は白石ことりちゃんのファンですから！」と力強く言い切ってくれた社長さんの声を聞きながら、琴美は黙って俯いた。

（違う……わたしはアイドルを続けたかったのに……）

ずっとアイドルになりたかった。

自分が憧れたアイドルは、テレビ画面の中でいつもキラキラしていて、可愛くて、かっこよくて、見ているだけで、元気になれた。だから自分も、みんなを元気にできるようなアイドルになりたかったのに。そのチャンスも未来も、ある日突然、絶たれたのだ――

公式発表は絶対だ。ここで「本当は違うんです！」と言っても、いらぬ誤解と混乱を招くだけどころか、躍進を続けているRe＝Mの足を引っ張ることになりかねない。

琴美はゆっくりと顔を上げると、かつての仲間たちのために、苦いモノを呑み込んだ笑みを浮かべた。

「あの、わたしはもう、芸能界は引退したんです。一般人なので……アイドルとしての過去は内緒にしてもらえたら――」

ペコリと頭を下げながら頼むと、社長さんはやっとソファに座って頷いた。

「ご心配には及びません。推《お》しのプライベートを護る。これファンの鉄則です。平井さんの過去は、他の従業員、及び取引先にも他言しないとお約束します」

きっぱりとそう言い切ってもらい、胸のつかえが少し取れる。そんな琴美をよそに、彼は「あっ！」と声を上げた。

「ところで、白石ことり推しから、平井琴美さん推しになったら、推し変になるんですかね？　俺、熱狂的な白石ことりファンだと自称しているんですが、なにせドルヲタ歴が浅く……横の繋がりもないから、よくわかってないところが多くて……」

首の後ろに手をやりながら、照れた笑顔を向けてくるこの人に、微笑まずにはいられない。

（この社長さん、とてもいい人そう……）

この人の下で働けるのなら、大丈夫かもしれない。自分が元アイドルの白石ことりだということも、約束通りちゃんと内緒にしてくれるだろう。そんな確信めいた予感がある。

「同一人物ですから、推し変にはならないですよ」

琴美が笑うと、社長さんは露骨《ろこつ》に胸を撫で下ろした。

「そうですか！　よかった！　じゃあ、ここにサインを……」

そこでまた婚姻届を差し出されて、ギョッと目を剥く。

「あ、あの！　さっきから思っていたんですけれど、な、なんで婚姻届なんですかっ!?」

従業員として働くための契約書になら喜んでサインをするが、婚姻届は話が別だ。どうしてって？　いくら白石ことり時代からの熱狂的なファンだと言われても、琴美にしてみれば、彼は今日初めて会った人なのだから当然だ。いや、正確には白石ことり時代に会っているのかもしれないが、琴美は彼を彼と認識していないのだから、そんなものは会ったうちに入らないだろう。

なのに彼は、ずずいっと婚姻届を琴美に差し出してくるのだ。

「推しを養うのが俺の夢なんです！　白石ことりさん、改め、平井琴美さん！　好きです！　結婚してください！」

「そ、そんなこと言われても……わ、わたしのこと、なにもご存じないじゃありませんかぁ～！」

「いえ！　ことりちゃんが舞台で頑張ってた姿は知っています！　それに、ことりちゃんがこの世にいてくれたから、俺は〝生きよう〟って思えたんです。ことりちゃんと同じ時代に生まれた幸せ、そして推しが俺の会社に面接に来てくれた。これはもう運命です！　好きです。結婚してください！」

「〜〜〜っ！」

キラキラした上にやけに熱の籠もった目で見つめられて、琴美はもうタジタジである。

彼の言う〝白石ことり〟時代からの熱狂的なファンだというのは本当なのだろう。彼のように「推しを養いたい」と公言するファンは一定数いた。ブログを書いていた白石ことり時代に、ちょっと好きな物を書いたら、二日後には同じ物を事務所に送ってくれたファンだっていたくらいだ。

しかし、アイドルを引退して、もう六年も経っているというのに……

（ま、まだわたしのこと、好きって……）

嬉しい気持ちと、アイドルを引退したときの苦い思いが綯《な》い交《ま》ぜになって、琴美の胸を複雑なもので満たす。アイドル時代の琴美を、こんなに肯定してくれた人がいるだろうか？

プロデューサーには実力ではなく枕営業を強いられ、マネージャーは護ってくれなかった。地元に戻っても、芸能界引退の〝本当の〟理由を両親にも言えなかった。友達だった人からも『ストーカー事件とか人気が出なかったからって、でっち上げじゃない？』と裏で言われていたのを知っている。ネットの掲示板なんて怖くてとても見られなかった。そんな中で琴美は、アイドルだった自分を——白石ことりの存在を、世の中から、人々の記憶から、自分の中からも消し去りたいと思いながら今日まで過ごしてきたのだ。

それなのに、この人は〝白石ことり〟への〝好き〟を隠さない。もう、六年も前に舞台から消えた存在なのに——

（いやいやいや！　この場合の〝好き〟はアイドルとしてのわたしにでしょう⁉）

アイドルと付き合いたい男性は一定数いる。でもそれは、アイドルだから付き合いたいのだ。一種のステータスのようなもので、アイドルを生身の女性として愛していうのかというと、またそれは違う場合がある。だから真に受けてはいけない。ファンとしての気持ちは嬉しいが、この人が知らない人であることには変わりないのだ。婚姻届にサインするなんて、到底できるはずもない。

（こ、このお仕事、やめたほうがいいのかな？）

さっき契約書にサインしたばかりだが、今なら取り消しだって可能だろうか？

（いや、でも、次の正社員の仕事が見つかるとも限らないわけで……）

資格もない、たいした学歴もない、おまけに謎の空白期間がある自分がバイト生活を抜け出すには、選り好みせずにこの社長秘書の仕事をしたほうがいいのは明白——

（ま、まずは生活、職の安定！　正社員の経験を経てから転職コース。うん、これでいこう！）

打算的だがこれしかない。

「あ、あの、まずは、社長と秘書の関係から、お願いできませんか……？」

秘書の面接を受けに来て、秘書として採用されたのだから、社長と秘書の関係になるのは当然なのに、まるで「お友達からはじめませんか？」みたいな妙な返答になってしまい、自分でもだいぶ切羽詰まっているのがわかる。

だが彼は、そんな返答でも納得してくれたのか、うんうんと頷いてソファに腰を落ち着け、婚姻届を丁寧《ていねい》に三つ折りにすると、自身のジャケットの内ポケットにしまった。

「ことりちゃんが——いえ、平井さんがそう仰《おっしゃ》るのなら、まずは社長と秘書の関係からよろしくお願いします」

両膝に手を突いて深々と頭を下げてくるものだから、琴美も慌てて頭を下げた。

「こ、こちらこそ、よろしくお願いいたします！」

お互い同じタイミングで顔を上げて、バッチリと目が合う。その偶然を取り繕うように、琴美がニコッと微笑めば、社長さんは急にガタン！　っと立ち上がった。

そして、先ほど書類を取ってきた机に向かい、またなにかを取ってきて、琴美に差し出してくるではないか。

それは真っ白なサイン色紙と、油性マジック。

現役時代はこれに何枚もサインを書いたっけ……今はもう懐かしいばかりだ。

「――あ、あの、こちらにサインしていただくことは可能でしょうか？」

おずおず……と緊張気味なのが伝わってくる。どう考えたって、社長と秘書なら偉《えら》いのは社長のほうなのに。この人は無理強いをしないのか。

自分が芸能界で知った上役たちとは違うこの人に、琴美は自然と笑みがこぼれていた。

「はい。喜んで。久しぶりなので、ちょっと変になってしまうかもしれませんが……」

「そんなの気にしません！　あの、できれば横に俺の名前も書いてもらえませんか？　あ、名刺がまでしたね。遅くなってしまい申し訳ありません。これが俺の名刺です」

先ほど婚姻届が収納されたジャケットの内ポケットから、今度は上質な革製の名刺入れが出てきて、一枚手渡される。

株式会社キスマダール　代表取締役社長、早見秀樹《はやみひでき》。

（本当に社長さんだったんだ……）

面接のためにこの社長室に通されたときから疑ってはいなかったが、こうして実際に名刺を受け取ると、実感が湧いたというか、背筋が伸びる思いだ。

そして、キスマダールのロゴマークは、白い小鳥が二羽、嘴《くちばし》を合わせる形でシンメトリーに翼を広げ、まるで天使の羽のようにも見える。琴美が現役時代に使っていた「ことりマーク」に少し似ていた。もしかしてこのロゴも、〝白石《じぶん》ことり〟にちなんで作られたものなのだろうか？　そう思うと、妙に親近感が湧く。ついさっきまで、ここでの正社員を経てからの転職コースを画策していたくせに。

（ま、悪い人じゃなさそうだし……たぶん、大丈夫！）

実際に勤めてみて、問題があったら辞めればいいだけだ。今の自分はひとりで、迷惑をかける仲間もいない。もう、Ｒｅ＝Ｍも辞めた。アイドルなんかじゃないんだから……

琴美は、久しぶりの油性マジックの感触を確かめるように何度か持ち直して、白いサイン色紙に一気に〝白石ことり〟のサインを書いた。

実に六年ぶりのサインである。でも手は覚えていたようで、サラサラと色紙の上をなめらかに動いた。そして、右上のほうに「早見秀樹さんへ」と書いて、左下にことりマークと共に、今日の日付を入れる。

早見のリクエストは満たしたので、本当はこれで終わってもよかったのだが、琴美は「これからよろしくお願いします！」と、メッセージを書いてから早見に渡した。

「書けました。久しぶりに書いたからドキドキしちゃいました」

「いや、本当にありがとうございます。メッセージまで……なんという神対応……家宝にします！」

「そ、そんな、家宝だなんて……」

白石ことりのサイン色紙を両手で持ち、細かく震えながら、拝《おが》む勢いで頭を下げてくる早見に恐縮してしまう。今の琴美は、超一般人——むしろ、彼の部下だというのに。

拝みたいのはこっちのほうだ。この社長さんのお陰で連続不採用歴についに終止符を打つことができたのだから。

「今のバイトもあるので、来月、七月からの出勤になってしまうのですか……」

「その点は問題ありません。今の秘書が二ケ月後に退社する予定になっていますから、ひと月で引き継ぎということになりますが、まぁ、そんなに気負わないで、仕事に関してはなんでも私に聞いてくだされば大丈夫ですから」

一瞬で社長の顔に切り替わった早見に、頼もしさを感じる。前任秘書がまだいるなら、いろいろ教えてもらえるのだろう。

「それでは、また来月——」

わざわざ会社の玄関まで送ってくれた早見に会釈して、琴美はアパートへの帰路についた。まだ昼間ということもあって、電車の中はガラガラ。長椅子《ながいす》の一番端に座って、琴美は自分の右手をじっと見つめた。

（サインなんて、本当に久しぶりに書いたのに、案外書けるものなんだね）

雀百《すずめひゃく》まで踊り忘れず、なんて言うけれど、三歳からバレエを習い、十六歳からアイドルデビューした琴美にとって、歌と音楽は身体の一部。日々の週間からストレッチは欠かさないし、知っている曲を聴けば自然と口ずさんでしまう。でもサインは、引退後一度も書いていなかった。サインなんてものは、求められて書くものだから。

デビューして、ユニット名が決まって、芸名を決めて、専門のデザイナーさんにサインやマークを作ってもらって、Ｒｅ＝Ｍの仲間たちと一緒に何回も何回も描く練習した記憶が蘇《よみがえ》る。

『もー手が痛い〜疲れたぁ。あ、ことりのサイン可愛い〜。これ、ことりマーク？』

『ありがとう。でも、ことりマーク描くの難しくて、もっと練習しなきゃ』

『ねぇ、もえの字汚《きたな》くない？　汚くない？』

『大丈夫、大丈夫。サインってもともと読めないものだから。ごにょごにょって書いときなよ』

『ちょっと、みんな真面目に練習して！　物販にサインつけるって話なんだから！』

五人とも性格がまるで違ったのに、不思議と息は合っていて、舞台の上でも、裏方でも笑いが絶えない、そんなユニットだった。

なんとなく辺りを見回すと、電車の天井からぶら下がっている広告に目が行く。それは、この夏に行われるＲｅ＝Ｍの全国ツアーを知らせる広告で、かつての仲間たちが新メンバーをセンターにしてキメポーズを取っている。相当な人気で、六月現在にはもうチケットは完売。おそらく追加公演もあるだろう。

新メンバーの黒木なぎさは髪をマニッシュボブにしたクール系の美少女で、滅多に笑わないことが逆にトレードマークになっているらしい。そしてたまに見せる笑顔と、デビューライブ直後に感極まって泣いてしまった姿がファンの心をグッと掴み、Ｒｅ＝Ｍの新参者ではなく、Ｒｅ＝Ｍのメンバーとして受け入れられるきっかけになったのだ。

ファンによる新メンバーの歓迎は、抜けたメンバーが忘れ去られることとイコールだ。

白石ことりのイメージカラーだった白いペンライトも、今や黒木なぎさのイメージカラーとなっている。黒いペンライトなんて存在しない上に、たとえ手作りしたとしても黒なんて目立たない。そんな理由で、黒木なぎさファンは白いペンライトを持つことが公式設定となっているのだ。

(わたしも……もっと、我慢していたら……あそこにいたのかな……)

眩《まぶ》しいスポットライトを浴びて、可愛い衣装を着て、歌って、踊って、観客を沸かせる。熱狂的なあの世界に耐えられるだけの努力はしてきたつもりだった。でも努力だけでは足りない——それが現実だ。

琴美は一瞬下を向きかけて、ぐっと背筋を伸ばした。

今日は念願だった正社員の仕事を手に入れたのだ。目標を持って、ひとつずつクリアしていく。それはどんな世界でも変わらないはず。特に今回の秘書の仕事は生まれて初めて。学ぶことは多い。

(下なんか向いてられない！　頑張らないと！　手はじめに、スマホにアイドルプロデューションを入れよう。就職先のメインゲームくらいプレイしなくちゃね！)

『ことりちゃんが舞台で頑張ってた姿は知っています！』

そう言い切ってくれたあの社長さんの真摯《しんし》な眼差《まなざ》しが、なぜか忘れられなかった。

◆　◇　◆

六年前の七月二十八日――

ミーンミンミンミンミンミンミーン。茹《う》だるような暑さの中で、セミの鳴き声が脳内を掻き回すようにこだまする。朝っぱらからうるさい上に鬱陶《うっとう》しい。

早見秀樹は額から流れ落ちる汗をそのままに、重たい足を引きずって、霞ケ関駅に向かっていた。右手にはビジネスバッグ。左手にはジャケット。クールビスってなんですか？　というほどに、首に巻き付いたネクタイは社畜の証だ。

（今月の俺の残業時間、一〇〇時間は余裕で超えてんじゃねぇか？）

午前十一時。重役でもあるまいし、今から出社ではない。会社に泊まり込んでの二十七時間勤務を終えて、昼からの訪問営業のために一度自宅に着替えに戻る最中なのだ。

髪はボサボサ、うっすらと伸びた無精髭《ぶしょうひげ》、寝不足で顔は土色。愛想笑いなんてする余裕もない。どこからどう見てもよれよれ姿のサラリーマンだ。こんな姿で独り言まで加わった日には、完全イッちゃってる人だと思われかねない。

受験戦争を勝ち抜き、国内最難関の大学に入学、卒業。長年、剣道と水泳を嗜《たしな》み、文武両道で常にトップを築き上げてきた。そして誰もが羨《うらや》む超大手広告代理店の本社勤務の営業マンになったというのに、現実は思い描いていた生活とあまりにもかけ離れている。

いい成績をとって、いい学校に入って、いい会社に入ったら、幸せになれるんじゃなかったのか？　未来のために青春を捧げてきたのに、今はなんだ？　帰宅して、着替えて、また出社して、飯は立ち食い蕎麦《そば》。それだって食えない日がある。奮発して買った羽毛布団に包まって寝たのは、いつが最後か思い出せない。

なんでも要領よくできる自信はあったが、要領がよすぎたために、就職して二年目に、営業売上げトップとなり社長賞を受賞してしまったのだ。これが悪かった。

出る杭《くい》は打たれるというやつなのか。男の嫉妬《しっと》ほど見苦しいものはない。先輩や同期から、嫌がらせかと思うレベルで、他雑な仕事を押し付けられる。

『よっ、社長賞！　これもやっとけよ！』

『俺らがやるより社長賞がやったほうが売り上げ伸びるもんなー会社のためだ。頑張れよ』

そして秀樹も秀樹で、運動でも勉強でも今までトップを走り抜いてきたプライドがあるから、「できません」なんて言いたくない。「見返してやる！」くらいの気持ちで仕事に打ち込んできた。

実際、できないことはないのだ。体力には自身があったし、多少プライベートの時間を削り、多少の睡眠時間を削り、多少通勤の時間を早めて、多少帰宅を遅らせて……そうして捻出した時間を、すべて仕事に費やした結果の、残業一〇〇時間超えである。お陰で、去年も社長賞を受賞してしまった。二年連続社長賞受賞者が出たのは初ということで、秀樹にかかるやっかみの度合いは増すばかり。

日々溜まっていくのは、ストレスと、疲労と、同僚からの嫉妬。それから、一応は労働対価に見合っているであろう賃金だ。金があれば幸せになれると思っていた。大学時代の自分は気付いていなかったのだ。その金も、使う時間がなければ、ないのと同じだということを。

「もしものための貯金だろ」「いつかまとめて使う日が来る」「人生なにがあるかわからないんだからな」人生の大先輩方は『未来のために』と口を揃えてそう言うが、今の秀樹の頭の中を占領しているのは、この地獄のような日々から早く開放されたいという願いだ。

寝不足の身体はとっくの昔に悲鳴を上げていたのに、真面目が祟《たた》ってそれを黙殺してきたツケが回ってきた。ビュン、ビュンと、法定速度いっぱいいっぱいの速さで走る車に目が行く。

(ああ……今この赤信号をわたったら、もう会社に行かなくてもいいんじゃ……)

限界に達した心と身体の悲鳴が、普段なら絶対に思いもしない思考を秀樹にもたらす。

足がふらりと勝手に車道側へと向かう。恐怖の感情がごっそりと抜け落ちたような、自分でも不思議な気分だった。

そんなとき――

『♪待ってぇ～』と、明るい歌声が耳に入ってきた。

歩道と車道を分ける路側帯の半歩手前で踏みとどまる。目と鼻の先をトラックが走り抜けて、秀樹は冷や汗と共にゴクリと生唾を呑んだ。

(あ、危なかった――……)

いったい、なにをしようとしていた？　自分から車に突っ込もうとするなんて、正気の沙汰《さた》じゃない。あの一瞬は確実に、自分はどうかしていた。

（疲れてるんだな……俺）

その自覚は多いにある。

自分を呼びとめてくれた声のするほうを見ると、駅前に横断幕と見慣れない簡易ステージがある。そのステージ上で軽快なステップを踏みながら歌っているのは、赤、青、黄、緑、白の色違いの衣装を着た、五人の少女たちだ。年の頃は十代後半から二十代前半くらいか。よく息が合っていて、それだけでもおもわず目をみはるものがある。

ステージの周りには、もさい――いや、失礼、ずいぶんと熱の入った男たちが、少女たちの歌に合わせて、各自手にしたうちわやペンライトを振って「うおおおお！」と、野太い声を上げていた。

（アイドル……イベント？　いや、野外ライブ？）

音楽は嫌いではないが、大学時代にサークルのメンバーと一緒に、飲んで騒いでカラオケに行って、歌い明かしたのが最後だと思う。通学の合間に流行の曲を聴いたりしていたのに、通勤になった途端、その余裕がなくなって、一分一秒でも眠っていたくなった。

広告代理店の人間として、一応、メジャーどころは押さえてはいるものの、熱が入っているとは言えない。だから、舞台の上の彼女らのことも秀樹は知らなかった。

（結構ファンが付いてるみたいだし、人気なのか？）

ならばこれも機会だ。チェックしておくかと、秀樹はフラフラとした足取りで簡易ステージに近付いていったそのとき――今まで後列にいた白い衣装を着た子が前列に出て、クルッと回って歌い出す。どうやら彼女のパートのようだ。

フリルがこれでもかと付いたスカートからは、細くても引き締まった長い脚が生えて、一層複雑なステップを踏む。衣装に負けないくらいの白い肌は、まるで陶器のように艶《つや》やか。長い黒髪はあざとささを感じる姫カット。でも、そのあざとささえ彼女を魅力的にしている。

『♪どこにも　いかないで　わたしだけを　見つめて　でもそれって　ワガママかしら？』

大人びた唇から響く、甘くハスキーな彼女の歌声が、先ほど『待って〜』の声と同じだと気付いたとき、つぶらな瞳が「かしら？」のところで秀樹を捉え、パチッとウインクをする。

ズキュン！　と比喩でもなんでもなく、心臓を射貫かれた気がした。

目が合った。ウインクされた。

たったそれだけ……

たったそれだけで、初めて見た彼女の歌い踊る姿に魅了され、鼓動は増し、視線が彼女から離れない。他の四人には目もくれない。まるで舞台の上には、白く可憐なあの娘《こ》だけがいるように錯覚して、ドクンドクンと痛いくらいに高鳴る心臓に手を当てる。神経が昂《たか》ぶって押さえられないのだ。

（な、なんだ……これ……）

これはまるで恋⁉

三十分ほどだったが、結局、秀樹は最後までライブを見ていた。いや、白いあの娘《こ》を見ていた。

そして正気に戻ったときには、右手にはＣＤを、左手にはフォトブックを持ってお会計を済ませていたのだ。どちらのジャケットも白いあの娘《こ》。完全にジャケ買いだった。

『お買い上げありがとうございます！　お兄さん、ことりちゃん推しなんですね！　彼女可愛いですよね！』

物販スタッフにそう言われて、なるほど、白いあの娘《こ》は〝ことりちゃん〟というのか――と、頭のど真ん中にその名前を置く。

ライブが終わっても、雄々《おお》しい声を上げていた猛者《ファン》たちはまだ解散していない。その様子が気になりつつも、秀樹は家に帰る電車に乗った。悲しいかな秀樹には午後からも仕事がある。

電車の中で仮眠をして、帰宅したらシャワーを浴びて、着替えて、コンビニに寄って軽く食べられる物を買って、また電車の中で仮眠して――と、そのハズだったのだが、まったく眠くならない！

ライブ中からのフワフワとした不思議な高揚がまだ続いているのだ。

家に着くのも待てずに、秀樹は購入したばかりの品物を電車の中で開封した。買ったばかりの品を道中で開けるなんて、子供の頃に親からゲームソフトを買ってもらったとき以来ではなかろうか？　もう、いい年の大人だというのに。そんな自分を恥じ入る気持ちすらなく、あったのは言いようもないワクワクだ。手元に再生機がなくＣＤは今は聞けないから、ジャケットに書いてあるユニット名、Ｒｅ＝Ｍをスマートフォンで検索する。検索トップに出てきた公式サイトを開くと、そこには他の四人のメンバーと共に、あの〝ことりちゃん〟の笑顔があった。

Ｒｅ＝Ｍ――正式名称は〝Render＝Move《レンダー＝ムーブ》〟。ファンの間では、〝レム〟の相性で親しまれているらしい。

赤坂かすみ、青井さかや、萌黄ゆえ、緑野とも、そして白石ことりの女性五人からなるアイドルユニットだ。メンバーごとにイメージカラーが設定してあるようで、衣装カラーがそれなんだろう。サイトにあるメンバー紹介を開くと、五人のバストアップの写真が並んでいる。

迷わず、〝ことりちゃん〟の写真をタップした。

白石ことり。十九歳。七月二十五日生まれ。A型。出身地、福岡《ふくおか》県。身長、一六〇センチ。ニックネーム、ことりちゃん。三歳からバレエを習う。歌と踊りが大好き。ちょっぴりシャイだけど、ダンスのキレは抜群。

（つい最近が誕生日だったのか。へぇ、三歳からバレエ。すごいなぁ～）

感心しながら思い返してみれば、確かに彼女のダンスには目をみはるものがあった。彼女しか見ていなかったから、正直、比較できるほどでもないのだが。

Ｒｅ＝Ｍの公式サイトにあるスケジュールのページを覗いてみると、霞ケ関駅前での野外ライブ、及び物販と書いてある。先ほど秀樹が見たライブのことだろう。

公式サイトによると、もともとＲｅ＝Ｍは地方発のローカルアイドルユニットで、結成から二年半年が経つんだそうだ。最近、有名な音楽プロデューサー原田隆が付き、東京でも野外ライブを行うようになったようだ。ローカルアイドルからメジャーアイドルになれるかの瀬戸際《せとぎわ》、というところか。今が一番大事な時期なようで、公式サイトのスケジュールは夏休み期間みっちりと埋まっている。

そのまま検索していると、Ｒｅ＝Ｍ立ち上げ当初からの熱心な古参ファンが作ったファンブログというものを見つけた。なかなか記事が充実していて読みごたえがある。

そのファンブログによると、白石ことりはユニットの中でもお姉さん的ポジションのようだ。リーダーは一番年長者の赤坂かすみが務めているが、白石ことりがサブリーダー的役割で、ユニット内のクッション材として立ち回っているらしい。それは何気に一番難しいポジションではないか？

赤坂かすみは、熱血な超元気っ子。本人のテンションも高いが、ついているファンのテンションも高い。マイクパフォーマンスはほとんど彼女が行う。テンション高めの盛り上げ役。

青井さやかは、クールビューティーなお姉さま。ファンにも基本は塩対応なのだが、そこがドMファンの心を掴んで離さないんだそうだ。コアなファンが多い。

萌黄ゆえは、妹系ロリキャラ。トレードマークはツインテールで、衣装には必ずうさ耳と尻尾が付いている。それもあって、彼女のファンは自分たちのことを「うさゆえ」と自称しているらしい。

緑野ともは、眼鏡《めがね》っ子の優等生。真面目でファンサービスが手厚い。人の顔を覚えるのが得意なのか、彼女のファンになると、高確率で顔や名前を覚えてもらえるようだ。

そして、白石ことりは、ピュアでシャイ。Ｒｅ＝Ｍのメンバーの中で、歌と踊りの完成度が最も高いのが彼女。音域の幅は広く、ポップな曲からバラードまでマルチにこなす。お人形のような顔立ちから放たれる、甘みを帯びたハスキーボイスは一級品。男性ファンのみならず、女性ファンからも多く支持されている。スタイルも抜群なので、女性ファンは彼女のヘアスタイルやメイクを真似《まね》る子も多く、ファッションリーダーの一面もあるようだ。

そういうキャラ設定でやっているのか、彼女たちの本来の性格をあらわしているのかはわからないが、個性派揃いのユニットらしい。

検索している間に、電車が自宅の最寄り駅へと到着した。

ひとり暮らしのマンションに帰って、即、パソコンにCDを取り込み、その音楽データをスマートフォンに転送する準備を整える。秀樹が買ったCDは、Ｒｅ＝Ｍとしての曲だけでなく、白石ことりがひとりで歌った曲も何曲か収録されているらしい。聞くのが実に楽しみだ。

いつもは眠気を飛ばすためにに浴びるシャワーだが、今日はなんだか心にゆとりがある。不思議だ。髪を洗い、髭を丁寧に剃《そ》って、身体を洗う。

スーツとネクタイの組み合わせを、まるで恋人とのデートに行くような気分で選んだ。

その間、頭の中では、歌い、踊りながら、自分に向かってウインクしてくれた、可愛いあの娘《こ》の姿が何度も何度もリフレインしている。

「可愛い」そんなひと言で終わらせてしまうのはあまりにも彼女に失礼に思えるのだが、それ以外の言葉が見つからない。強いて言うなら「天使」。そう、あの姿は白い衣装も相まって、まるで天使のようだった……天使が彼女に最も相応《ふさわ》しい言葉かもしれない。

出掛ける支度をして、普段ろくに使っていなかったイヤホンを耳に突っ込む。そしてスマートフォンに取り込んだ音楽データを再生すれば、甘くハスキーなことりちゃんボイスが鼓膜と心臓を震わせてくれた。たった一度しか見ていないのに、目が合ったときのこと、微笑みながらのウインク、踊る彼女の姿までもが目に浮かぶようじゃないか。

（ああ、またライブ見たいな。ことりちゃんがいてくれたら、俺、生きていけそうな気がする！）

ほんの一時間前まで、無意識のうちに車に飛び込もうとしていた秀樹とは別人だ。

まるで生まれ変わったかのように気分は爽快！

今の秀樹の頭にあるのは、再び白石ことりに会いたいという強い想いだ。今までの自分はなにをしていたんだろう？　残業一〇〇時間になるまで、他人の仕事を引き受けて、確かに社内での期待や評判は上がったかもしれないが、それがなんだというのだ。自分から車に飛び込もうとするなんて、過労で頭がおかしくなっていたとしか思えない。こんなになるまで働いて、自分にいったいなにが残るというのだ。今年の夏は一度しか来ないというのに！

そうだ。人は生きるために働くのだ。自分のため、家族のため、趣味のため——人それぞれ目的はあるだろうが、自分が自分らしく生きるために働くのであって、働くために働くのでは本末転倒。身を削り、心を病んで、車に飛び込む前に気付けてよかった。いや、白石ことりのあの美しい歌声が、自分を呼びとめてくれたのだ。もしも、彼女の歌声と出会えなかったら——今、ここに……いや、この世にいなかったかもしれない。

（公式サイトにファンクラブ会員募集のページがあったな。電車の中でファンクラブに入ろう！）

疲れたオトコの心のスキマに、アイドルはスルリと入ってくるからいけない。それも真面目なオトコほどハマると抜けられないのがアイドルだ。

早見秀樹二十五歳。自分が白石ことりにガチ恋してしまったことに気付かぬまま、アイドル沼にずっぽりとハマった夏であった。

◆

◇

◆

白石ことりに出会ってから、秀樹の人生は一変した。

まずは自分以外の仕事はがんとして断り、とっとと帰宅して寝不足で疲れ切っていた身体を癒《い》やす。シャワーだけだったのをやめ、湯舟にじっくりと浸かり身体を休めるようになった。そして風呂に持ち込んだスマートフォンで、白石ことりのブログをチェック。もちろん、ＢＧＭは白石ことりのソロ。睡眠中も、白石ことりのバラードを環境音ばりに流しながらの安眠だ。

頭をリフレッシュしたら、今度は乱れきっていた食生活も戻した。ステーキ屋に入り、久しぶりの肉をガッツリと食らう。そしてジムのプールで一時間程泳ぐ。当然、移動中も食事中も白石ことりの曲を流しながら。こちらはアップテンポな曲をチョイス。

（ことりちゃんは、アップテンポな曲もバラードも最高に聞かせてくれるなぁ～）

白石ことりの声が脳髄から骨身に染み入った頃には、八月の夏休みいっぱいに予定されているＲｅ＝Ｍの野外ライブに合わせて、入社三年来、溜まりに溜まった有給を次々と申請。が、上司に、

『は、早見くん。君、この間、有給取ったばかりじゃないか？　しかも毎週連続で。なにか特別な理由でもあるのかい？』

（特別な理由？　そんなの、ことりちゃんに会いに行くために決まってるじゃないかあああああ！）

と、喉まで出かかってぐっと呑み込む。

『私用です』

『私用ったってなぁ――』

なおも渋る上司に、秀樹は無表情で迫った。

『労働者に有給休暇の取得理由の説明義務はありません。繁忙期は避《さ》けていますし、私の業務に差し障りのないように配慮しているつもりです。まぁ、私に仕事を押し付けていた方々はお困りになるでしょうが』

厭味《いやみ》を織り交ぜて鼻で嗤《わら》う。そもそもこの上司は、社長賞を受賞した秀樹を妬《ねた》んで、自分の仕事を押し付けていた他の部下たちを諫《いさ》めもしなかった。部下の統率どころか、マネジメントの〝マ〟の字もない、典型的な事勿《ことなか》れ主義者だ。

『だ、だからって、君……全部の有給許可は出せないよ……』

『チッ』

聞こえないように小さく舌打ちする。

今まで売り上げトップを驀進《ばくしん》し、それなりにこの会社に貢献してきたつもりだ。しかも、自分の分以外の仕事まで引き受けて。なのに、休みたいときに休めない？　白石ことりに会える回数が減る？　そんなの生きている意味がないじゃないか！

『辞めます』

『は？』

秀樹の声が聞こえなかったのか、それとも理解できなかったのかは定かではないが、上司の口がポカンと開く。そんな上司の目を真っ直ぐ見て、秀樹は同じ言葉を繰り返した。

『会社を辞めます。なので、有休を消化させてください』

『えっ！　そ、そんな困るよ！』

二年連続社長賞受賞、売り上げトップの営業マンが突然突きつけた退職の意思に、周囲はざわめき、上司は慌てて腰を浮かせる。

勤続三年目のひよっこが、いきなり仕事を辞めるなんて言い出したら、「ここでの仕事が勤まらないなら、よそへ行っても同じだよ」なーんて、蔑《さげす》んだひと言を言いそうなこの上司も、秀樹の実力ならばどこへでも行けるし、どんな仕事でだって結果を出すとわかっているのだ。それに、秀樹ほどの実力者に逃げられたとあっては、この上司の手腕が問われることは必至。ライバル社にでも行かれた暁には、この上司のクビが飛ぶかもしれない。

『は、早見くん、落ち着いて。落ち着いて。ね？　ちょっと別室《あっち》で話そうよ』

『私は落ち着いておりますので、遠慮します』

『待って、待って、待って！　考え直そ？　ね？』

台詞もさることながら、まるで別れを切り出された女のように、中年親父に腕を取られて秀樹の目はますます細まった。

『前々から考えていたことです』

素《そ》っ気《け》なく言い放ち、秀樹はジャケットの内ポケットから退職届を取り出して上司の机に叩きつけた。退職願ではなく退職届だったことに、ますます上司の顔が青くなっていく。だがもう、生きる目標ができた秀樹には、自分の時間を縛る会社という容れ物は窮屈《きゅうくつ》すぎる。

今までなんのために勉強してきた？　今までなんのために働いてきた？　『未来のために』だろう!?　その未来が〝今〟なのだ！

やりたいことができた。白石ことりというアイドルに会うために。

『有休消化の件、よろしくお願いします』

慇懃無礼《いんぎんぶれい》に頭を下げた秀樹は席に戻って、平然と自分の仕事を片付けたのだった。

その翌日からは、入れ代わり立ち代わり会社のお偉いさん方が秀樹の元にやってきては、退職を思いとどまるようにと説得してきたが、秀樹の答えは変わらない。変わるわけがないのだ。もう、頭の中に次の構想はできている。そうして有給をもぎ取ってからの秀樹の行動は早かった。

貯まりに貯まった貯金を資本金にして、自分の会社を設立したのだ。

広告代理店の営業という仕事柄、いろんな人と会う機会があった。そのときに知り合った優秀なゲームクリエイターとエンジニア、それからイラストレーターを高額報酬で引き抜いたのだ。秀樹が考えたゲームやストーリーを、彼らが形にしてくれる。

プレイヤーがプロデューサーになって、アイドルを育成して武道館に連れて行くというスマートフォン専用ゲームアプリだ。その名も〝アイドルプロデューション〟。

アイドルとの恋愛要素を盛り込んだストーリーは、秀樹の願望が混じったものであったが、世の中には秀樹と同じ人たちが思ったより多くいたようで、ゲームはβ版から大盛況で、二〇〇万ダウンロードを記録。正式スタートする頃には、それが五〇〇万ダウンロードという、爆発的な記録を叩き出したのだ。

こうしてできたのが、株式会社キスマダール。秀樹が自分のために作った会社だ。

Ｒｅ＝Ｍのライブや物販、イベントがある日には〝取材〟と称して堂々と休みを取る。イベント会場が近くだったなら、ことりカラーの白いペンライトを持って出社し、〝取材〟のために早退するのだ。そうして、ライブだけではなく、握手会や撮影会といったイベントにも参加する。

（この会社を大きくして、いずれＲｅ＝Ｍの公式スポンサーになりたいな。そうしたら、ことりちゃんに会う機会もできるかもしれない）

純粋な下心は、果たして下心と言うのだろうか？

会社が軌道に乗りはじめたのは、秀樹が白石ことりに出会ってから、わずか半年の出来事だった。が、ここで突如、異変が起こった。

冬になってから、白石ことりがライブに出なくなったのだ。最初は病欠と言われた彼女だったが、次のライブも、その次のライブも出演しなかった。ブログも更新されなくなり、さすがにおかしいと感じた秀樹は、何度も彼女の所属事務所に問い合わせのメールを送った。だが、帰ってくる返事は病欠の一点張り。

ネットの掲示板には、『未成年飲酒か煙草《たばこ》か？』『援助交際か？』『真面目なことりがそんなことするはずないだろ！』白石ことりの誹謗中傷《ひぼうちゅうしょう》と擁護が書き込まれるが、どちらも憶測の域を出ておらず、情報はないに等しい。

そしてやってきた春、白石ことりの引退が公式発表されたのだ。白石ことりは、ストーカー被害に遭い、怪我をしたため、本人の強い希望で芸能界から引退する、と。

このときの秀樹のショックは筆舌に尽くし難い。

しばらくなにも考えられなかったくらいだ。

(怪我……怪我って、大丈夫なんだろうか。まさか、もう踊れないくらいの大怪我?)

白石ことりのファンになって一年に満たない秀樹だが、ライブやイベントを通して、彼女のプロ意識の高さと、歌と踊りに対するストイックさは充分すぎるほど伝わってきていた。再起不能となったなら、芸能界引退という道を選択してもおかしくないかもしれない。身体の傷もさることながら、彼女の心の傷はいかほどか……もしかして、ライブに出演しなくなった冬頃から彼女はずっと療養していたのか? それでも引退を選択しなければならないほどの状況に追い込まれていたということなのか?

(ストーカーだって⁉ ファンの風上にも置けない奴だ! 推しにしていいことじゃないだろ⁉)

もう白石ことりのパフォーマンスを見られない――そのショックはやがて怒りに変わる。

ネット上では『まさかレイプ⁉』『いやいや、イカれたガチ恋勢の無理心中案件じゃねーか⁉』『ことりは美人すぎて女から嫉妬されるタイプだろ。犯人、女じゃゃね?』と、犯人探しのようなことが行われたが、誰も逮捕されないし、ニュースにもならない。結局はめぼしい人物には行き着かなかった。

アイドルらしい華やかな卒業イベントもないまま、静かに消えていった白石ことりの代わりにRe=Mの新メンバーに迎え入れられたのは、黒木なぎさという少女だった。年の頃は白石ことりとかわらなかったし、歌も踊りもなかなかのキレがあって悪くはなかったのだが、無表情な子で滅多に笑わない。シャイながらも愛らしいはにかみ笑いを浮かべていた白石ことりとは対象的なこの子を、秀樹はどうしても受け入れることができなかった。

元から秀樹はRe＝Mのファンではなく、白石ことりのファンだったのだ。白石ことりのいないRe＝Mなんて、どれだけブレイクしようが、もう興味の欠片《かけら》すら持てなかった。

(ことりちゃんに会えないなんて……ああ、俺の生きがいが……)

もっと早くに出会いたかった。もっと彼女の歌を聞いていたかった。もっと彼女のパフォーマンスを見ていたかった。自分に生きる目的を与えてくれたあの娘《こ》にもう会えないなんて……

会いたいからという理由で、どこにいるんだ？　実家の福岡か？　と突撃するのはルール違反だと思った。そんなことをしている愚《おろ》か者もいたようだが、それは彼女を襲った憎きストーカーと変わりない恥ずべき行為ではないか。

でも虚《むな》しい。自分の人生にこれだけの影響を与えた彼女が消えてしまった。しかも、自分は彼女の人生になんの影響も与えられていないのだ。

側《そば》にいたら絶対に護るのに……それすらできないし、許されない。

(はぁ――……)

こうして、秀樹のアイドルヲタ期間は一年もしないうちに幕を閉じたのだが、これと同時に会社の幕まで下ろすわけにはいかなかった。

自分が休みたいときに休める会社を作ったハズなのに、今や休む理由すらない。

ユーザーの期待に応えるように新しいゲームをリリースしたり、既存ゲームにもイベントを追加したりしている六年のうちに、秀樹の会社はますますユーザー数を伸ばしていき、当初は五〇〇万ダウンロードだったのが、今や十倍超えの五二〇〇万ダウンロードを突破。第二弾としてリリースしたパズルゲームも世界規模で大ヒット。その勢いのまま上場までしてしまい、会社は大きくなるばかり。こんなつもりではなかったと放り出せるわけもない。もはや社員たちを食べさせていくことが秀樹の義務となっていたのだ。

ある時点から、ゲーム一本路線は危険と判断し、自社ビルを作って空きフロアは他のテナントに貸し出すことにした。いわゆる、不動産投資である。上場企業としての責任もあるから、出版社の取材を受け、青年実業家としてのインタビューに答え、自分の露出度を上げて仕事が舞い込むように持っていく。そんなことをしていれば、スケジュール管理は人に任せたほうが楽なので、専属の秘書を雇っていたのだが、その秘書が旦那の転勤に付いていくからという理由で退職することになったのだ。

新しく人を雇わなくてはならない。名前が売れてしまったキスマダールには、ちょっと募集をかけるだけで、秘書の応募も殺到した。自分の秘書なので人事部には任せずに、自分で応募者たちの履歴書をチェックする。でもさすがに量が多すぎて疲れてきたとき、秀樹は自分のスマートフォンを収める手帳ケースにあるスリットから一枚のインスタント写真を出した。白石ことりと一緒に撮ってもらった写真だ。この写真を一枚撮るために、三時間は並んだ。ファンになったのが遅かったがために、秀樹が持っている白石ことりとの2ショットはこれ一枚しかない。

（もう六年か……ことりちゃん、元気かなぁ……できるものなら会いたいなぁ）

六年の間に秀樹は三十一歳になっていた。そして、Ｒｅ＝Ｍは押しも押されもせぬ国民的美少女アイドルユニットへと成長。Ｒｅ＝Ｍの所属事務所からは、妹分にあたるユニットも次々と誕生したが、秀樹の琴線《きんせん》に触れることはなかった。

唐突の引退から六年。秀樹は未だに白石ことりファンだ。

純白の天使のようなあの白石ことりの姿と、ハスキーながらも甘く伸びやかな歌声、そして複雑なステップを悠々とこなすダンステクニック。どれを取っても彼女を超えるアイドルは見つからない。いや、秀樹自身がもう、アイドルというか女性そのものに興味を失っていたと言っていい。

三十歳になった頃から、「ご結婚は？」と、取引先のお偉いさん方から頻繁《ひんぱん》に聞かれるようになった。おそらく自分の娘を薦めたいのだろう。だが秀樹は、それらすべてを、柔和な笑みと共に華麗に躱《かわ》してきていた。

白石ことり――彼女でなければ駄目《だめ》だとわかっていたから。

アイドルとしても、アーティストとしても、ひとりの女性としても。秀樹を虜《とりこ》にしたのは彼女しかいない。もしも自分が結婚したいと思うなら、白石ことり本人か、彼女に引けを取らないほどの魅力を持った女性だろう。まぁ、今のところそんな女性は、白石ことり本人以外に出会ったことはないわけだが。

「はぁ……」

まだ半分も見終わっていない応募者たちの履歴書の束《たば》を前に、おもわずため息が漏《も》れる。こんな憂鬱《ゆううつ》な気分のときは、白石ことりのアップテンポな曲を聴いて、テンションを上げるに限る。今はひとりの社長室だが、スマートフォンから爆音で曲を流すわけにもいくまい。ひとりの世界に――いや、白石ことりの世界に浸りたいときには、イヤホンやヘッドホンで聴くに限る。

持ち歩き用のイヤホンを取り出そうと、秀樹は足元に置いたビジネスバッグを持ち上げた。そのとき、運悪くバッグの端が秘書応募者たちの履歴書の束を掠《かす》めたらしく、雪崩《なだれ》を起こして複数の履歴書が床に散らばってしまった。

「はぁ……やっちまった……」

曲で癒やされたかっただけなのに、余計な手間が増えてしまった。秀樹は重い腰を上げると、床に散らばった履歴書を一枚ずつ拾い上げる。その中で、ある履歴書の写真が目にとまった。

「えっ？」

おもわず声を上げて、その履歴書を拾い上げる。

ぱっちり二重の大きな目。小さいけれど血色のよい唇。陶器のように真っ白で滑《なめ》らかな肌。長かった黒髪はバッサリと切られ、ミディアムくらいの長さになっている。メイクの仕方は変わっているが、その顔貌は変わっていない。むしろ、六年の歳月が彼女を大人の女にしていた。

ズキュン！

六年前、霞ケ関の駅前で、ウインクのレスを貰ったときに感じた胸の鼓動が再び蘇る。その鼓動を懸命に押さえながら、ゴクリと生唾を呑んだ。

「こ、ことり……ちゃん？」

こんな偶然があっていいのか。六年前に行方知れずになった羨望《せんぼう》のアイドルが、自分の会社の秘書枠に募集してきた……？

写真から動かなかった視線を強制的に引っ剥《ぱ》がして、そこに書かれている情報に目を走らせる。

平井琴美。二十五歳。今、二十五歳なら、六年前は十九歳だ。白石ことりが引退したときの年齢と合致する。誕生日は七月二十五日――Ｒｅ＝Ｍの公式サイトから、白石ことりのプロフィールが削除されて久しいが、ファンなら暗記していて当然とばかりに、彼女の誕生日が七月二十五日だというのは秀樹の脳に焼き付いている。現在住所は東京になっているが、白石ことりは福岡出身。だがここは、上京してきたと考えればいいだろう。

（あとは血液型がＡ型だったら……）

白石ことりは本名非公開でアイドル活動をしていたから、名前で確証を得ることはできない。だが、見た目、年齢、誕生日、ここまで合致すると本人なのでは？　と期待する心が芽生えてくるのを抑えられない。

ドクン、ドクン、ドクン……

けたたましく鼓動が加速していく。こんなに胸が熱くなるのは、実に六年ぶり。

秀樹はその日のうちに、書類選考通過のメールを平井琴美に送っていた。

◆　◇　◆

採用の決まった平井琴美を見送ったあと、社長室に戻った秀樹は、書いてもらったばかりのサイン色紙を、まるで天子様からの御下賜品《ごかしひん》のように両手で持って、悦《えつ》に浸った顔で眺《なが》めていた。

（本物のことりちゃんが……ことりちゃんが……俺のために書いてくれたサイン！　素晴らしい！）

六年ぶりに会った彼女は、髪型もメイクも変わっていたけれど、顔を見てすぐに白石ことり本人だと確信を持った。念の為に血液型も聞いてみたが、これまた合致。秀樹の確信を強くしただけだ。女の子から大人の女性になった彼女は、以前よりも一層魅力的で、向かいに座っているだけでも心臓がバクバクとうるさかった。

（ああ――ことりちゃん……やっぱり好きだ。結婚したい）

彼女の履歴書によると、引退してから一度は地元に帰ったらしいが、再び上京し、バイトを掛け持ちしながら通信大学で勉学に励《はげ》み、ひとりで生活していたようだ。両親の援助は受けられなかったのだろうか？　ずいぶんな苦学生だったように見える。この六年、今まで自分が最高に輝いていた舞台とはまったく別の世界で、彼女はどんな思いで生きてきたのだろう？　それを想像すると胸が痛くなるのと同時に、庇護欲《ひごよく》のようなものが湧いてくるのだ。

（頑張ってたんだなぁ、ことりちゃん……。俺が養ってあげたい、むしろ養わせてほしい）

そう思った結果、彼女の履歴書を見つけたときのテンションのまま取り寄せた婚姻届を差し出してしまったのは、今思えばこれはストーカー行為一歩手前だったのでは？

（うわぁ……俺、いくら結婚したいくらい好きだからって、いきなり婚姻届は……）

ドン引きされるのも無理はない。というか、ストーカー被害に遭って引退した彼女を怯《おび》えさせることになってしまったのではないか？　今頃そんな重要なことに気が付いて頭を抱える。

（もうすぐことりちゃんの誕生日だし、本当は誕生日パーティーとか開いてあげたいんだけど、今日の感じじゃ絶対に余計に引かれるよなぁ——）

それ以前に心配したほうがいいことがある。

（……出勤、してくれるだろうか……）

少し不安になりながらも、貰ったサインは特注の額縁に入れて、家に飾ろう——そう心に決めた秀樹であった。

◆　◇　◆

社長室の一角に設けられた秘書用のデスクで、琴美は黙々と仕事をこなしていた。

株式会社キスマダールでの秘書の業務は多岐にわたる。社長である早見宛の郵便物の開封と内容確認、メールのチェック、社長のスケジュール管理、社長が使った経費のまとめ、上がってきた企画の整理、他社へのアポ取り、社長室を訪れる人へのもてなしなどなど……

どれも初めてやる仕事なのだが、なんとなくこなせているのも、これらの仕事がアイドル時代に見てきたマネージャーの仕事にそっくりだからだ。通信大学の授業でパソコンにだって慣れ親しんでいたから、パソコンやオフィスソフトの利用もなんら問題ない。タイピングスピードは中の上といったところ。特別速くはないが実務には問題ない程度である。

前任の秘書からひと通りの業務内容を教わったときに、「とても呑み込みが早い！」と褒められたのは嬉しかった。しかも、もっと嬉しいことに、この仕事はまだ見習いなのにもかかわらず、お給料が発生する！

アイドルとして三年やってきた琴美だが、芸能界で手取り足取り教えてもらえることなんてなかった。〝芸は見て盗め〟が、未だに生きている世界なのだ。ダンスレッスンでさえ、自己レッスン量が物をいう。しかも、プロダクションの稽古場《けいこば》が使えなければ、自前で稽古場を借りることもある。その上、研究生ならレッスン代は自己負担。お給料なんてあってないような物だ。

歌い方の指導がある場合もあるが、それも音楽プロデューサーによりけりである。ボイストレーニングも自己負担。だからアイドル業の傍《かたわ》ら、学校にバイトにと忙しい。Ｒｅ＝Ｍの野外初講演のときの衣装《コスチューム》なんて、倒産したウェディングドレス会社から一着三〇〇円で引き取ったカラードレスを分解しての手作り品だったっけ。

労働の対価はお金ではなく夢。

それも、叶《かな》うかどうかすらわからない。真面目にコツコツ努力を積み重ねていくだけで報われるなら、これほど楽なことはないだろう。それはどんな世界でも同じかもしれないが、芸の道は潰しが利《き》かない。だから辛《つら》いのだ。

今回は、ようやく採用された正社員の仕事だ。奮発してリクルートスーツ以外のスーツも買ったことだし、ここいらでひとつ新しいキャリアを積みたいところ。

琴美の仕事ぶりを二週間ばかり見て「これなら安心ね！」と言った前任秘書は、予定より早く今日から有給消化に入ってしまった。

なのでこの社長室は、社長である早見と、秘書の琴美の二人っきり……

朝一番に届いた郵便物を開封しているだけで、斜め前方から、ものすご――く熱い視線を感じる。

アイドルという見られる仕事をしてきた琴美ではあるが、初対面（？）で婚姻届を持ってきた人からの視線は、なんというか、非常に身体をムズムズさせるものがある。緊張に近いのかもしれない。

（……そ、そんなに見ないでくださいぃ……）

と、思っても相手は社長。しかも見ているだけで危害を加えられるわけでもない。むしろ、雇ったばかりの秘書が、ひとりでちゃんと仕事をやれているのか心配で見ているのだろうとも思う。思うのだが――

「あ――……推しと同じ職場……尊い……存在が奇跡」

「あ、あの……社長……？」

（い、今、なにか聞こえたような……？）

呼ばれたのかと思って首を傾げてみると、早見が「コホン」と軽く咳払いをする。椅子に座り直した彼は、キリッと凛々《りり》しい表情を向けてきた。

「平井さん。申し訳ないが、今日の午後のスケジュールをもう一度教えてもらってもいいかな？」

「は、はい。かしこまりました」

どこか取り繕われているものを感じながらも、支給品のタブレットを持って早見の前に移動した。

彼の前に立つと、少しドキドキしてしまう。なぜならこの御仁、男性アイドルを見慣れてきた琴美でも目を奪われてしまうくらい顔立ちが綺麗に整っているのだ。むしろ男性アイドルにありがちな線の細さがないぶん、逞《たくま》しさのようなものを感じる。

『好きです。結婚してください』

大真面目な顔をしたこの人に言われた言葉《プロポーズ》が咄嗟《とっさ》に脳裏に蘇って、胸の鼓動を加速させる。この人は、自分のことを結婚したいくらい好きだと言ってくれた人――白石ことりを忘れなかった人――妙な熱が上がる顔を、琴美はタブレットで隠した。

「ほ、本日は午後一時三十分より、大談社《おおだんしゃ》様との打ち合わせがあります。こちらは、〝アイドルプロデューション〟特集の打ち合わせで、開発部も同席することになっています。三時からは週刊時代様からのインタビューです。五時からは開発部の柳瀬《やなせ》部長から次回アップデートの相談があると伺っております。以上です」

自社の主力ゲームの広報。その打ち合わせに社長自らが出る。というのもこの会社、叩き出している売り上げの規模に対して、営業が少ない。というか、営業をやっているのが、社長の早見の他にほぼいないのだ。時々、開発部の部長がインタビューに答えることがあるくらいである。

早見はもともと、広告代理店の営業マンだったらしい。それを聞いて、ある意味納得もした。彼自身、営業が向いているのだろう。それでいて、ひとりでここまで会社を大きくしたのだから、相当の叩き上げだ。人数的に一番多いのは、開発部のエンジニアで三十五人。十五人、十五人、五人の三グループに分かれてゲームタイトルごとプロジェクトを支えている。企画は全社員が「こういうゲームやりたいな」と思ったものがあれば、自由に出していいことになっているし、採用されればボーナスに反映される。しかし、どんなに仕事が詰まっていても休暇はきちんと取る。それは社長だけでなく社員全員に徹底されていて、休みも取りやすいように配慮されているのだ。

「ありがとう。午後の打ち合わせには、平井さんにも同席してもらいたい。取引先に、新しい秘書だと紹介したいし、特に大談社との打ち合わせは、議事録も取ってもらわないといけないしね」

「はい、かしこまりました！」

前任秘書はもういない。琴美が責任を持ってやらなくては。幾分か緊張した面持ちで頷くと、「気負わなくても大丈夫だからね」と、優しくフォローを入れられる。面接の日は、「白石ことりのファン！」を自称し、婚姻届まで持って迫ってきた早見だが、いざ仕事となると、そういう行動はパタリとなくなった。むしろ初日に「面接のときは、怖がらせてしまって申し訳ない」と、謝られたくらいだ。それに、琴美が元アイドルだということも、本当に社内外の誰にも話していないようだった。それが、ファンとして推しのプライベートを護ろうとしてくれているのか、社長としての守秘義務の遂行かはわからないが……少なくとも約束はちゃんと守ってくれる人なのだろう。お陰で社内の誰からも過去を詮索されずに済んでいる。

初めは警戒していた琴美だったが、そんな彼の態度から半月ほど経った今では、普通に〝社長と秘書〟としての関係を築きはじめていた。

（大談社さんも、週刊時代さんも、Ｒｅ＝Ｍにいた頃に取材を受けたことはないし、大丈夫。元アイドルだなんてバレない……）

仮にＲｅ＝Ｍ時代の琴美を知る人と会ったとしても、引退した元アイドルに興味がある人は稀《まれ》だ。

そう、社長の早見秀樹くらい熱狂的ファンでない限りは――

（よし！　残りの仕事頑張ろっ！）

琴美が自分の席に戻って、封筒の開封作業を続けていると、パソコンのメーラーが、新規のメールの受信を告げた。

同じメールを早見も受信しているはずだが、彼は今、電話中だ。メールを見るのはあとになるかもしれない。先に秘書がメールを確認して、重要だったり、返信が必要な内容であったりすれば、社長に伝える……そういうふうに、前任の秘書から教わっていた琴美は、すぐにメールを開いた。

『株式会社サワプロダクションよりコラボ依頼』そう書かれた件名に、一瞬眉が寄る。というのも、このサワプロダクションは、琴美がＲｅ＝Ｍ時代に所属していた事務所なのだ。だが、過去に所属していた事務所だからといって、このメールを見ないわけにはいかない。

（お、お仕事……お仕事……）

いやな予感がしながらも、おそるおそるメールを開く。するとそこには、無難な挨拶《あいさつ》と共に、サワプロ所属のアイドルユニットを、キスマダール製のスマートフォンゲームアプリ、アイドルプロデューションのゲームキャラクターとして、期間限定でコラボ出演させてもらえないだろうか？という問い合わせだった。メールの送り主には、大橋《おおはし》と、知らない営業の名前が書いてある。

（コラボしたいアイドルユニット、か……。なんだろう？）

真っ先にＲｅ＝Ｍを思い浮かべたのは、自分が元いた場所だからだろうか。

サワプロには、いくつもアイドルユニットが存在している。その中でも今、一番売れているのは

Ｒｅ＝Ｍだ。ただそれは、女性アイドルユニットとしての話。男性アイドルユニットだってもちろん存在している。そっちの線もゼロではない。それに加えて、売れたからコラボさせたいのか、これから売りたいからコラボさせたいのかで、ユニットが変わってくるのは当然のこと。

（……わたしが考えても仕方ない）

このメールはすぐにでも早見に知らせたほうがいいと判断した琴美は、彼の電話が終わったタイミングで席を立った。

「社長、今お時間よろしいでしょうか？」

「ん？　なに？」

顔を上げた早見の目が一心に琴美を見つめてくる。その眼差しが痛いくらいに強い。

またドキドキしてしまいそうになるのを懸命に耐えて、琴美は秘書に徹して用件を伝えた。

「先ほど、株式会社サワプロダクション様より、期間限定コラボを打診するメールが来ました。返事が必要な内容でしたので、ご確認をお願いします」

「サワプロから？」

早見は少し意外そうな顔をして、早速メールを確認している。彼は何度か自分の顎をさすって考え込んでいる様子だ。

「ふむ……リアルアイドルユニットとのコラボね。その企画自体はいいんだけど、肝心のアイドルユニット名を書いていないのは、こっちのレスポンス待ちってことか……。うーん。こっちとしては、ユニット次第だな」

コンプライアンスの問題もあるのだろうが、今、スマートフォンゲームでシェアナンバーワンのキスマダールと、とりあえず縁《えん》を繋ぎたいという相手の意図が、会社勤め歴の浅い琴美にもさすがにわかる。果たして早見はこの打診を受けるのだろうか？

気になってじっと早見を見ていると、ふと顔を上げた彼と目が合った。

「そういえばこのサワプロは、平井さんが昔所属していた事務所だね？」

「ご、ご存じだったのですか」

正直、少し驚いてしまう。〝白石ことり《自分》〟のことばかりか、所属事務所まで覚えていたなんて。

だが彼は、当然だよ、と言わんばかりに爽《さわ》やかに笑った。

「まぁね。どう？　ここの事務所って。このメールにある担当者の大橋さんは知っている人かな？」

この場合、取引先として信頼できるか？　という意味で聞かれているのだろう。

事務所にはよくしてもらった。アイドルになりたい夢を一瞬でも叶えられたのは、事務所のバックアップがあったからだ。終わり方には納得できなかったが……

（まだ、いるのかな……原田プロデューサー……）

枕営業を迫られたときのこと、そして路上で襲われたときのことを思い出して、琴美は怪我をした左肩に無意識に触れていた。

あのとき逃げ切れていなかったら、自分はどうなっていたのだろう？

「どうした？　なんだか顔色が優れないようだけど。平井さんが気乗りしないなら、このコラボはなしにしたっていいんだが」

心配そうな目が自分を見ていることに気が付く。

早見はさっき、「企画自体はいい」と言っていた。自分のひと言で、ひとつの企画がなしになるかもしれない――そう思ったら、琴美はブンブンと勢いよく首を横に振っていた。

「いえ！　そういうことではなくて！　あの、わたしが所属していたのは六年も前ですし、この担当者の方も存じません。なので、すみません、わたしの話はなんの参考にもならないのでは、と」

実際、六年も経てば社風が変わっていてもおかしくない。もちろん、変わらないこともあるかもしれないが……

「うーん。そうか。まぁ、確かにね。じゃあ、質問を変えよう。平井さん的には、昔所属していたところとやり取りすることに抵抗はない？　Ｒｅ＝Ｍがコラボ相手の可能性もあるんだよ」

「そう、ですね……」

Ｒｅ＝Ｍを引退した琴美に配慮してくれているのだろう。琴美は目を伏せてしばらく考えた。

（実際にコラボになったとき、サワプロの場合、出てくるのは営業さんなんだよね。コラボって言ってもゲームだし、取材とかと違ってアイドルと直接打ち合わせするわけなんてないだろうし……）

ましてや、音楽プロデューサーの原田が出てくることでもない。原田のフィールドは、作詞作曲。そして舞台創りなのだ。実際、テレビＣＭなんかになると、別のプロデューサーが付く。ゲームコラボにまで原田が出てくるとは思えない。

（うん！　大丈夫！）

再び顔を上げた琴美は微笑《ほほえ》んで頷いた。

「コラボ先がＲｅ＝Ｍであってもなくても私は大丈夫です。仮にＲｅ＝Ｍであれば、昔の仲間を盛り上げる手助けができるなら嬉しく思います」

琴美のさっぱりとした答えに早見は納得してくれたのか、何度か小さく頷いて、しばらく目を閉じて考える素振《そぶ》りを見せた。そしてパチッと目が開いた途端——

「よし！　とりあえず、企画の概要とコラボ予定のユニットを聞くためにも、アポ取りしてみよう！　リアルアイドルとのコラボは今までやったことがないからね」

自分でアイドルを育てるゲームが好きなプレイヤーは、リアルでもアイドル好きな可能性が高い。それに、コラボするアイドルユニットによっては、新規のユーザー増加も見込めるかもしれない。会社として、この商機を逃す手はないだろう。

「はい。それでは、わたしからサワプロ様にそのようにメールでお返事をしておきます」

「うん、頼んだよ」

秘書としての仕事に私情は挟むべきではない。しかも、六年も前の私情なんて。

（わたしはもう、キスマダールの秘書なんだから！）

琴美は気持ちを切り替えると、自分のデスクに戻った。

「平井さん。休憩に入ろうか」

早見に声をかけられて、琴美は作業をしていた手を止めた。

「あっ、もうこんな時間だったんですね、申し訳ありません。夢中になってしまって」

「ん？　これはうちのノベルティ？」

缶バッジに下敷き、うちわ、エコバッグにミニタオル、縫いキャラ他などなど……琴美の机の上には、キスマダールの非売品ノベルティグッズが多数並べられている。そして足元には、同じく非売品ノベルティグッズが乱雑に入れられた段ボール。

書類棚のどこになにがあるのか把握しておこうと、いろいろと開けて回っていたら、過去のプレスリリースやプレゼント企画で作ったであろうノベルティグッズが山盛り入った段ボールが二箱も出てきたのだ。

「はい。書類棚を見ていたら見つけまして。段ボールからあふれそうだったので整理していまして――」

そう言った琴美は、おずおずと早見に提案してみた。

「あの、社長、これからある大談社様との打ち合わせはアイドルプロデューションの特集なので、このノベルティグッズをラッピングして、お土産にお渡しするのはどうでしょうか？　その、なんと言いますか、〝お蔵出し〟みたいなプレゼント企画などに利用していただいたら、このグッズたちも行き場ができますし、販促にも繋がるかもしれません」

実際、どの程度の販促に繋がるのかは営業経験のない琴美には見当も付かないが、アイドル時代の経験から言うなら、ファンにとって公式グッズはお宝だ。そのお宝を転売屋から購入するなど言語道断。手に入らずに涙を呑む人たちもいる。このノベルティが配布された当時、手に入れることができなかった人たちにとってはセカンドチャンスだ。喜んでくれる人は一定数いると思う。それに、このノベルティグッズの制作にかかわった人たちだってきっとたくさんいる。

ノベルティグッズをデザインして試行錯誤してＲｅ＝Ｍの人気を後押ししようとしてくれていた現場の人たちを、琴美はアイドルという立場で見てきた。だからせっかくのノベルティグッズが、書類棚の片隅で、無造作に段ボールに押し込められていることがたまらなく切なかったのだ。それに、このグッズたちも貰い手が見つかったほうが嬉しいのでは――そう思って早見を見上げてみる。

すると、

「お蔵出しプレゼント企画！　それはいいアイディアだね！」

彼は大きく頷いて、机に広げてあった缶バッジのひとつを手に取った。

「いやー。定期的にノベルティグッズは作っていたんだけど、こんなに余っていたなんてね。まったく知らなかったよ」

「そうでしたか……」

前任秘書も配布期間が決まっているノベルティグッズをどうすることもできずに、仕方なく段ボールに押し込めていたのかもしれない。

「今日の打ち合わせで早速、大談社の編集者に打診してみよう」

「はい！」

自分の提案が採用されたことがちょっぴり嬉しくて、自然と笑みがこぼれてくる。

すると、早見が噛み締めるように一瞬息をとめた。

「あ、あのさ、今から一緒にお昼に行かないか？」

昨日まで前任秘書がいたから、琴美は彼女から秘書のいろはを教えてもらうため、毎日一緒にランチに行っていたのだが……

「す、すみません、社長……。わたし、お弁当を持ってきていまして……」

まさか早見にランチに誘ってもらうとは思っていなかったし、引退したとはいえ、琴美の美意識はアイドル時代のままである。二週間の外食続きに、「このままじゃ絶対に太る！」と、危機感を覚えるのも当然。そこで、カロリーも材料費も超ヘルシーな手作り弁当を持参していたのだ。

「弁当……」

「はい……」

早見の視線をものすごぉ――く感じていたたまれない。自分の通勤バッグと一緒に持ってきたランチバッグをおそるおそる出して、早見の視線を遮《さえぎ》るようにそれで顔を隠した。

「すみません……あの、お弁当禁止でしたか？」

そういう社内ルールでもあっただろうか？　雇用契約書には書いていなかったが……暗黙の了解というものがあったのかも。

「いやいや、弁当禁止とかそんな変なルールはないから安心して。ただ珍しかっただけだから」

「あ、よかった……」

ホッと胸を撫で下ろすのと同時に、琴美はランチバッグを机に置いた。

「平井さんって、結構料理するの、かな?」

「あ、はい。基本的には自炊で。外食はほとんどしないんです。その……カロリーが気になってしまって……」

(カロリーだけじゃなくてお財布的にも気になるんですけどね……。言えない真実も混ざっていて、恥ずかしくなって下を向く。

「見せてもらってもいい?」

「えっ?」

驚いてパッと顔を上げると、興味津々といった目でこちらを見ている早見がいる。

「お弁当を、ですか?」

「うん」

(お弁当なんか見てどうするんだろう?)

よくわからないが、言われるがままに琴美はランチバッグから、スープジャーと小ぶりの弁当箱を取り出した。それぞれ蓋《ふた》を開けて早見に見せる。

「あの、夕飯のありあわせで作っているので、見栄えはよくないんですが……」

スペアリブの照り焼きに、さつまいもの茶巾風、ナスといんげんの和え物。それから五目ご飯だ。スープジャーの中は、もずくスープ。オーバーカロリーにならないよう、それでいて野菜は多め。もちろん、材料は余すことなく使い切るという、わりとガチめなドケチ弁当である。

「おお~! 旨そうだね。彩りもいいし。手慣れてる感じだ。もしかして、ことりちゃん時代からずっと？　でもブログで見たことなかった気がする。なんだか新鮮だね」

そう言われて、琴美ははにかんだ笑みを浮かべた。

（わ、ブログもチェックしてくれてたんだ。わたし、ブログにお弁当載せたこと一度もないもの）

アイドルのブログというのは、実はかなり気を使う。ファンサービスの一環だから、嫌悪感を持たせてはいけない。身近に感じてほしいけれど、プライベートは出しすぎてはいけない。特に自分の住まいがバレるようなことは厳禁だ。炎上なんてとんでもない。嫌いなものより好きなものを書く。でもあまり、「好き」を書きすぎると、今度はファンからのプレゼントとして大量に届くことがあるから注意が必要。そして、アップする前に、必ずマネージャーがチェックしてＯＫが出なければ公開できない。

だから琴美は、野外コンサートのことを中心に書くことが多かった。あとは衣装や、好きな小物のこと。野外コンサートで各地を回るから、そこで出会った珍しい物や、風景の写真をアップしたり、あとは仲間たちとの写真を載せたり。

（あの頃は楽しかったなぁ……）

「……い、いつか、俺の弁当も作ってほしいなーなんて……」

小さく聞こえた早見の声に、キョトンと目を瞬いたのも束の間。彼は耳を赤くして、社長室のドアを開けた。

「じゃあ、俺は外に食べに行ってくるから！　またあとでね！」

サッと出ていく早見に「い、いってらっしゃいませ」と言うのがやっとだ。

ひとり社長室に残された琴美は、ぽすんと椅子に座って自分の弁当を見つめた。

『……いつか、俺の弁当も作ってほしいなーなんて……』

確かに聞こえたひと言に、ひとりでもんどり打つ。

（作ってほしいって……作ってほしいって……）

面接の頃から――いや、〝白石ことり〟時代から、自分を追いかけてくれていた人が寄せてくれる変わらぬ好意に、赤面せずにはいられない。

アイドル時代はいろんな人から「好き」と言われてきた琴美だけれど、それはアイドル〝白石ことり〟に向けられた好意であって、平凡女子〝平井琴美〟に向けられた好意ではない。

琴美が琴美として好意を向けられるのは、実は初めてのこと――

平凡女子〝平井琴美〟は、親にも見放されて、友達と思っていた地元の子たちからも陰口を叩かれ、逃げるように上京して、バイトを掛け持ちして、生活費を必死に賄《まかな》い、節約弁当に精を出す……そんな人間なのだ。

（アイドルじゃないわたしでも、好きって言ってくれるんですか……？）

真っ直ぐに向けられる好意に、鼓動が高鳴る。

今日は、持参した弁当の味がよくわからなかった。


昼休みが終わって、約束の十三時半、大談社の男性編集者二人が、受付嬢に案内されて社長室を訪れた。この二人は大談社のゲーム雑誌を手掛けているらしい。

最近はゲーム雑誌の売り上げも下火になってきており、紙でのゲーム雑誌は大談社と他一社しか刊行していない。貴重な紙媒体での告知だ。

「いやいや、ご無沙汰《ぶさた》しております、早見社長」

「こちらこそ。今回、うちのアイドルプロデューションの特集を組んでいただけるとのことで、ありがとうございます。もうそろそろ、開発部長も来ますので。どうぞお掛けになってください」

早見が大談社の二人を相手している間、一旦退室した琴美は、隣の給湯室でお茶を用意し、お盆に載せて再び社長室に戻った。

「失礼します」

ノックをしてから部屋に入る。開発部長がまだ来ていないということもあって、本格的な打ち合わせはまだはじまっていない。応接テーブルにお茶を置いた琴美を、早見が大談社の二人に紹介した。

「そうそう、前任秘書が退職しましてね、この子が私の新しい秘書で平井といいます」

「早見の秘書を務めます、平井琴美と申します。どうぞよろしくお願いします」

お盆をテーブルの端に置いて、名刺交換をさせてもらう。秘書になってからの初めての名刺交換に、ちょっぴりドキドキする。

(白石ことりだってバレるかな？　バレるかな？)

「ほほー。新しい秘書さんですか。こちらこそよろしくお願いしますよ」

(あ、バレなかった……)

雑誌記者にもバレなかったことにホッとする。やはり普通は気付かないものなのだ。ブレイクする前に引退したアイドルなんて。気が付いた早見だけが特別なのだ。

「ええ、若いですが、よく気の付く子ですよ。今日は彼女が、大談社さんでノベルティグッズのお蔵出し企画をやってはどうかと提案してくれましてね。どうですか？」

早見が話を振ると、大談社の編集者二人はズイっと身を乗り出した。

「なんですかその神企画。とてもいいじゃありませんか！　ファンにとっては垂涎《すいぜん》ものでしょう！うちでやらせていただいていいんですか？」

「もちろんですよ。——平井さん、ノベルティを持ってきてもらえるかな？」

「はい！」

自分が言い出した企画が喜ばれているのが嬉しくて、琴美の返事も心なしか弾《はず》んでいる。

段ボールの中に仕切りを作り、種類ごとに綺麗に並べ直したノベルティグッズを持ってきてみせた。

「全部出す必要はないと思うんですがね。特に人気があったのは、これとこれかな。あと、これも」

早見はアイドルプロデューションのキャラクターがプリントされたミニタオルや缶バッジ、それからエコバッグを取り出した。

「結構数はあるので、当選人数なんかは大談社さんにお任せしますよ」

「ありがとうございます！　いやー、これはいい目玉企画になると思いますよ！　雑誌の部数伸びちゃうかもなぁ」

なんて言ったりして、大談社の編集者はホクホク顔だ。

「早見社長、いい秘書捕まえましたね」

「ええ！　最高の秘書ですよ！」

嬉しそうな、それでいて自慢気な早見の顔が振り返って琴美を見てくる。

アイドル〝白石ことり〟としてではなく、秘書の〝平井琴美〟として認められた……そんな気分だった。

それからしばらくして、開発部長がやってきてからは、本格的な打ち合わせのはじまりだ。アイドルプロデューションはどんなゲームなのかを雑誌の読者に伝えていく。もちろん、琴美が提案した〝お蔵出しプレゼント企画〟もちゃんと盛り込まれている。

琴美は手書きで全員の発言を議事録に下書きをしていった。その速さは速記者並み。というのもアイドル時代、ダンス講師の言うことを適宜手書きでメモしていたからだ。

ダンスは身体に覚え込ませていくと思われがちだが、実は結構な割合でノートにメモを取る。量に直せば、ひとつのステージにだいたいノート一冊くらいか。自分の苦手なステップ、注意事項といった基本的なことから、仲間の立ち位置やライトの当たる方向、そしてカメラがどう回ってくるか、自分が一番綺麗に見える角度――それらを全部記録して、頭に叩き込み演技に活かすのだ。

身体が覚えるのを通り越して、身体に染み込むまで、そのノートを繰り返し繰り返し読み、追加していく。

「――ではそういう方向性で特集を組みますので。ノベルティグッズのお蔵出し、よろしくお願いします」

「こちらこそよろしくお願いします」

　大談社の編集者は、ノベルティグッズを人気順からいくつか持ち帰った。そしてキスマダールからは、ノベルティグッズ配布時に商材カメラマンから撮影してもらった写真データや、開発中の画像データを提供し、それらを編集者が記事にするのだ。初稿段階でチェックしてほしいとのことだったので、そのこともちゃんと琴美は記録に残した。

「どう？　議事録できた？」

　編集者を会社の玄関まで送って社長室に戻ってきた琴美に、早見が早速話しかけてくる。

　自分のデスクに置いていたノートを、おずおずと差し出した。

「下書きは、できてます。けど、手書きなので……パソコンで清書します……あの、すみません、二度手間になって……」

　ＩＴ技術の最先端とも言えるこの会社で、手書きの下書きなんて笑われるかもしれないと思ったのだ。

「いやいやいや、下書きが手書きなんて普通普通。うちのキャラデザだって、紙と鉛筆でやってるよ。仕上げはデジタルだけどね。議事録も最終的にデータにしてくれれば問題ないから」

　そう言われて安心する。

「わかりました。他に仕事がなければ今日中には終わると思います」

「ん。頑張って。わからないことがあったら、俺に聞いて」

「はい！　ありがとうございます！　よろしくお願いします！」

琴美は、はにかんだ笑みを浮かべながらも、ペコリと頭を下げた。

十五時からは週刊時代からのインタビューが掲載されるらしい。実業家を特集しているコーナーに、叩き上げ青年事業家として早見のインタビューだ。先ほどの打ち合わせと違って、今回はインタビューだから議事録は必要ないので、琴美はいなくてもいい。早見はあいている会議室でインタビューを受けることにしてくれた。

（よ～し、今のうちに頑張るぞ！）

琴美はカタカタとリズムよく文字を入力しながら、議事録を完成させた。

◆　◇　◆

（推しがいる職場最高すぎる。天国だ。あ、髪を耳にかけた。可愛い……ああ、もう、好きだ。大好きだ。愛してる。結婚したい）

琴美が同じ部屋にいるだけで、空気が浄化されている気がするし、なんならマイナスイオンが出ているかもしれないし、同じ部屋の空気を吸わせていただいているだけでも、身震いするほど興奮する。彼女が淹れてくれるお茶は活力剤。その辺の栄養ドリンクなんか目じゃない。

秘書の仕事は初めてと言っていた彼女だが、初めてとは思えないほど、うまくスケジュール調整をしてくれる。仕事の基本である「ほう《報告》・れん《連絡》・そう《相談》」も確実にこなしてくれるし、おまけに今まで誰も思い付かなかった〝ノベルティグッズのお蔵出し企画〟まで提案してくれ、期待以上の働きっぷりだ。

（初めてだっていう秘書の仕事もこなせてるし、才能ありまくり。歌って踊る秘書、しかも可愛い上に家事万能とか……ああ～あの弁当、旨そうだったなぁ。結婚したい）

一日に何度『結婚したい』と思っているかわからない。既《すで》に伝えている気持ちではあるが、今の彼女は秘書という新しい仕事に就いて、まだ二週間。生活面でも仕事面でも、まだ慣れるのに必死だということはわかっている。何度も自分の気持ちを伝えることはただの押し付けにしかならず、彼女の負担になるだけだ。だから必死になって自分の気持ちを抑えているのに、彼女の新しい一面を知れば知るほど、〝白石ことり〟のファンとしてもともとあった「好き」の感情の上に、女性としての「好き」が積み重なっていくのだ。

（ああ……もう……叫《さけ》びたい。君が好きだぁああああ――！）

そんなことを考えながら、秀樹はインタビューに来た週刊時代のインタビュアーとカメラマンを、会議室に招き入れた。

「いや～立派なオフィスですねぇ～」

インタビュアーのおべっかからはじまった取材に、秀樹は笑いながら「そうでもないですよ」と謙遜《けんそん》してみせた。

「早見社長は二十五歳でこのキスマダールを設立されたそうですが、その前は大手の広告代理店の営業マンだったそうですね」

「はい。そうですよ」

特に隠しているいる経歴ではないが、よく調べているなという印象を抱く。インタビュアーはボイスレコーダーの向きを調節しながら、ノートとペンを出した。

「お若くして企業されたことになりますが、なにか〝きっかけ〟のようなものはあったんでしょうか？　キスマダール製のスマートフォンゲームアプリ、〝アイドルプロデューション〟は、有名すぎて解説の必要もないくらいなのですが、どうしてこの〝アイドルプロデューション〟を作ろうと思われたんですか？　例えば、社長自信がアイドルヲタだから、とか。なにかそういう〝具体的なきっかけ〟みたいなものをお聞かせいただけたらと」

「〝きっかけ〟ですか。もちろんありますよ。私の場合のきっかけは——」

秀樹は語った。自分に大きな影響を与えてくれたアイドルの存在を。名前こそ出さなかったものの、彼女の存在が〝アイドルプロデューション〟の初期設定にも活かされていること。そして、彼女がアイドルを辞めても、自分の中ではアイドルであり続けていること——

「いやー、そこまでのアイドルなら、ぜひお名前を聞きたいですね」

「それは駄目ですよ。私はいちファンですからね。推しの了解なくして勝手に名前を挙げることはできません。それに、引退された方ですからね」

食い下がるインタビュアーを笑っていなす。

（平井さんが、また歌ってくれたらなぁ）

それは純粋に〝白石ことり〟のファンとしての思いと、〝平井琴美〟というひとりの女性に魅力を感じる、自分の男としての想いが入り交じっている。デジタル越しの歌声ではなく、彼女が自分のために歌ってくれることがあったら……贅沢《ぜいたく》なことだとはわかっているが、それでも彼女の歌がまた聞きたい。その声を独り占めしたい。

アイドルにはたくさんのファンがいて当たり前。むしろいないといけない。自分は〝白石ことり〟に付いている大勢のファンのひとりにすぎない。彼女を独占することなどできない。それはいやというほど理解しているのに、〝平井琴美〟という女性を想うと、途端に湧いてくるのは独占欲だ。

（俺はこんなに独占欲が強かったんだな……）

多少、自分に呆《あき》れながらも、秀樹はインタビュアーの質問に答えていったのだった。

◆　◇　◆

夏から秋へ季節は巡る――。琴美がキスマダールに就職して三ヶ月が経った。

今日は日曜日。秘書の仕事にもだいぶ慣れて、琴美は休日を謳歌していた。

朝から部屋の片付けをして、グリーンに霧吹きで水をやって、シーツや枕カバーを洗う。こぢんまりとした１ＬＤＫの部屋は、シャビーな雰囲気《ふんいき》に統一しているけれど、この広さではいかんせんすることも限られていて、琴美は退屈しのぎに運動がてら外に出掛けた。

買ったばかりのラベンダーカラーの七分袖リブニットと、ベルト付きのホワイトのタックワイドパンツを合わせる。カジュアルスタイルを綺麗めにまとめるのは、フラットシューズよりもちょっとだけ踵《かかと》のあるパンプス未満の白いシューズだ。歩きやすくて気に入っていて、通勤以外はこの靴を愛用している。

（は〜いい天気）

まさしく秋晴れ。涼しい風がスーッと首筋を撫でて通り抜けるのも悪くない。川沿いの土手を歩くと、とんがり帽子の取水塔が見える。この川沿いの風景は、どことなく故郷と似ていた。まぁ、川沿いなんて、どこでも似たようなものかもしれない。でもだからこそ、わたしはどこでもやっていけるよ、という気分にさせてくれる。

しばらく散歩をしてから、スーパーマーケットが入っている駅前のショッピングセンターに入った。ここは食料の他にも、ドラッグストア、おしゃれな百円ショップ、衣類店、雑誌の特集にも載ったことのあるクロワッサンたい焼き店に、加えて書店などもあり、生活に必要なものがひと通り揃えることができる便利な場所だ。

（あっ、そういえば、早見社長のインタビューが載っている週刊現代って、一昨日発売だった！）

金曜日に見本誌が会社に届いたのだが、それは早見が持って帰ってしまったので、琴美は読んでいないのだ。

（食材を買う前に本屋さんに寄ろうっと！）

琴美はショッピングセンターの奥まった場所にある書店へと向かった。

秘書の仕事に就くまで、ビジネスや経済誌といったジャンルの本とは無縁だった琴美だ。なんとなく場違いのような気がしながらも、おじさんたちの中を掻き分けてビジネス・経済誌のコーナーへと立ち寄った。そこには面置きと平積みの両方で、先日出たばかりの週刊現代が並んでいる。
〝世界累計利用者数五二〇〇万を誇るキスマダール。スマートフォンゲームにアイドル旋風を巻き起こした男の裏側を直撃〟という煽《あお》り文句と共に表紙を飾っているのは、我らが早見秀樹社長。顔立ちの整っている彼だが、こうやって雑誌に載っているのを見ると、芸能人かと見紛うばかりだ。
琴美は早見が表紙になっている週刊現代を手に取ると、パラパラとページを捲ってみた。早見の整った顔がバーンと掲載されている。キスマダールは新しい会社だし、オフィスも会議室も今風で綺麗だと思うのだが、早見のいかにも「爽やかなできる男」の佇《たたず》まいが絵になっている。
これは偏見かもしれないが、こんなにかっこよくて、優しくて、爽やかで、紳士的で、商機を見極められる人がアイドルヲタク——秘書採用面接の際、琴美に婚姻届を差し出してきた〝白石ことり〟ガチ恋勢だとは、お釈迦様でも思うまい。
インタビュアー（以下、イ）『早見社長は二十五歳でこのキスマダールを設立されたそうですが、その前は大手の広告代理店の営業マンだったそうですね』
早見社長（以下は早）『はい。そうですよ』
イ『お若くして企業されたことになりますが、なにか〝きっかけ〟のようなものはあったんでしょうか？　キスマダールが初リリースしたゲームは〝アイドルプロデューション〟で、有名すぎて解説も必要ないくらいなのですが、どうしてこの〝アイドルプロデューション〟を作ろうと思われたんですか？　例えば、社長自信がアイドルヲタだから、とか。なにかそういう具体的なきっかけみたいなものをお聞かせいただけたらと』

早『〝きっかけ〟ですか。もちろんありますよ。私の場合のきっかけは、ある女性アイドルから元気を貰ったことですね』

（っ！）

読み進めていくうちにドキッと心臓が高鳴る。そこには、採用面接のときに琴美が彼から聞かされたこととまったく同じことが書いてあったのだ。

早『ポップな曲からは元気を貰って、しっとりした曲からは癒やしを貰って、自分の生活の一部になるほど彼女の存在が大きくなって。もう、大好きですね』

イ『それってもう恋じゃないですか』

早『恋ですよ。だから〝アイドルプロデュション〟には、アイドルとプロデューサーの恋愛要素を入れたんです。アイドルに限らずですが、自分の好きな人が頑張っている姿って、見ていて応援したくなるんです。その頑張りって必ずしも成果に繋がるものじゃないかもしれない。でも、側で支えてあげたい。だからプレイヤーはアイドルではなく、プロデューサーのポジションなんです。自分の育てたアイドルがゲーム内で武道館に行けるか行けないかというのは、様々な要素や条件をクリアしていく必要があるんですが、武道館にいけないアイドルが生まれたとしても、プレイヤーであるプロデューサーには、そのアイドルを愛してほしいですね。それがそのアイドルの個性なんです。武道館に行くことを一応のクリア要素に置いてはいますが、実はそれだけではトゥルーエンドにはならないんですよ』

イ『えっ！　それは初情報ではありませんか？』

早『プレイヤーの皆さんの中にはお気付きの方もいらっしゃるかもしれませんが、私がお話しするのは初めてですね』

（………）

武道館に行けないアイドルが生まれたとしても、そのアイドルを愛してほしい――

その早見の言葉が琴美の胸を打つ。まるで、自分に向かって言われているような気がしたのだ。

アイドルになって、武道館を目指して、頑張ったけれど理不尽なことに躓《つまず》いて、夢は叶わずに心も折れた。そんなアイドル時代の自分を許せなかったのは、他の誰でもない琴美自身だったのだ。

でも彼は、そんな自分さえも愛していると言うのか。トゥルーエンドは他にもあるから、と。

まだ途中までしか読んでいない雑誌を、琴美はぱたんと閉じて胸に抱えた。

うまく言葉にできない感情が、自分を内側から掻き乱している。琴美は足早にビジネスの棚を離れ会計に向かった。油断すると泣いてしまいそうだ。

その途中で資格の棚を通ったときに、ふと「秘書検定」の文字を見つけて、足をとめた。

（秘書検定？　そんなのがあるんだ……知らなかった……）

早見はいつも優しい。琴美が提案した企画も褒めてくれるし、採用だってしてくれる。

（でもそれって――……）

今まであまり考えないようにしてきたけれど、早見が秘書の経験のない琴美《じぶん》を採用したのは、彼が〝白石ことり〟のファンだからなのだ。

彼の目はアイドル〝白石ことり〟のフィルターを通してしか、平凡人間〝平井琴美〟を見ていないのでは？　自分は秘書として、本当に早見の役に立っているのだろうか？　なんとなくやれているような気がしていたけれど、それこそ思いあがりでは？　早見に許されて、甘やかされているだけなのでは？　本当は秘書として頼りないのでは？

（いつまでも、新人秘書じゃいられない！　勉強しよ！）

そう思うといてもたってもいられずに、琴美は秘書検定の本を手に取って、週刊現代と共にお会計をしていた。

◆　◇　◆

（えーっと、上司が不在時の対応について――）

昼休み。社長室の一角にある自分の席で、持参した手作り弁当を食べながら、琴美は先日購入した秘書検定の本を熟読していた。昼休みになると、早見は外に食べに行くので、この社長室は琴美だけになる。この時間を有効活用しない手はない。

秘書検定の本には、秘書の心得、秘書に求められる対応、ビジネスマナー、そして言葉使いといった教養まで、幅広く書かれてある。もちろん、当たり前に知っていることも書いてあるが、中には想定すらしていなかったようなことも書いてあり――

（え!?　エレベーターに上座下座とかあるの!?　はぁ!?　エスカレーターにも!?）

と、まぁこんな調子で、今までバイトしかしたことのなかった琴美には、なかなか新鮮だ。特に、実践的なビジネスマナーは即使えるものばかり。

実際に秘書検定を受けるかどうかは別にしても、物事を知っていて損はない。早見は優しいし、なんでも聞いてと言ってくれるが、キスマダール代表、早見秀樹の秘書として、琴美は彼に外で恥をかかせるわけにはいかないのだ。

実は今日の十五時から、サワプロダクションとの打ち合わせがある。

サワプロダクションとはメールで何度かやり取りをしていたが、実際の顔合わせは十月初旬になった今までできていなかった。夏の公演が完全に終わるまで、サワプロ内部がバタバタしているからだ。かつて内部にいただけに、どれだけバタついているのかはわかっている。琴美がサワプロの内情を早見に説明して、結果的にサワプロのフォローに回る形になったのには苦笑いだが……

そんなとき、なんの前触れもなく社長室のドアがガチャッと開いた。

「ただいま」

まだ弁当を食べ終わっていなかった琴美は、モグモグと咀嚼《そしゃく》しながら立ち上がった。

(やば！　休み時間オーバーしてた⁉　本に夢中になっちゃってた！)

「お、お帰りなさいませ！　すみません！」

「ああ、大丈夫。気にしないで。まだ昼休みは終わってないから。今日はちょっと店がすいててね。早く食べ終わっただけだから」

そう言われてホッと胸を撫で下ろす。社長室の壁掛け時計を見ると、まだ十二時四十分。昼休みはあと二十分もある。

（でも急いで食べなきゃ）

社長が戻ってきたのに、のんびり食べてなんかいられない。琴美は読んでいた秘書検定の本に栞《しおり》を挟んで、自分の通勤カバンにポイッと放り込んだ。そして弁当に箸を伸ばして手作りミートボールを口の中に放り込む――と、上から影が落ちてきた。

（ん？）

不思議に思って顔を上げると、机に両手を突いて覗《のぞ》き込んでいる早見とバッチリ目が合ったのだ。

琴美は驚いて、座っていたキャスター椅子ごと後ろに下がった。

「っ！　ど、どうなさいました？」

ミートボールの入っている口を手で押さえながら、なんとかそれだけを聞く。

「いやぁ～毎日、弁当作って偉いなぁと思って」

そんなことを言われるとは思ってもみなかったものだから、ボッと顔から火が出た。

「そ、そんな……」

（やだ！　わ、わたし、なんでこんなにドキドキするの？）

こんなにドキドキするのは、週刊現代に掲載されていたインタビューを全部読んでしまったせいだ。そうに違いない！

掲載されていた彼の言葉は、端々から〝ことり愛〟が滲み出ていて、読んでいて恥ずかしくなったくらいだ。少し読んでは、雑誌を閉じてベッドで悶絶して、また読んではジタバタするのを繰り返すしかなく、まるで長い長いファンレターを貰った気分だった。いや、ファンレターというより、ラブレターか。

あのインタビューに答えたのは今、目の前にいるこの人――そう思ったら、視線が右に左にとうろうろして最後には下を向く。口に入っていたミートボールをゴクンと呑み込んで、琴美はモソモソとした小さな声で呟いた。

「あ、ありがとうございます……」

なかなか顔が上げられない。

「……推しの照れ顔が尊い……死ぬ……くっ、いっそ誰か俺を殺せ！」

「え？」

早見がなにか言っているのが聞こえたが、小さすぎて聞こえなかった。もう一度言ってもらおうと顔を上げると、自分の目頭を右手の親指と人差し指で挟むように押さえている早見がいた。

「社長、どうされましたか？」

「いや、ちょっと眩《まぶし》くてね。大丈夫、慣れてるから」

「は、はぁ……。あ、ブラインドを少し閉めましょうか？」

「いやいや、大丈夫」

（社長が大丈夫って言うなら……）

あまりしつこくするのもどうかと思い、琴美は椅子に座り直した。

お弁当はまだ残っているのだが、早見がその場から動かずじっと見つめてくるから食べにくいったらありゃしない。そういえば、初めて弁当を持ってきた日、『……いつか、俺の弁当も作ってほしいなーなんて……』と言われたっけ。

（も、もしかして、欲しいのかな？）

もう卵焼きが二切れくらいしか残っていないが、琴美はおずおずと自分の弁当を指差した。

「……あ、あの、卵焼き、召し上がります？　もう、これしか残ってないですけど……」

「いいの!?」

待ってましたと言わんばかりに身を乗り出されて、驚きながら仰《の》け反《ぞ》る。

（か、顔が近いよぉ〜）

イケメンのどアップは心臓に悪い。でもこれ以上は壁に当たるから下がれない。

早見も顔が近いことに気が付いたのか、少し離れてくれた。が、その耳がほんのりと赤い。それを見てしまい、なぜか琴美のほうが照れくさい気分になった。

「じゃあ、ひとつ、いただこうかな」

「ど、どうぞ……です」

早見はひょいっと卵焼きを一切れ摘まみ上げると、半分囓《かじ》った。

「あっ、平井さんの卵焼きはしょっぱい系なんだね」

これは家の味というより、アイドルだった頃の癖《くせ》だ。ダンスレッスンで汗を流すから、自然と塩分が欲しくなる。

「甘いほうがお好きでしたか？」

なんとなくそう聞くと、早見は首を横に振った。

「個人的にはしょっぱい系が好きだから、最高に旨《うま》い」

そう言って、残り半分の卵焼きも口に入れる。そして味わうように咀嚼している彼を見ていると、なんだか不思議な気分になってくるのだ。

「ご馳走様《ちそうさま》。手を洗ってくるよ」

「あ、はい。お粗末様でした」

社長室を出ていく早見を見送って、琴美は残った卵焼きの片割れを口に入れた。

(社長が、わたしの作った卵焼きを食べて……美味しいって……)

嬉しいような、気恥ずかしいような、それでいて胸の内側がほっこりしてくるような……そんな気分……。

お腹いっぱいというより、胸いっぱいといった感じで、琴美は弁当を食べ終えたのだった。


「社長、そろそろお時間です」

十四時。早見のデスクの前に立った琴美は、姿勢を正し、目をわずかに伏せた状態で、落ち着いた口調で時間を告げた。

先日バージョンアップされたばかりの〝アイドルプロデューション〟をプレイしたユーザーがSNSに投稿している反応をタブレットで読んでいた早見は、時計を見たのだろう――タブレットの端にサッと目をやってから立ち上がった。

「おお、もうこんな時間か」

「本日、開発部長は同行されないとのことですが……」

早見のジャケットをハンガーラックから取って、手渡しながら確認すると、早見は頷いてジャケットを羽織った。濃いグレーのオーダーメイドのジャケットは、彼の身体にピッタリとフィットしていてとても似合っていた。

「ん。この話を受けるかはユニット次第だからね。俺も商機のない話には乗らないよ」

この企画に対して、選択権があるのはキスマダールのほうだ。キスマダールが利益の見込みアリと判断しなければ、この企画はなかったことになる。完全に話がまとまってから、開発部長と再度話を詰めることになるのだろう。

「さて、行こうか」

机に置いていたブランド時計を、片手で手首に巻き付ける早見の仕草《しぐさ》におもわず見とれる。ジャケットの袖をちょんと摘まみ上げてあらわれたのは、色白ながらも筋肉質な逞しい男性の腕だ。それを見て、またドキドキしてしまう胸を抱えながら、早見に付き添い、本社ビルの地下にある駐車場へと向かう。そんな琴美の手には通勤用バッグと共に、大きな紙袋が。

〝アイドルプロデューション〟のノベルティグッズ、それからちょっと入手難易度の高いお取り寄せの焼き菓子を手土産に入れているのだ。

これぞ、できる秘書！　自社のノベルティグッズや入手難易度の高い消え物は、取引先の記憶に残りやすくなる――と秘書検定の本に書いてあったのだ。

（わたしはできる秘書になるの！）

これはその第一歩。

早見が手にしていたリモートキーをピッと押すと、呼応するようにシルバーセダンの車のライトがついた。国産車の中でもハイグレードに位置する車の助手席を、彼が紳士的に開けてくれる。

「さ、乗って」

そう言われて琴美は焦《あせ》った。

（え、えっと、上司が運転する場合の上座は助手席で、下座は後部座席で、あれ？）

秘書検定の本で学んだ結果、余計に頭がこんがらかってくる。この場合の正解は？

「どうしたの？」

「いえ、失礼します」

内心では焦っているくせに、上司に勧められた席に座るのが正解だ！　と結論付け、澄ました顔で助手席に座る。帰宅したら、秘書検定の本でこの場合の正解を読み返さなくては。

（こ、今回は予習が不充分だったから、復習はしっかりしないと！）

根が真面目なだけに、こうと決めたら一直線。手土産を膝に載せてキリッと秘書らしくしていると、運転席に座った早見がクスッと笑った。

「どうしたの？　今日は気合いが入っているね。それとも緊張してる？」

そう見えたのだろうか？　そうだとしたら恥ずかしい。琴美は横髪を何度も手櫛で引っ張って、顔を隠した。

「と、取引先に出向くのは初めてなもので」

それらしいことを口にすると、シートベルトを着用しながら早見は「確かに」と頷いた。

「ま、サワプロだしね……」

意味深な言い方は、琴美がかつての古巣に取引先として出向くことを心配しているように聞こえる。つまり、琴美が昔の知り合いに会うかもしれない、と。

早見が心配してくれているのは、平井琴美が白石ことりと同一人物だということに自分が気が付いたからだろう。だからこそ、他の人も気付くかもしれないと思っているのかもしれない。そのことは琴美も考えた。

「でも、担当者の大橋さんは本当に知らない人なので、大丈夫だと思います」

「まぁ、そうかもしれないが……」

引退して六年も経っているのだ。サワプロも人の入れ替えがあるだろうし、そして琴美自身だって以前のままではない。髪型も変えたし、メイクも変えた。カッチリしたタイトスカートスーツに身を包んだ琴美は、秘書そのものにしか見えないはずだ。そしてなにより、今まで平井琴美が白石ことりと同一人物だということに気が付いた人は、早見秀樹ただひとりだけなのだから。

「それにほら、対策として今日は眼鏡も持ってきたんです」

自分の通勤用バッグから茶縁の眼鏡を出してかけてみせる。引退したばかりの頃に、ひと目につくのがいやで外に出るときには毎回眼鏡をかけていた。月日が経つにつれて、アイドルとしての自分が世間に忘れられていくのを感じて、かけなくなった眼鏡だけれど。昨日、久しぶりに引き出しから出してみたのだ。

「伊達《だて》眼鏡ですけれど、これならだいぶ印象も変わると思って」

「どうですか？」と言わんばかりに人差し指で眼鏡の縁を押し上げた。

　早見はクワッと目を見開くと、琴美の顔を穴が開かんばかりに見つめ、自分のスマートフォンを出してくる。

「初公開のことりちゃん眼鏡！　控え目に言って最高。ちょっと写真撮っていいかな？」

　ナチュラルにスマートフォンを向けてくるから、琴美はそのレンズを手で隠した。

「写真はＮＧです」

「そこをなんとか！」

「却下です」

　オフィスではなかった砕けたやり取りに、ちょっと笑ってしまう。さっきまであった緊張が少しほぐれた気がした。

「さすがにＲｅ＝Ｍのメンバーは気付くと思いますけれど、Ｒｅ＝Ｍは今、すごく忙しいはずなので、会うこともないと思うんです」

　Ｒｅ＝Ｍは琴美の予想通り、夏の追加公演を行った。動員数は過去最多となったと芸能ニュースで見たばかりだ。これからの時期は、次のライブやイベントに向けてのレッスンもあるだろうし、年末恒例の歌番組への出演もある。冬に向けての時間はいくらあっても足りないはずだ。

「そうか。なら大丈夫、かな」

琴美の説明に納得してくれたのか、早見は少し頬を緩めて車のエンジンをかけた。

静かな走行音と共に車が動きだす。

「曲かけていい？　車を運転するときはこれって決めてる曲があるんだ」

そう聞いてきた早見に頷くと、車に搭載されているオーディオの再生ボタンをポンと押した。すると流れてきたのは、Ｒｅ＝Ｍの曲。それも最近のＲｅ＝Ｍの曲ではない。白石ことりが引退するより前の曲――白石ことりがメインボーカルの曲の中でも、一番アップテンポで激しくて、踊りながら歌うのが最も難しかった曲だ。

流れてきた自分の声を聴いた途端、ブワッと胸にあふれてくるのは懐かしさ。そして、早見の車に自分がメインボーカルを務めた曲がある事実に、気持ちが激しく揺さぶられる。

「いいよな、この曲。しっとりめが多いことりちゃんの曲の中でも一番アップテンポでさ。ドライブにはもってこい。白石ことりはバラードだっていう意見も納得してるんだけど、俺、このタイプの曲も好きなんだ」

チラッと琴美を見た早見は、少し目尻が下がった照れた表情で、言葉にされた「好き」が本心だと思わせてくれるには充分だった。

（ああ……本当に好きでいてくれたんだ……六年も――……）

そう意識した途端、顔に熱が上がって早見の目を見ていられなくなる。

ドクン、ドクン――……

かつての自分に向けられる〝好き〟の感情が嬉しいのに、なぜだろう？　ほんの少し悔しい。

アイドル〝白石ことり〟は十九歳のピチピチで、メイクも可愛くしていたし、歌と踊りという自分の得意分野で闘っていた。でも、平凡人間〝平井琴美〟はなんの取り柄もない二十五歳で、秘書としてもまだまだ勉強中。いくら同一人物でも、アドバンテージはアイドル〝白石ことり〟にある。

彼の胸にあるその感情を、〝今の自分〟に向けたいだなんて思ってしまうのはどうしてだろう？

まるで、ライバルは過去の自分だ。

「……あ、ありがとう、ございます……」

掠れた小さな声で呟《つぶや》く。

声量が多いと言われたのも今は昔。引退してからまともに歌っていない。

好きだった歌が歌えなくなったのだ。カラオケにすら行っていない。ボイストレーニングもしていない。踊りはもう身体がついてこないだろう。琴美は自分のすべてを、Ｒｅ＝Ｍ《過去》に置いてきてしまったのだ。あれが自分の全盛期だった。いや、全盛期にしてしまった。それがたとえ自分の選択でなかったとしても、足掻《あが》かなかったことで、結果的には、自分の選択になってしまったのだ。

無抵抗は受け入れることとイコールだ。自分の未来を自分の意思で選び取りたいのなら、どこまででも足掻くべきだった。そうしたらもっと別の、今とは違う未来があったかもしれないのに――

早見の安全運転に揺られて約四十分。琴美と早見はサワプロダクションの本社ビルへと到着した。

久しぶりの古巣を前にして、自分がどんな感情を抱くだろうかと考えていたが、最初に感じたのは懐かしさだった。本社ビルの奥に見えるのは、完全別棟になっているスタジオだ。

別名、本社スタジオ。かなり広い三階建てで、一階はボイストレーニングルームや、更衣室、控え室、機材置き場。二階、三階はレッスン場になっていて、地上波デビューを果たした有名どころや、事務所が推しているユニットが稽古する。デビュー前の研究生たちは、各都道府県にある駅前スタジオでのレッスンだ。研究生にとってこの本社スタジオは、武道館より前にある憧れの場所なのだ。有名音楽プロデューサー、原田隆が付いてから、Ｒｅ＝Ｍはこの本社スタジオを使うことを許されていた。琴美が上京したのもちょうどその頃。

そして、最初に原田に襲われたのも、この本社スタジオの一階にある控え室……

いやな記憶もあるが、同時に仲間たちと切磋琢磨《せっさたくま》した綺麗な思い出のある場所でもある。だが、綺麗な思い出の中にあるドス黒い物が、懐かしさに浸りたい琴美の心を掻き乱すのだ。

（……でも今日は、本社スタジオには用はないから……）

今から琴美たちが向かうのは、本社ビルのほうだ。こちらは完全に裏方。サワプロダクション所属のタレント全員を管理している場所だ。寄せられたファンレターやプレゼント類を一度開封してタレントに渡すかどうかを判断したり、今回のようにイベントの企画を打ち合わせたりする場でもある。サワプロに所属していたときには、一度も入ったことのなかった本社ビル。

「平井さん、行こうか」

琴美はスタジオのほうを睨《にら》むように見つめると、声をかけてくれた早見の後ろに続いて、本社ビルに向かった。一歩、また一歩と本社ビルに近付くにつれて、ドキドキしてくる。

（大丈夫、大丈夫……髪型もメイクもあの頃と違うから……眼鏡だってかけたし、対策してるから！）

だからかつての所属アイドルだなんてバレないと、自分で自分に言い聞かせる。

「三時にお約束をしておりました、キスマダールの早見と申します。営業企画部の大橋様とお会いしたいのですが」

早見に代わり、受け付けカウンターにいる自分とあまり年の変わらないであろう女性事務員に、大橋を呼び出してもらう。それこそ、彼女自身がタレントにでもなれそうなほどの綺麗どころだ。

事務員は、琴美の目を見てニッコリと微笑んだ。

「キスマダールの方ですね。大橋より承っております。少々お待ちください」

電話をかけはじめた事務員を見て、ホッと胸を撫で下ろす。

（あ、よかった……気付かれなかった……）

本社の人間にも気付かれなかったということは、自分は本当に〝終わった〟アイドルなんだろうと骨身に沁みる。そんなこと、この六年の間にわかっていたはずなのに。早見というファンが残っていてくれたせいか、うっかり余計な希望を抱きそうになってしまうのだ。が、なにはともあれ、これで第一関門はクリアだ。少し心に余裕ができて辺りを見回す。

初めて入ったサワプロの本社ビル内は、キラキラとした芸能界とは裏腹にだいぶ年季の入った佇まいだ。

「お待たせしました。ご案内いたします」

事務員がカウンターから出てきて、早見と琴美を先導してくれる。

長い廊下を歩いている途中で、何人かタレントマネージャーと思しき人とすれ違った。

「おはようございます」

「おっ――こんにちは」

舞台関係の人間は、朝でも、昼でも、たとえ真夜中でも「おはようございます」が挨拶だ。その業界特有の習慣に違和感なく「おはようございます」と返事しそうになったところを、「こんにちは」と言い換える。

そうこうしていると、廊下の向こう側からスーツ姿の男性が二人歩いてきた。もうクールビス期間は終わっただろうに、二人ともノーネクタイで、普段からラフな雰囲気なのが感じ取れる。ひとりは五十代半ばか、だいぶ白髪が目立つ御仁だ。もうひとりは三十代前半くらい。おそらくどちらかがメールでやり取りをしていた大橋なのだろう。

（若い人のほうが大橋さん、かな？）

そんなアタリをつける。

「おはようございます。いやーどうも、どうも、お出迎えが遅くなりまして、スミマセン。僕がメールで問い合わせさせてもらった大橋ですー」

先に切り出してきたのは、若いほうの男性だった。やはり彼が大橋だったか。しかし、彼の口調はフランクを通り越して軽薄と言ったほうが正しいのでは？　この人が担当者で大丈夫なんだろうかという不安を抱きながらも、それはおくびにも出さずに、琴美はニッコリと微笑んで会釈した。

「初めまして。いつもメールでやり取りさせていただいておりましたキスマダールの平井と申します。こちらは弊社の代表の早見でございます。どうぞこの度はよろしくお願いいたします」

自己紹介と早見の紹介をする。

早見がキリッとした凛々しい顔で「どうも、早見です」と会釈をすると、大橋の後ろにいたもうひとりの御仁が前に出た。

「どうも、大橋の上司の竹林《たけばやし》です。ご足労いただきありがとうございます」

さすがは年長者。フランクなのは服装だけで、かなりしっかりした御仁のようだ。この人がいれば、今日の話し合いもなんとかなるだろう。

案内された控え室と思しき個室に入る。そこで改めて挨拶と自己紹介、そして名刺交換をしてから、琴美は持参したお土産を大橋に手渡した。

「弊社のノベルティグッズと、あとちょっとしたお菓子です。よければお口汚しにでも……」

「いやーどうもすんません。ありがとうございます！　どうぞ、掛けてください」

勧められてから、琴美は二人掛けソファに早見と並んで座った。ローテーブルを挟んだ向かいには、大橋と竹林が腰を下ろす。さっき案内してくれた事務員がお茶と、琴美が渡したお菓子を持ってきてくれた。

「いや〜、話には聞いていましたが、早見社長は本当に若いっすね〜」

「ははは。二十五で起業しましたからね、よく言われます」

大橋のジャブを軽くいなした早見は、脚を軽く開いて前屈みになるように膝に肘を載せると、少し目を細めた。

「率直に申し上げて、今回のコラボ企画は御社のユニット次第です。どちらのユニットでしょうか？」

余計な前振りはどうでもいいとばかりに、早見はズバッと本題に入る。

大橋が雑談でなんとなく仕事を取ってくるタイプなら、早見は仕事の話でキッチリと仕事を取ってくるタイプの営業だ。早見が大橋の立場なら、メールのやり取りなどに時間をかけず、さっさとコラボユニットを明かして企画を進行させていただろうと、琴美はなんとなく思った。

大橋は勿体《もったい》つけるように軽く咳払いをすると、ニヤリと笑った。

「ズバリ言うとＲｅ＝Ｍです。Ｒｅ＝Ｍ、ご存知でしょう？」

「どうだ、光栄だろう？」と言わんばかりに大橋は尊大な態度だ。

（ああ……）

やっぱりそうだった。このコラボ企画のメールが来たときから、なんとなくそんな予感はしていた。男性アイドルの線もあったからコラボ相手のユニットについては深くは考えないようにしていたが、実際に名前を明かされると琴美の胸にチクンとした痛みが走る。

大橋の態度も尊大になるだろう。Ｒｅ＝Ｍは今や、サワプロの稼《かせ》ぎ頭《がしら》であり、国民的アイドルだ。琴美がいた頃は、まだ地方のローカルアイドルの域を出ていなかったのに。ライブも駅前の野外ライブばかりだったのに。

これは嫉妬なのだろうか？

まだＲｅ＝Ｍに残っていたら――引退に追い込まれていなかったら、自分は今もあのキラキラした舞台にいたかもしれないという……

「Ｒｅ＝Ｍさんですか。まぁ、悪くはないですね」

特にこれといった感情も載せない早見の声は、ビジネスライクでここが商談の場だということを琴美に思い出させてくれる。そう、この打ち合わせは商談なのだ。

（わたしはもうＲｅ＝Ｍじゃない。秘書なんだから！）

Ｒｅ＝Ｍがコラボ先でも大丈夫だと早見に言ったのは、他の誰でもない自分だ。

己の仕事をまっとうしようと、琴美は早見から預かっていた料金表をカバンから取り出してローテーブルの上に広げた。

「今回のコラボ企画の場合、新規キャラクター制作費用がかかってきます。Ｒｅ＝Ｍさんは五人いらっしゃいますので、この価格×五となります。他にはシステム管理費、広告費――」

「ちょっと待ってください！　えっ、これうちが払うんすか？」

琴美の声を遮ったのは大橋だ。

「メールでそうご説明したはずですが……」

大橋とは今まで何度もメールのやり取りをしてきたし、この料金表も既にメールで添付したものと同じだ。

「いやいやいや、Ｒｅ＝Ｍっすよ？　キスマダールさんも今をときめくＲｅ＝Ｍとコラボできるんだから、その辺り考慮してくださいよ～」

つまり、全額は払いたくないからまけろと。いきなり値切りに入られて、指示を仰ぐように早見を見る。彼は組んだ指を顎に当てて、見事なビジネススマイルを浮かべていた。

「そう仰いましても、弊社は慈善事業ではありませんので。キャラクター制作はゲームにおいて一番重要なところです。特に追加キャラクターとなれば尚更です。クオリティを下げることはRe＝Mさんのイメージダウンになりかねませんからお勧めはしません。弊社には既に魅力的なキャラクターが二五〇体揃っています。そこに負けないキャラクターにしなければなりません」

「いや、だからって……」

まだなにか言おうとする大橋に、早見は笑顔のまま話を進めた。

「弊社のユーザーは自分でキャラクターを育てたいのですよ。そこにリアルアイドルであるRe＝Mさんがキャラクターとして入ってきて、Re＝Mさんキャラを〝育てたい〟〝自分の作るユニットに入れたい〟と思わせられるだけのキャラクターデザインにしなくてはなりません。もともとRe＝Mさんのファンなら余計に高いクオリティのRe＝Mキャラクターを求めるでしょう。弊社の〝アイドルプロデューション〟は世界中で五二〇〇万ダウンロードされています。世界中で五二〇〇万人のユーザーがいる〝アイドルプロデューション〟という媒体に広告を打つとお考えくだされば、見合っていると思いますが？」

新聞における売り上げピーク時の販売部数は、一〇〇〇万部強。現在、その部数が右肩下がりなのは誰もが知るところである。絶頂期でさえ、人気スマートフォンゲーム一本のプレイ人口の五分の一なのだ。しかも、スマートフォンゲームユーザーと、アイドルファンの年齢層はだいぶ被っている。広告としての価値は大きい。

（どうするんだろう、社長……）

早見は笑顔も口調も態度もなにひとつ崩さない。それどころか、大橋も竹林も無言だ。その沈黙を打ち消すように、早見は組んでいた手を解いた。

「これらはすべて、うちの平井からメールでご説明がいっているはずのものです。弊社としましては、ご納得されたものとして今日、この商談に入らせていただいたのですがね。まだ御社内での考えが纏まっていないということであれば、また後日ご連絡ください。弊社はこのコラボ企画、特に急ぎませんので」

言うだけ言うと、早見はスッと腰を上げる。帰るつもりらしい彼に合わせて、琴美も立ち上がろうとした途端——

「お待ちください。御社のご提案内容でお願いします」

そう言ったのは竹林だった。

「えっ、部長！　本気っすか⁉　この額っすよ⁉」と、納得できない様子の大橋を、彼は一喝《いっかつ》した。

「こっちはコラボ企画をさせてもらう側だ。おまえは口を慎め！」

「だ、だってうちのＲｅ＝Ｍは——」

「Ｒｅ＝Ｍなしで七〇〇億を売り上げているキスマダールさんだ。——そうですよね？」

竹林の最後のひと言は、早見に向けてのものだったようだ。

——音楽はもう音楽単体では生きていけない。それは琴美が業界にいたときから漠然と思っていたことだ。今の音楽業界は音楽を売っているわけではない。音楽に付随する物を売っているのだ。CDに至っては、今や特典券扱いなのは誰もが知るところである。

ライブに来てもらい、グッズを買ってもらい、ファン同士で交流してもらい、盛り上げてもらい、そして生のライブという体験を買ってもらう。そうでなければ時代と技術の波に呑まれるだけで、生き残れない。今回、サワプロがゲームとのコラボ企画を打ち出してきたのも、その生き残りへの道を模索した結果なのだろう。早見はそれをわかっているのだ。

彼は変わらぬ営業スマイルで軽く頷いた。

「今年は八〇〇億の見込みです。なにせ、サワプロのRe＝Mさんとのコラボ企画がありますから」

ソファに座り直した彼は、大橋ではなく竹林を相手に話を進めることにしたようだ。つまり、さっきのは商談を自分優位に進めるためのポーズだったわけか。目の前でビジネスの駆け引きを見せ付けられて、琴美は知らず知らずのうちにドキドキしていた。

馬鹿《ばか》にされてまで安い仕事は受けない――その早見のポリシーがビシビシと伝わってくる。会社を背負う早見の決断に、社員全員の命運がかかっているのだ。その責任と重圧はどれほどか。

早見が成功の道のりを驀進《ばくしん》しているのは、一重に彼の判断が正しかったから。そして、折れない強さがあったからだ。その強さを素直に尊敬する。

「部下が申し訳ありませんでした。Re＝Mのプロフィールがこちらになります」

「拝見します」

竹林から受け取った書類を、早見と琴美で一読する。かつての仲間たちのプロフィールの中に、たったひとり、よく知らない黒木なぎさのプロフィール。直接本人に会ったことはないが、クール系の美少女だ。そして、Re＝M最年少でもある。

「来年頭に、Re＝Mの五人がそれぞれソロで歌っているCDを発売する予定です。その中にゲームのダウンロードコードを入れます。なぎさのCDを買ったら、ゲームでなぎさのキャラクターがダウンロードできる、というコードですね。ただし、このコードでRe＝Mのキャラクターがダウンロードできるのは期間限定です。だいたい年末までの短期決戦をみています」

年末になると、オリコンの年間売り上げから、物販の総売り上げまで〝アーティスト別トータルセールス〟が公表される。Re＝Mは地上波デビュー三年目にしてトップを飾った。が、その額は一六二億円と、キスマダールより落ちる。ただ、それでも三年連続トップセールスをキープしているのは純粋にすごいことだ。

サワプロは今年の売り上げトップも、Re＝Mで確実だと踏んでいるのだろう。だから、Re＝Mのトータルセールスを五年連続トップに押し上げたい――これは、そのためのコラボ企画なのだ。サワプロがキスマダールのアイドルプロデューションというゲームに白羽の矢を立てたのは正しい。このゲームはリアルアイドルとも親和性が高い。お互いにとってウィン・ウィンな関係になれるはず。それを見越して、早見もこのコラボ企画に乗ったのだから。

「かしこまりました。そちらはうちの秘書が、大橋さんに伺っておりましたので問題ありません」

商談は無事成立して、持ってきていた契約書を二部、琴美は竹林に差し出した。

「こちらが契約書になります。ご捺印の上、一部を弊社までご返送ください」

「わかりました。こちらは私のほうで一旦預からせていただきます。最終的には弊社社長の判断となりますので。ですが、私から積極的に推させていただきます」

竹林はそう言って、「ふむ」と少し考えた。

「このコラボ企画をもっと盛り上げていける案があったら、社長を説得しやすいんですけどね」

「なるほど」

担当者の上司である竹林が賛成してもそれだけでは契約成立とはならない。竹林がサワプロの社長の賛同を取り付けられるような案はないか——という意味か。

（サワプロはＲｅ＝Ｍを売りたい。ゲーム内で、Ｒｅ＝ＭをＰＲできる要素……）

Ｒｅ＝Ｍは昔の仲間だ。琴美としても応援したい気持ちは本心だし、コラボするなら成功させたい。琴美は頭を巡らせて、おずおずと口を開いた。

「僭越《せんえつ》ながら、わたしから一案よろしいでしょうか？」

その場にいた一同の視線が琴美に集まる。緊張したのだが、早見に「言ってみて」と促されて、琴美は頷いた。

「Ｒｅ＝Ｍの歴代衣装をゲーム内での特典にする、というのはいかがでしょうか？」

「ふむ。もっと詳しく聞かせてくれるかい？」

早見が身体を琴美のほうに向けてくるから、琴美は話を続けた。

「まず、うちのゲームには、アバターをより可愛くする要素として、衣装やヘアスタイルやアクセサリーがあります。現状、ユーザーはそこに課金してくれているわけです。今回はサワプロさんとの企画なので、Ｒｅ＝Ｍのグッズを購入すると、Ｒｅ＝Ｍの衣装がゲーム内で手に入る、というシステムにするんです。Ｒｅ＝Ｍの歴代衣装は可愛いものが多いですから……」

琴美にゲームの技術的なことはわからない。ただ、ＣＤ購入でＲｅ＝Ｍのキャラが入手できるのであれば、アイテムも同様に可能ではないかと考えただけ。半ば素人《しろうと》の思い付きだ。

「……社長、いかがでしょうか？」

自信なさげに早見の様子を窺う。すると、彼がパン！　と膝を打った。

「それいいね！　ちゃんとコラボの意味をなしている！」

「それでしたら、Ｒｅ＝Ｍのグッズ売り上げも伸びますね！」

早見と竹林がほぼ同時に声を上げる。

（あ、よかったんだ……）

琴美がホッとしていると、今まで黙っていた大橋が口を開いた。

「それ、衣装版権と制作費はどうなるんすか～？　コラボ期間が終わっても、ゲームユーザーはＲｅ＝Ｍのキャラも衣装も使えるんでしょ？　キャラと初期衣装の制作費はうち持ちで。じゃあ、過去衣装は？　そこは明確にしとかないと」

もっともな話である。そこまで考えていなかった琴美は、言葉を詰まらせるしかない。

だが、すかさず早見が前に出た。

「では、この企画が通ったら、歴代衣装の制作費についてはうちが持ちましょう。その代わり、ゲームサービス終了まで、衣装使用の許可をいただきたい。なんならアイテムの名前に〝Ｒｅ＝Ｍ何某の曲の衣装〃のように、Ｒｅ＝Ｍの名前と歌のタイトルを出せば、コラボ期間が終わってもＲｅ＝Ｍの宣伝にもなります。サワプロさんにも悪い話ではないはずです。どうですか？」

「いいですねぇ〜。これならうちの社長も納得してくれると思います」

早見は軽く頷いて琴美のほうを見てきた。向けられたその視線がなんだか褒めてくれているようで、照れくさくなっておもわず俯く。

キスマダールに入社してもうすぐ五ヶ月。少しは成長できているといいのだが……

「グッズ特典にするなら、ランダム封入のほうが課金は弾むんですけどね。ＮＦＣタグシール付きのカードにして、カードコレクション要素も持たせたり」

「いいですね。そして、二千円以上の購入でカード一枚プレゼントみたいにしてもらうと、物販的には助かります。コンビニでの一番くじもやりたいなぁ」

琴美が出した案を、早見と竹林がどんどん膨らませていく。その横で、大橋はひとり面白くなさそうな顔をしているのが目に入った。

「あの、大橋さん」

思い切って話しかけてみると、「なんすか？」と尊大な態度で睨まれる。でも琴美は臆することなく話を続けた。

「ありがとうございました。大事なところをご指摘いただけて助かりました」

そう言ってペコリと頭を下げる。ふてくされた態度を取りながらも、ちゃんと話を聞いていたからこそ、彼は意見を出せたのだ。顔を上げた琴美がニコッと微笑むと、途端に大橋の視線が泳いだ。

「べ、別に、当然のことっすから……」

そんなときだった。コンコン――外側からドアをノックする音がして、大橋が「どうぞ」と応じると、琴美の背後でドアが開いた。

「失礼しまーす。大橋さん、まだキスマダールさんはいらっしゃい――ましたね」

ドアを開けながらする声に覚えがある。

振り返れない琴美の手のひらに、じわっと汗が滲んだ。

「どうした、松井マネ」

「ちょっと身体が開いたので、キスマダールさんにご挨拶させていただこうかと思いまして。いいですか？」

琴美に実質クビ宣言を言い渡した、かつてのマネージャーの声にドクンと心臓が大きく波打って、湧き上がった焦燥《しょうそう》が血流に乗って全身を巡る。

松井がＲｅ＝Ｍのマネージャーだとは知らないであろう早見が、すかさず立ち上がる。

「どうも、キスマダール代表の早見です。よろしくお願いします」

自分の上司が立ち上がったのに、その秘書である琴美が座ったままでいいはずがない。ましてや、このまま背中を向けて挨拶しないなんて、できようものか。琴美は緊張しながら立ち上がり、早見の背中に隠れるように俯いた。

「すみません、お話中に割り込んでしまいまして。私、Ｒｅ＝Ｍのマネージャーを勤めております、松井と申します。どうぞ、よろしくお願いいたします」

早見と松井が名刺を交換しているのが気配でわかる。次はどう考えても琴美の番だ。

（……わたしの本名まで覚えてるかな……？　どうかな……）

芸名は覚えていても本名まで覚えているかは、かなりギリギリのラインだ。〝平井琴美〟なんて、よくある名前ではある。だが、六年も前に引退したとはいえ、琴美は彼が担当していた元Ｒｅ＝Ｍのメンバーなのだ。名刺を渡して名乗ってしまえば、思い出す可能性もある。

（で、でも、髪型もメイクも変えているし、今日は念の為に眼鏡もかけたし……）

Ｒｅ＝Ｍ所属時代と雰囲気はかなり違うはず……そう思って琴美が顔を上げた瞬間――

「えっ、ことり？」

懐かしい女の人の声で呼ばれて、パッとそちらを向く。いや、反射的に向いてしまった。

松井マネージャーの後ろにある開いたドアから、ぴょこっと顔を覗かせているのは、かつての仲間、赤坂かすみだった。

「え？　なになに？　ことりがいるの？」

「うわ！　ホントだ！　ことりがいる！」

「ことちゃん！　久しぶり～！」

廊下で待機していたのか、青井さやか、萌黄ゆえ、緑野ともの三人が次々と顔を覗かせ、琴美を見ては次々と喜びに満ちた声を上げるのだ。皆、レッスン前なのか、後なのか――ふくらはぎまであるロングパーカーを羽織って身体が冷えないようにしている。萌黄ゆえに至っては、興奮して抱きついてくる始末。

「ことちゃん！　会いたかったよぉ！」

「ゆ、ゆえちゃん……み、みんな――……」

六年も経って、雰囲気だってこんなに変えたのに、かつての仲間たちは琴美をひと目で見つけてくれた。そのことに胸が熱くなってくる。自分たちはＲｅ＝Ｍというユニットを通して、十代のあの多感な時期を精一杯、翼を広げて羽ばたこうとしていたんだと思い知らされる。

琴美だけが飛べなかった空を、力強く飛んでいる彼女たちは眩しくて直視できない。でも、確かに仲間だった。だから、見つけてくれた。

その一方で、動揺した声を上げるのは松井マネージャーだ。

「……ことり、なのか……？」

「……はい……久しぶりです、松井さん」

軽く会釈をした琴美は、松井に自分の名刺を差し出した。

「今はキスマダールで社長秘書を務めております」

「ええっ！　ことちゃん、社長秘書!?　ヤバ！　激かっこいい！」

萌黄ゆえはことりの腕に自分の腕を絡めて、無邪気《むじゃき》にきゃっきゃとはしゃいでいる。

「…………」

琴美の名刺を受け取った松井は、なんとも言えない表情だ。無理もない。自分がクビを言い渡した元部下が、取引先の社長秘書となって目の前にあらわれたようなものだ。

「松井マネ、どういうこと？」

竹林が松井に問いただす。

松井は若干引き攣《つ》った笑みを浮かべて説明をはじめた。

「か、彼女はＲｅ＝Ｍの元メンバーだった白石ことりです。ことりが抜けて、なぎさが入ったんです」

「え、じゃあ、平井さん、うちの所属タレントだったわけっすか？　しかもＲｅ＝Ｍの元メン⁉」

大橋が身を乗り出して、琴美を興味津々といったふうに見つめてくる。

「Ｒｅ＝Ｍに元メンがいたなんて知らなかったなぁ〜。何年前に抜けたんです？」

「六年前です……」

ことりの答えに、大橋は腕を組んで椅子の背凭《せもた》れに身体を預けた。

「六年前？　それって、Ｒｅ＝Ｍの下積み時代じゃないすか。じゃあ、俺知らなくって当然っすわ。メジャーデビューする前なんて、元メンって言わないでしょ」

大橋のぞんざいな言い方に、胸を抉《えぐ》られるような痛みが走る。

「おい！」

竹林が渋い顔をして、大橋の胸をバシッと手の甲で叩く。

「ことりはＲｅ＝Ｍです。Ｒｅ＝Ｍは下積みが長かった。その長かった下積み時代の苦楽を共にした私たちの仲間です。運営が彼女を馬鹿にしないでください」

怒りを隠さない赤坂かすみの低い声に、松井マネージャーが「まぁまぁ、今は取引先の人として来てるわけだからね？」と、かすみに言い聞かせる。それはまるで、彼女の機嫌を取ろうとしているようにも見えた。以前の松井なら、運営側をアイドルが批判することなど許さなかっただろうに。

かすみがそう言ってくれたことは嬉しいが、大橋の言うことも本当で、琴美の胸はギシギシと軋《きし》むばかりだ。

かすみは「フン」とそっぽを向くと、スタスタと琴美の前にやってきて、琴美の腕に戯《たわむ》れる浅黄もえを引っ剥がした。

「久しぶりね。元気にしてた？」

「う、うん……元気、だよ……」

なんとかそう言うと、かすみの表情は少し皮肉ったものになった。

「もう！　ことりが急にいなくなって大変だったんだから。こっちもイロイロとね」

含みのある言い方をしながら、彼女の視線が開いたままのドアをチラッと見る。つられて琴美もそちらを見ると、マニッシュボブの女の子が無表情な顔で立っていた。

（あの子が黒木なぎさちゃん……）

初めて会う黒木なぎさは、ポスターやテレビで見るよりずっと小柄で大人しそうな女の子だった。

軽く会釈をすると、同じように会釈を返してくれる。

大変だったイロイロに、急遽メンバー入りすることになった黒木なぎさが含まれている、と？

（いい子そうなのに）

琴美がそんな印象を抱いていると、なぎさの視線がふいっと横を向いた。それはまるで、視線の先に誰かがいるかのような動きで——

「おぉ～、なぎさ。どぉ～したぁ～こんなところで～」

廊下に響き渡る野太い声。独特のイントネーション。そして、ぺったんぺったんとスリッパを響かせて歩く足音——

おぞましい記憶が呼び起こされて、自然に琴美の身体は強張っていく。

「おはようございます」

今までひと言も発しなかった黒木なぎさが挨拶した相手が、部屋に入ってくる。

——原田隆プロデューサーだった。

彼はこの六年の間に更に肥えたと見える。今は五十歳前半か。ドレッドヘアはやめたようで、ツーブロックの上のほうだけをポニーテールのようにひとつに結わえていた。

「あんれぇ、松井もＲｅ＝Ｍも、営業の竹ちゃんまで全員揃ってるじゃ～ん？　なになに？　これ、なんの集まりぃ？」

呼ばれてもいないのにズケズケと商談の場に入ってくる原田を、サワプロの人間は誰もとめる様子はない。

「こちらは株式会社キスマダールの代表の早見さんです。キスマダールさんは、今度Ｒｅ＝Ｍのコラボ企画に協力してくださる企業様で……そしてこっちは、覚えておいでですか？　白石ことりです。以前、Ｒｅ＝Ｍにいた。今、早見さんの秘書をしているとかで——」

早見の紹介だけすればいいものを、松井マネージャーは懇切丁寧《こんせつていねい》に琴美の紹介までしてくれる。

この男にだけは会いたくなかったのに。自分引退に追い込み、なにもかもを奪ったこの男にだけは……

「あーあー！　ことり！　思い出した。いたねぇ、そんな娘《こ》も！」

「久しぶりです」とも「ご無沙汰《ぶさた》しております」とも言えずに、琴美は襲われたときの恐怖と、不当にアイドルを辞めさせられた屈辱を同時に思い出して、身体全体が強張っていく。

（この人は――）

この六年の間に、原田は自分が業界から消し去ったひとりのアイドルのことなど、すっかり忘れていたんだろう。こんな男に自分は夢と、人生と、存在意義を踏みにじられたのだと思うと、悔しくて、悔しくて――胸が張り裂けそうになる。

「………………」

琴美が黙って唇を噛み締めていると、原田はぺったんぺったんとスリッパを響かせて近付いてきた。と思ったら、早見と琴美が座っていたソファにドスンと座ったのだ。

二人掛け用のソファに、肥え太った原田が座ったものだから、早見も琴美も立ったままだ。それどころか座ることもできない。もっとも、今座れば琴美は原田の隣に座る羽目になるので座りたくなかったが……

「Ｒｅ＝Ｍとコラボぉ？　ふーん？　俺はなーんにも聞いてないけど？」

厭味《いやみ》な言い方である。どうやらコラボ企画を聞かされていなかったことが不満らしい。

「このコラボは有名なゲームとのコラボなんですよ。だから、実際にＲｅ＝Ｍが動いたり、原田さんになにかしてもらったりということはありません。そもそも、まだ企画段階なので」

竹林がそう説明すると、原田は「ふん」と鼻を鳴らして、口角を片方上げた。

「コラボ企画？　ふーん？　い－んじゃない？　Ｒｅ＝Ｍはこれからも伸びるしねぇ。――ああ～俺もなんか面白いこと企画しよっかなぁ？」

原田の意味深な言葉に、サワプロの社員たちがピクッと反応するのが空気でわかった。

原田の企画は九割が当たる。だからサワプロは原田を切らないし、彼の言いなりなのだ。

「それは興味深いですね。原田プロデューサー、また今度聞かせてください。今は――」

「ことり。おまえ、芸能界復帰する気あるぅ？」

「⁉」

竹林の声を遮った原田は、身体を預けたソファの背凭れの上に両腕を載せつつ、琴美を見上げてくる。

（……どういう、意味……？）

突然投げられた質問に答えは出ない。

わずかに眉を寄せた琴美に向かって、原田はニタリと口角を上げた。

「おまえにその気があるなら、ピンで再デビューさせてやるよぉ～。全面的に俺がプロデュースしてな。ははっ。そうだなぁ～初手はバラードだ。おまえのような甘みを帯びたハスキーボイスを広音域で歌う女は稀だ」

「…………」

その稀な女を、華がないと斬って捨てたのは誰なのか……。自分で潰したひとりの女の夢をなんだと思ってるのか。

（馬鹿にしないでよ！　再デビューなんてするわけないじゃない！）

原田の手で再デビューなんてすれば、この男から一生食い物にされるだけだ。琴美は視線すら合わせたくなくて顔を背けた。

「六年経って、女として脂が乗ってきたみたいだなぁ～ううん？」

「っ！」

腰のくびれから、タイトスカートに包まれたお尻を撫でられて、サーッと血の気が引いた。

『……おまえがセンターになれるかどうかは、この俺の心持ちひとつだ……。わかるな……？』

スカートの中に手を入れられた。太腿を直《じか》に撫で回され、酒臭い息を吹きかけて耳を舐《な》められた。

そして、シャツの胸元のボタンを外され――……

かつて、この男にされたことが、あのときの恐怖が、強烈に、そして鮮明に琴美の中に蘇る。

必死になって逃げたあの日が、今の琴美を追いかけて縛る。

動けないのだ。あのときは逃げられたのに、声すら出ない。誰にも助けてもらえなかったことを知っているからこそ余計に。

（いや……気持ち悪い……）

細かく震えながら泣きそうになったそのとき、パンッと手を打つ音が聞こえた。

振り返ると、琴美のお尻を撫でていた原田の手を、早見がおもいっきり叩き落としたところだった。

「痛ッいな～なんだね、君は――」

「『なんだね』じゃないだろう！」

苛《いら》ついた原田の声を、早見の怒号が吹き飛ばす。

「なにをやっているんだ！　うちの社員にセクハラはやめてもらうか。プロデューサーだかなんだか知らないが、引かないなら強制猥褻《わいせつ》で訴えるぞ！」

琴美の前に出た早見が原田に食ってかかる。

Ｒｅ＝Ｍのメンバーも、松井マネージャーをはじめとしたサワプロの社員たちも、そしてなにより原田自身が、目を丸くして驚いていた。

原田の行動を制止し、逆らうような人間は、彼の周りに今まで誰ひとりとしていなかったのだ。逆らった人間は、尽《ことごと》く芸能界から追放される。そう、琴美のように。それがまかり通っていたのだ。だがそんな悪習は、他の業界で頂点を極めている早見には通用しない。

「は、早見社長……」

初めて助けてもらえた。そのことが琴美の身体を熱くする。彼の背中から目が離せない。

「平井さん、怖かったね。もう帰ろうか」

振り返った早見が、ポケットからブルーストライプのハンカチを出して琴美の頬を軽く押さえる。そうされて初めて、琴美は自分が泣いていることに気が付いた。

「す、すみません……わたし……わたし……」

「大丈夫、君はなにも悪くない」

ハンカチを渡されて、ハンカチごと手をそっと包み込まれる。琴美に触れてきたのは、あたたかくて、大きくて、優しい手だった。怯えて萎縮していた心が、緩むように溶けていく。琴美は言葉にならずとも感謝を伝えたくて、鼻を啜《すす》りながらも何度も頷いた。

「ハッ！　こんなの、ちょっとしたスキンシップじゃないか。まったく、俺はRe＝Mの生みの親だぞ？　ことりが十代の頃から面倒を見て、育てたのは俺なんだぞ？　娘みたいなもんだ。それを外野の若造が……」

憚《はばか》りもせずに舌打ちして、原田が不機嫌をあらわにする。原田は一度こうなると、しばらくは不機嫌のままだ。

「竹林さん、大橋さん、申し訳ないが今日はこれで失礼します」

机に広げていた書類を自分のカバンに入れると、早見は原田を上から見下ろした。

「……コラボの件は、こちらでも再考させていただきます」

「は、早見さん！」

早見のひと言に、竹林が慌てて腰を上げる。大橋も、松井マネージャーも、Re＝Mのメンバーも、そしてなにより琴美自身が彼の言葉に驚いていた。

(再考って……コラボ、さっきまで乗り気だったんじゃ……)

「平井さん、行こうか」

「えっ、あ、はい……」

早見は琴美の手を引くと、部屋を出た。

「早見さん！　早見さん待ってください！」

後ろから竹林が追いかけてくる。もうほとんどビルの出口に来てから、早見は歩みを止めて振り返った。

「竹林さん、あなたには申し訳ないが、うちの平井にああいう真似《まね》をされては困る。確かに彼女はサワプロさん所属のタレントだった時期もあるし、平井が芸能界に復帰したいかどうかは彼女の意思次第だから私があれこれ言うことではありません。ですが、今の彼女はうちの大切な社員です。その辺は弁《わきま》えてもらわないと、コラボなど到底協力できない」

強い口調で言い切る早見に、竹林は「仰《おっしゃ》る通りです。申し訳ない」と頭を下げてくる。だがそれは、琴美にではなく早見に、だ。その態度が早見を更に頑《かたく》なにした。

「いや、私に謝られても困ります。初めにも申し上げたが、弊社はこのコラボを急ぐ理由はない。むしろやる理由すらない。それでもこうして御社に足を運んだのも、一重に平井がサワプロさんの出身であり、元Ｒｅ＝Ｍだからだ。コラボ先がＲｅ＝Ｍの可能性は最初のメールのときから予想はしていましたよ。だから平井に確認しました。大丈夫か、と。そしたら彼女は『昔の仲間を盛り上げる手助けができるなら』と答えたんです。彼女の後押しがあったからこそ、私はこの話を受けてもいいかと思ったんです。でもね、その彼女に危害を加えられるのなら、私は全力で彼女を護る。そのためならこの企画を白紙にしても構わない」

「……社長……」

そこまで言われて琴美は、早見のこの態度が、最初に席を立とうとしたときと同じように、商談を自分優位に進めるためのポーズではなく、本気なのだと気が付いた。

キスマダールに莫大な利益を生むであろうこのコラボを、琴美ひとりを護るためにふいにしようというのか、彼は。

それを竹林も早見の本気を感じ取ったのだろう。小さく息を吐《は》いて軽く頷いた。

「返す言葉もございません。その若さで上に立つ者の強さを持っておられる。さすがです。その点うちは……お恥ずかしい限りだ」

竹林は琴美に向かって頭を下げてきた。

「早見さんに口添えしてくれたのに、出入りの者が失礼を働いて申し訳ない。本当なら原田に謝罪させるべきなのだろうが、彼は……」

まったく悪くない竹林に謝られ、琴美のほうが逆に恐縮してしまった。

「いえ、そんな……大丈夫です。わかってますから」

そう、原田の性格がどんなものかなんて、琴美はよくわかっている。かつての琴美はあの男を尊敬していたが、音楽性が優れているからといって、人間性まで優れているとは限らない。彼は音楽に関しては一廉《ひとかど》の才能の持ち主ではあるものの、ひとりの人間として見ると、自分の思い通りにならなければすぐに癇癪《かんしゃく》を起こす子供と変わりない。まるでお山の大将だ。

もともと原田はサワプロの人間だったが、琴美が初めて会ったときには既にフリーの音楽プロデューサーになっており、自分の会社を持っていた。原田とサワプロとは、付き合いが長い上に、どちらかというとサワプロのほうが原田の力を借りている面が大きいので、パワーバランスが対等とは言えないのだ。琴美に謝罪しろなんて原田に言えば、癇癪を起こした原田がサワプロとの契約を打ち切る可能性だってある。

才能があるが故《ゆえ》に周りに許され、甘やかされてきたのが彼なのだ。その結果、六年もの間で、自分には無関係の企画にまで口を挟むモンスターへと変貌をとげていたのだろう。それでもサワプロは原田を切ることができないでいる……

「早見さん、うちとしてはこのコラボをお願いしたい。先ほど平井さんが出してくださった歴代衣装の案で、社長の説得も可能だと思っています。どうか――」

竹林にスッと頭を下げられて、早見は小さく息をついた。

「竹林さんの誠意ある謝罪は受け入れます。だが、コラボに関しては即答しかねます。うちも社内会議にかけますので」

「……わかりました。ありがとうございます。ご検討をよろしくお願いします」

サワプロとしてはここが落としどころなのだろう。サワプロが音楽業界で生き残るためには、早見のような他業種のトップも蔑《ないがし》ろにはできない。

琴美と早見は、竹林に見送られてサワプロを後にした。

近くのコインパーキングに駐めていた車の運転席に座った早見は、同じく助手席に座った琴美を見て、痛ましそうに眉を寄せた。

「いやだったろう？　ごめん、あんな思いをさせて……名前は挙がってなくても、Ｒｅ＝Ｍとのコラボだと予測できた時点で、この話は断るべきだった」

早見に謝られて、琴美はブンブンと首を横に振った。

「社長のせいじゃありません！」

むしろ原田から護ってくれたのは彼だ。あのとき、どんなに頼もしく思ったか。どんなに嬉しかったかわからない。

早見に貸してもらったハンカチを握りしめて、ペコリと頭を下げた。

「ありがとうございました。本当に……。ですから、わたしのためにこのコラボを断るなんてしないでください。このコラボは悪くないって、仰っていたではありませんか」

そう、確かに早見は当初、このコラボに乗り気だった。会社にとって確実に利益が出るし、リアルアイドルとゲームのコラボというモデルケースにだってなり得るのだから。

「いや、しかし――」

「大丈夫です！　受けましょう、社長！　売り上げアップです！　それに、Ｒｅ＝Ｍはわたしの古巣ですから……お願いします。社長」

意識して明るい声で言うと、早見は渋い顔をしながらも、最後には細く長い息を吐いた。

「……平井さんがそこまで言うのなら……でも、まぁ、最終的には向こうの出方次第だからね。今日の出来事を聞いて、サワプロの社長がＮＧを出すかもしれないし」

「はい。そのときは、そのときです」

たとえ離れても、共に切磋琢磨したＲｅ＝Ｍの仲間たちをバックアップしたいという琴美の気持ちに嘘はないのだから。

「……ところでさ、話は変わるんだけど……」

「？」

早見の神妙な声に、首を少し傾げて聞く姿勢を取る。

彼は少し躊躇《ためら》ったように口を開いた。

「あ、あのさ……再デビューの話が出ただろう？　平井さんは……その……再デビュー、したいのかな？　って……」

そんなことを気にしているのは、原田とやり合ったからだろうか？　それはわからないが、第一にこの人は、〝白石ことり〟のファンなのだ。好きなアイドルの再デビューの話に興味がいくのは無理もないかもしれない。

琴美は少し考える素振りを見せた。

「社長は、わたしが……　〝白石ことり〟が再デビューしたら嬉しいですか？」

質問を質問で返す形で尋ねる。

琴美の中で、原田のプロデュースなら再デビューはしないということはもう決まっている。でもその意思を、〝白石ことり〟のファンだと言ってくれるこの人はどう思うのか、それを少し知りたかったのだ。

「嬉しいか、か。う〜〜〜ん」

早見は運転席の背凭れに身体を預け、上を向いて唸《うな》るような声を上げた。

「推しの再デビュー……」

琴美は軽い気持ちで尋ねたのだが、彼は腕組みまでして至極真面目に思い悩むのだ。

「しゃ、社長、そんなに悩まなくても……」

おもわずそう言ったのだが、彼は真剣だ。

「いやさ、推しの再デビューはファンとして嬉しい気持ちはあるよ。けどさ、それって、俺の秘書を辞めるってことじゃないか？　俺は〝アイドル〟白石ことりのファンだけど、俺は平井さんのことが同じように好きなんだよ」

「それは、同一人物だから……という意味ですか？」

重ねて聞くと、早見は首を横に振った。

「うーん、それはちょっと違うな。〝アイドル〟白石ことりが、平井琴美さんの一部だから、かな。〝アイドル〟白石ことりは商業的に作ってる部分もあるでしょう？　もちろんそういうところも込みで好きだし、ファンだよ。でも〝秘書〟平井琴美さんの、真面目なところとか、時々おおって思うようなアイディアを出してくれるところとか、マメに弁当を作ってくるところとか、卵焼きが旨いこととか、秘書検定の本で勉強しているところとか――」

（秘書の勉強してるの……知って……）

「そういう人間としての素の部分を、他の白石ことりのファンは知らないわけだよ。俺しか知らない。俺は今、平井琴美さんを独り占めしてる。白石ことりとして舞台に立つ姿を、他のファンと一緒に遠くから眺めるよりも、俺だけが知っている平井琴美さんと一緒にいたいっていう思いのほうが正直強い。だって俺、平井さんのこと好きだから。――ああ、でもこれって、白石ことりファン失格かな？」

さっきまで腕組みしていた手を首の後ろにやって、照れたように笑うこの人の表情《かお》が、琴美の胸をきゅんっと甘く締めつけるのだ。

〝アイドル〟白石ことりと、平凡人間〝平井琴美〟の両方の自分を見た上で、この人は幻滅せずに好いていてくれるのか。

（ああ——……）

今だからわかる。一時的な「好き」ではなく、「好きで居続けて」くれなければ、引退して六年も経ったアイドルに気付くはずなんてないのだ。所属していた事務所の人間も、マネージャーさえも気付かなかった。もしかすると、松井マネージャーが紹介しなければ、原田さえも琴美の存在に気付かなかったかもしれない。琴美の存在に気が付いてくれたのは、共に切磋琢磨して友情を育んだＲｅ＝Ｍの仲間たちと、この早見だけなのだ。

それでもＲｅ＝Ｍの仲間たちは、平凡人間〝平井琴美〟を求めはしない。現役時代にあった、歌声と声量と、ダンステクニックを持った〝アイドル〟白石ことりだけが、彼女たちにとっての仲間なのだ。

芸能界は弱肉強食。アイドル志望なんて掃いて捨てるほどいて、ふるいにかけられて残った子たちは、誰しもがなにかの才能を持ち合わせている特別な存在。研究生ですらそうなのだ。運良くデビューできたとしても、いつ蹴落《けお》とされるかわからない。舞台にあいた穴を虎視眈々《こしたんたん》と狙う子たちであふれている。

囀《さえず》る舞台すら与えられないことりには価値がない。

〝アイドル〟白石ことりが、無価値な平凡人間〝平井琴美〟であることを許して、認めて、求めてくれる人は、きっとこの人だけなのだろう……ここまで真っ直ぐに人に想われたことなんてない。

手にしていた早見から借りたハンカチをギュッと握りしめた。

「……嬉しい……」

「ん？」

早見に聞き返されて、琴美は慌てて首を横に振った。

「『ファン失格』なんてないです！　絶対、ないです！」

「ははは、それはよかった」

屈託なく笑う早見から目が離せない。

『♪どこにも　いかないで　わたしだけを　見つめて　でもそれって　ワガママかしら？』

かつて、恋も知らずに歌っていた歌詞の意味が、今になってわかる。

この人のくれる「好き」が、琴美の頬を薄く染めた。

◆　◇　◆

仕事を終えて、自宅マンションに帰宅した秀樹は、脱いだジャケットをリビングのソファの背凭れにポイッと放ると、スプリングの効いたソファにどっかりと腰を下ろした。

今日、サワプロダクションに行った。最初こそは舐めた態度を取られたが、若くして起業した身だ。なにも初めてのことじゃない。大橋は論外だったが、竹林という男とは対等に話せそうだ。

初めてのリアルアイドルとのコラボ。その相手がＲｅ＝Ｍなら箔が付くというもの。これならコラボ企画を進めてもいい――そう思っていた矢先。松井というＲｅ＝Ｍのマネージャーが来て、Ｒｅ＝Ｍが挨拶に来て、琴美との再会を喜んで……そこまではよかった。

最後に来た原田隆プロデューサー。一時期、Ｒｅ＝Ｍの――正確には白石ことりの――熱熱な追っかけをしていた秀樹だ。奇才の音楽プロデューサー、原田隆の名前くらいはさすがに知っていた。ただそれは、原田隆がＲｅ＝Ｍに付くことによって、Ｒｅ＝Ｍが更に有名になる、くらいの認識で、当然のことながら原田の人間性までは知らなかったのだ。あんなクソ親父だったなんて！

再デビューの話をしながら、琴美のくびれた腰や、まあるいお尻を撫で回すように触る姿は、セクハラ親父そのもの！　なにがスキンシップだ。琴美は青くなって震えていたではないか。育ての親だと自負しているのなら、琴美がストーカーに襲われたことだって知っているはず。あんな真似などできるはずがないのだ。

気が付いたときには、琴美の尻を触る原田の手を叩き落としていた。

仮にも取引先での出来事、口頭で済ませなくてはならないところに手が出たのは、腹が立って仕方がなかったから。まるで俺の女に触るな！　と言いたげに――

（でも再デビューか――……ああ〜絶対に可愛いいんだよなぁ〜はぁ……ヤバイ）

わかっている。大人になった白石ことりには、美しさと可憐《かれん》さが同居していて、それはもう完全に人々を魅了するに違いない。これはファンとしての贔屓目《ひいきめ》なんかではなく、確信だ。

大人びた彼女が、舞台の上でスポットライトを浴びて、あの伸びやかな美しい歌声を披露している様《さま》が目に浮かぶようじゃないか。再デビューの話が来るのも当然。

でも、わかっているからこそ見せたくない。再デビューすれば、彼女は絶対に人気が出る。地味なメイクでも、現役Ｒｅ＝Ｍのメンバーより、彼女のほうが美しかった。Ｒｅ＝Ｍなんて超えてしまうかもしれない。そうなったとき、彼女は多くの男の目にとまることになるのだ。

推しが舞台に上がるのがいやだと思う日が来るなんて、思ってもみなかった。自分の中にファンとしての気持ち以上の独占欲があるのを認めないわけにはいかない。

秀樹はゴロンとソファの座面に横になり、額に腕を載せて宙を仰いだ。

(今日だけで何回、平井さんに〝好き〟って言ったんだろ?)

『今の俺は、平井琴美さんを独り占めしてる。白石ことりとして舞台に立つ姿を、他のファンと一緒に遠くから眺めるよりも、俺だけが知っている平井琴美さんと一緒にいたいっていう思いのほうが正直強い。だって俺、平井さんのこと好きだから』

サワプロを出た帰り、パーキングエリアにとめた車の中での会話を思い出しては「うわああああ！」と、叫び出したくなる気分だ。

いくら本心とはいえ、上司からの告白に彼女も困るだろう。

初手で興奮気味に婚姻届を持ち出したことを反省して、「まずは社長と秘書から」という彼女の言葉に今まで従い、ゆっくりと信頼関係を築いていこうと思っていたのに、平井琴美という女性を知れば知るほど〝好き〟な気持ちが大きくなって、もう自分でも抑え込めなくなってきている。

ライブに行きたいがために自分の会社を興してしまうほど、熱狂的に愛した白石ことり。彼女には、あの光り輝く舞台が似合う。舞台の上にいた彼女に恋をしたのに、今では舞台に戻ってほしくない。自分の側にいてほしくてたまらない。自分の手が届かないところになど行ってほしくないのだ。

（……くぅうう……こんなの、ファン失格だ……）

ファンなら彼女の舞台へと戻る背中を後押ししてやるくらいの気概がなければならないはず。それができなかった自分がいる。

（だってさぁ、好きなんだよ……大好きなんだよぉ……独り占めしたいんだよ……離れたくないんだ）

彼女はどんな選択をするんだろう？　思えば、彼女自身がどうしたいのかは聞いていない。舞台に戻りたいと彼女は思っているのだろうか？　平井琴美という、ひとりの女性に恋する男として自分はどうするべきなんだろうか？

秀樹は悶々としながらも、〝好き〟を連発した自分の台詞を思い出しては、またひと通りもんどり打つのであった。

◆　◇　◆

サワプロダクションを訪れた次の日。琴美は早見に借りたハンカチに、丁寧にアイロンをかけて返した。ちょっとしたメモに「ありがとうございました」のひと言を添えて。

キスマダールとサワプロダクションのコラボ企画は、竹林の奮闘によって、十月下旬には無事に成約と相成った。その際に、早見が追加で出した条件は、〝原田プロデューサーをこの企画にかかわらせないこと〟。

キスマダールのゲームに、Ｒｅ＝Ｍがコラボするのだから、キスマダールサイドのゲームプロデューサーが取り仕切るのが筋だ。そこに原田が横やりを入れてくると、纏まる話も纏まらなくなる。原田は音楽プロデューサーなのだから、音源制作や舞台を取り仕切るのが本業のはず。初回の商談のときのように、いちいち口出しされては困る、船頭はひとりでいい――そう早見が言ったのだ。

コラボさせてもらう側のサワプロが、早見の出した条件に頷くのは当然のことだった。

総責任者は早見。ゲームプロデューサーはキスマダール。こうしてスタートしたコラボ企画に、琴美は完全にノータッチだ。制作部からの連絡事項も直接、制作部の担当者から直接サワプロの竹林に行く。

今までは、サワプロからのメールを秘書の琴美が一度受けて、不要不急をチェックしていたのだが、それが全部、制作部が受け持つことに変更されたのだ。そして、サワプロからの電話も、なぜか早見のスマートフォンに直接かかってくるようになった。

「もう制作に入っているから、制作部が直接やり取りしたほうが早いし、齟齬《そご》もないからね」

早見はそう言ったが、メールだけならまだしも、電話もとなるとさすがに琴美だって気が付く。

（これ、たぶん早見社長が、わたしに気を使ってくれているんだろうなぁ……）

サワプロでセクハラしてきた原田に、本気で怒ってくれた彼だ。琴美がサワプロと距離を置くように、取り計らってくれているのだろう。そこに彼の優しさと、思いやりを感じる。

琴美はサワプロに再デビューの返事をしていなかった。

『白石ことりとして舞台に立つ姿を、他のファンと一緒に遠くから眺めるよりも、俺だけが知っている平井琴美さんと一緒にいたいっていう思いのほうが正直強い』

早見にそう言われたとき、どうしようもなく嬉しかった。

アイドルでなくても自分を求めてくれる人がいる。一緒にいたいと言ってくれる人がいる。自分なりに努力しているところをちゃんと見てくれている人がいる——それが、アイドルという特別な自分でなくてもいいと言われているようで、ものすごくホッとしたのだ。

まるで、心を優しく包み込まれるようだった。

「——、——さん、平井さん」

「えっ⁉　あっ、はいっ！」

早見のことを考えていて、早見本人に呼ばれていることに気付かなかったなんて秘書失格だ。慌てて立ち上がって早見の元に駆け寄ろうとすると、彼は目尻を下げて優しく微笑んでくれた。

「もうお昼だよ。休憩に入って」

促されて時計を見てみれば、既に十二時を少し過ぎている。

「すみません、うっかりしていて」

「大丈夫だよ。今日は急ぎの仕事はないしね」

キスマダールは就業時間にこそ厳格だが、無茶なスケジュールでの仕事は絶対に受けないし、組まない。それは営業を担《にな》っている早見だからできることだ。一番の決定権を持っている早見だからできることだ。

琴美は社長秘書なので毎日出勤しているが、クリエイターチームの多くがリモートワークを採用しているなど、さすが最新鋭のゲーム制作会社といった具合か。

「じゃあ、俺もなにか食べてくるから――おっ！」

一度は腰を上げた早見だったが、パソコンの画面を見ながら再び椅子に座る。どうしたのだろう？と思って見ていると、顔を上げた彼が手招きした。

「平井さん、見てごらん。Ｒｅ＝Ｍの歴代衣装ができたって制作部からメールが来たよ！」

「えっ、もうですか！」

驚いて早見の側に駆け寄る。いつもは重厚な机越しに話しているところを、今日ばかりは机を回って彼の背後に立った。

開かれたパソコンの画面には、赤、青、黄、緑、黒の五色展開された可愛らしいドレスコスチュームが並んでいる。曲やステージごとに変わるＲｅ＝Ｍの衣装は、メジャーデビューしてから全部で二十四種類。今回のコラボ企画では、その内の衣装、髪型、アクセサリーを、週替わりで十二種類展開する。

Ｒｅ＝Ｍのメンバー個々に合った衣装、髪型、アクセサリーをゲーム内キャラにセットすると、魅力、歌唱力、ダンス力が上がって、よりアイドルとして輝ける設定だ。

「わぁ！　すごい再現度ですね！　これはメジャーデビューのときの衣装、こっちは初アルバムのときの、これは初ツアーの――」

自分が抜けてからのＲｅ＝Ｍの活躍は、ずっと耳に入っていた。情報は避《さ》けようとしても避けられないものだ。気分転換に外に出ればそこかしこでＲｅ＝Ｍの曲がかかり、駅ではＲｅ＝Ｍのポスターが目に入り、コンビニにはＲｅ＝Ｍが表紙になった雑誌が並ぶ。

そんな中で逃げるように実家に戻った。実家に戻ったら戻ったで厭味を言われ、地元の友達からは陰口を叩かれ、ネットでは誹謗中傷の嵐。誰かに相談することもできずに、実家の四角い部屋で長い時間をぼーっと過ごしていた。そんな中で聞こえてきたのは、家の側の道を歌いながら歩く中学生くらいの女の子たちの声。曲はＲｅ＝Ｍ時代に白石ことりとして歌っていたバラード。

その歌声を聞いたとき、ここにはいられないと思った。立ちどまったままでは駄目なんだと。

結局、琴美を奮い立たせるのは音楽なのだ。

まずは自立しなくては。音楽業界が無理なら他の道を。その他の道を模索している間に出会ったのがこの人……

（……わたしのこと、好きって言ってくれた人……）

無意識のうちに、画面から早見へと視線が移る。そうしたら、早見とバチッと目が合ってしまいおもわず赤面した。

（〜〜〜っ！）

もしかすると、早見のほうも琴美を見ていた？　そう思ったらドキドキしてくる。気恥ずかしいのを隠すように俯くと、早見が「コホン」と緊張混じりの咳払いをした。

「あ、あのさ……今度の金曜、もしあいてたら……仕事のあと、一緒に食事でも行かないか？」

「！」

初めて食事に誘われて、顔がほころぶのと同時に、ちょっと笑ってしまう。

面接のときには、『結婚してください！』と、突然婚姻届を差し出してきた人が、食事ひとつ誘うのに半年以上もかけて、それもこんなに緊張した口調になって、琴美の反応を窺ってくるのだ。

彼の口調、仕草、視線の動きすべてからあふれているのは、琴美への純粋で熱い好意。

（……なんか、可愛い……）

早見は年上の男の人なのに、そんなことを思ってしまったのは初めてだ。普段はまったく思わないのに。彼を尊敬すらしているというのに。

この人に心を許している自分がいるのかもしれない。女として――

最初は突然のプロポーズに戸惑ってしまったけれど、今ならわかる。彼が自分に寄せてくれる想いは、確かにただのファン以上のもの。

「駄目、かな……？」

「いいえ……ご一緒させてください」

そう言って、はにかんだ笑みで頷くと、早見の表情《かお》がぱあぁぁっと輝いた。

「ありがとう！」

仕事ではクールで、年上相手にも物怖じしない強気な彼が、自分の言葉ひとつにこんなに喜んでくれるなんて。

（あ――……）

トクン――鼓動が今まで感じたことのない、新たな旋律を刻む。それは琴美の心臓から血流に乗って全身に広がっていく。

「じゃ、じゃあ、俺は今から食事に行ってくるから！」

「は、はいっ、いってらっしゃいませ」

社長室から出ていく早見の背中を送り出し、ドアが閉まるのと同時に、琴美は「はぁ……」と艶《つや》めいたため息をこぼした。そこでやっと、自分の息がとまっていたことを知る。

（どうしよう……早見社長とお食事……）

頬に両手を当ててみると、まるで熱を持ったように火照《ほて》りに火照っているではないか。きっと真っ赤になっているに違いない。琴美はおもわずその場に座り込んだ。金曜日が待ち遠しい！

（〜〜〜っ！）

ひとりになった社長室で、琴美は息を潜めて身悶えるしかなかった。

◆　◇　◆

待ちに待った金曜日がやってきた。

この数日間、社長室に早見と二人きりになるのが非常に落ち着かなくて、琴美の胸はソワソワ、ドキドキ。今までずっと二人きりが当たり前だったくせに。食事に行く約束ひとつしただけで、自分がこんなになるなんて思ってもみなかった。

カチッ、カチッ、カチッ、カチッ——……普段はまったく気にならない時計の秒針が刻む音さえも、敏感に聞こえてくる。

（もっと仕事があったらよかったのに）

早見の存在をどうしても意識してしまうから、気を逸《そ》らそうと仕事に没頭した結果、今日中どころか、来週やってもいい仕事まで片付けてしまった。秘書検定の本で勉強したせいか、手際よくできてしまった自分が憎い。あとは秘書として、電話応対のために就業時間まで待ちぼうけするか、社長室の掃除をするかくらいしかやることがない。

（お掃除しようかな？　でも、社長はまだお仕事中だし、お掃除なんかはじめたらうるさいよね？）

それに掃除は、毎朝早見が出社する前に終わらせている。そのお陰で、本棚にも部屋の四隅にも塵ひとつない。

（うう〜っ、あと五分……）

モジモジしながら時間が過ぎるのを待つ。この感じは初めての舞台のときに、袖で待機していたときに似ている。

ああ、自分は緊張しているのかと改めて気付く。

社長と二人きりの食事だから？　それとも、二人きりの時間を持つことで訪れるであろう変化に期待している？

そんなことを考えている内に五分が経った。

「平井さん。お疲れ様。時間になったね」

「は、はいっ！　お疲れ様です！」

ドキドキしながら勢いよく立ち上がると、勢いがよすぎて、キャスター付きの椅子がガタンとひっくり返ってしまった。

「ああっ！　い、椅子が……」

「だ、大丈夫⁉」

椅子を起こそうとする琴美の元に早見が駆け寄って、椅子を起こすのを手伝ってくれる。そのときにふと指先同士が触れ合って、お互いにパッと手放したものだから、また椅子がガタンと床に落ちた。

「っ！」

二人して見つめ合って、その数秒後には同時に笑い出す。

「ごめん。白状すると、もうずっと緊張しっぱなしなんだ」

彼も自分と同じ緊張を味わっているのか。それを格好つけて隠したりしない素直なこの人に、かえって好感を抱く。いや、この気持ちはもっと前から、いつの間にか持っていたものかもしれない。

「わ、わたしも、です……」

椅子を起こして立ち上がった早見は、琴美のほうに手を差し伸べてきた。

「あ……す、すみません」

本当はひとりで立ち上がれるけれど、差し伸べられた手にそっと自分の手を載せる。この人が自分を全力で護ってくれることを知ってしまったら、もうその手を拒めない。

立ち上がってスカートを軽くはたくと、琴美は早見に向き直った。

「ありがとうございます。社長」

「ん。じゃあ、行こうか」

「はい」

琴美は荷物を纏めると、早見のあとに続いて社長室を出た。

早見が車で連れて行ってくれたのは、会社から二十分ほど南に走ってビジネス街を抜けた海岸沿いにある、個人経営の小洒落《こじゃれ》たレストランだった。

フランス人オーナーが日本人の奥さんと経営しているそうで、夏になると二ヶ月はフランスに帰ってバカンスを楽しむため、開店している期間が限られている。そんな変わった営業形態にもかかわらず、常連客が足しげく通うのは、味がいい証拠なのだろう。

その常連客の中に早見も含まれていて、彼は「一番のお気に入りの店なんだ」と言った。雑居ビルの一階に構えた煉瓦《れんが》造りの店先には、水玉の蝶《ちょう》ネクタイをした可愛《かわい》らしい小人の人形が、フランス国旗を振っている。

まるで板チョコのような模様が入ったドアを開けると、アコーディオンで演奏された陽気な曲がかかっている。おもわず足がステップを踏みたくなる軽快なテンポは、おそらくフランス民謡。天上にはレトロな木製のシーリングファンが優雅に回っており、ヴィンテージな木の床が軋む音さえ、店の雰囲気作りにひと役買っているようだ。

「素敵なお店ですね」

「だろう？　ガレットが旨いからぜひ食べて」

丸太のテーブル席に案内された琴美は、早見に言われるがままに、ガレットのセットを注文した。フランスブルターニュ地方生まれの郷土料理で、塩気を加えたそば粉を丸く薄く焼き、ハムやチーズ等様々なトッピングを加えて食べるガレットは本場の味わい。そば粉を使っているからヘルシーな上に栄養満点。付いてきたサラダとスープも絶品。

「すごく美味しいです」

「よかった。平井さんの弁当箱小さいから、あんまり食べられないのかなーと思ってさ」

(あ、もしかしてわたしのために……?)

以前、琴美が『外食はカロリーが気になる』と言ったことを彼は覚えていてくれたのだろうか?　それでこの店を……?　だとしたら、その気遣いが嬉しい。

「ここはデザートもヘルシーで旨いから、まだ食べられそうなら頼んでみるといいよ」

デザートメニューを受け取ると、〝ヘルシー〟のマークが付けられたデザートがいくつもある。

説明書きを読んでいくと、バターやオイルを使わずに焼いたクレープが一番人気のようだ。オートミール一〇〇％のクレープや、アレルギーの人用に、牛乳や卵も使っていない豆乳クレープもある。

「わぁ～どれも美味しそう！」

甘いものなんて久しぶりだ。以前は身体を動かしていたから、多少の糖分でも消化できていたが、今の秘書の仕事は運動量が俄然《がぜん》少なすぎる。もちろん、他の部署へのお使いや、打ち合わせの同行なんかもあるが、アイドル時代とは比べ物にならない。一日働いても一万歩歩かない日があるから、帰りの電車は一つ前の駅で降りて歩いて帰っているときだってある。

「じゃあ、豆乳クレープにします」

「なら、俺も同じ物を」

運ばれてきた豆乳クレープは、いちごソースとの相性が抜群。罪悪感なく甘い物を食べられるなんて、なんとありがたいことか。

食事を満喫して店を出る。琴美は自分の分を払おうとしたのだが、早見は「誘ったのは自分だから」と笑って、財布を開けようとする琴美の手を押しとどめた。

「平井さん……少し歩かないか」

店を出たところで早見に誘われて、琴美は躊躇うことなく頷いた。

涼しい秋風に髪を軽く梳かせながら、海岸沿いを並んで歩く。ビジネス街から離れた海岸線に人気はない。一定間隔で設置されている街灯の明かりが頼りだ。中沖を跨《また》いだ橋をわたる車のライトが、漆黒の海の上を、流れ星のように輝いて走っていく。

そんな光景を見ながら、早見がゆっくりと口を開いた。

「何度も言って、本当に自分でもみっともないと思ってる。だけど……好きです。六年前から……アイドルだった君に出会った頃から好きです。思わぬ形で再会して、舞い上がって、ほんと、呆れてると思うんだけど、君がいないとどう生きていいかわからないくらい好きです。俺と結婚を前提に付き合ってください」

駆け引きなしのストレートな告白は、以前となんら変わりない。

この人は自分のことを本当に好いてくれているのだ。最初から彼はその気持ちを伝えてくれていた。それを信じられずに怖がっていたのは、他の誰でもない琴美だ。

それでも諦めずに、彼はこうして再びその想いを告げてくれた。

アイドルは幻想だ。幻想の正体は生身の人間。その生身の人間のほうに幻滅したら、幻想は脆《もろ》くも崩れさるもの。彼が想っている相手が過去の自分なら、敵《かな》わない。

白石ことりは、もういないのだから……。

琴美は夜風に吹かれた横髪を手で押さえながら、早見を見上げた。

「……わたしでいいんですか？　白石ことりじゃなくて……平井琴美で……」

「確かに、俺が初めに好きになったのは、アイドルの白石ことりだよ。でも、白石ことりが平井さんじゃなかったら……女性としてここまで惹《ひ》かれることはなかったと思う。白石ことりというアイドルの存在が、俺を平井琴美という女性に出会わせてくれたんだ。だってあのとき、白石ことりの歌声がなかったら、俺はたぶん死んでたよ」

そう言った早見の目は、愛おしさを滲ませるように優しく細まっていて、琴美は胸につかえていた息を小さく吐いた。

嬉しかったのだ。

白石ことりが彼を救ったと言うのなら、平井琴美を救ったのは彼だろう。

夢と翼をもがれて地に落ちた琴美を必要としてくれたのも、護ってくれたのも、この人だけだった。

「ありがとうございます……わたしも……わたしも、社長のこと、好きです……」

言葉と共になぜか涙があふれてくる。その涙を指先で拭《ぬぐ》って早見は困ったように笑った。

「ええ……なんで泣くの？」

「わか、ら、な……」

強いて言うなら嬉し泣きだ。ぽろぽろと涙をこぼす琴美を、彼は包み込むように抱きしめてくれた。

「ははっ、泣いてる顔も可愛いよ」

「もう……」

そんな擽《くすぐ》ったいやり取りを交わしているうちに、頭の丸みに沿って優しい手が何度も撫でてくれる。

（社長の匂い……いい匂い……）

包まれているだけで、ドキドキするのに、なんだかやけにしっくりきて落ち着く。琴美が甘えるように頬擦りすると、ツンと頬を突かれた。

「可愛い。……キスしてもいい？」

気遣うように聞かれて、ボッと顔に熱が上がる。

初めてなのだ。キスなんて。

アイドル活動とレッスンに青春を捧げ、引退後は引き籠もり、大学時代は勉強とバイトの掛け持ちで、恋愛なんかする余裕なんてなかった。

（……で、でも、初めてだからこそ……）

この人がいい。この人は自分に危害を加えない。きっとずっと、自分のことを大好きでいてくれる……

「……はい……」

掠れた小さな声でやっと頷く。すると、顎がクイッと持ち上げられた。

夜目にも整った早見の顔は、街灯に照らされてその陰影と魅力を最大限にまで引き立てられている。瞼《まぶた》を閉じるのが惜しいほどだ。でも、彼の唇が自分のそれに触れてきたとき、琴美は自然と瞼を閉じていた。

ちゅっと、自分より少し低い体温がしっとりと触れる感覚は、想像以上に優しくて胸が詰まる。

ゆっくりと唇が離れたとき、琴美は真っ赤になった顔を両手で覆《おお》った。

「す、すみません！　わたし今、だいぶ、いっぱいいっぱいになってます……！」

恥ずかしくて、刺激的で、ドキドキするのに、嬉しくて。でもやっぱり恥ずかしい――甘酸っぱいこの気持ちを、人は〝恋〟と呼ぶのだろう。

(キス……しちゃった！)

謝りながら俯く琴美の肩を、早見の手がそっと抱いてくれる。

「もしかして、初めてだった……？」

コクコクと頷くと、彼はまた更に強く抱きしめてくれた。

「そっか。大丈夫。無理強いなんてしないから。ゆっくりゆっくり、進めていこう？」

ああ、この人はそう言ってくれるのか。やっぱり思った通り優しい人だった。

「はい……ありがとうございます……社長」

そうお礼を言ったら、唇をツンと突かれた。

「社長はナシ。仕事中は仕方ないけれど、プライベートでは名前で呼んでほしいな。俺も琴美って呼ぶから」

これが恋人同士になる、ということなんだろう。下の名前で呼ばれただけで、胸がキュンと甘く疼《うず》くのだ。琴美はドキドキしたまま頷いて、小さな声で「秀樹さん」と呼んでみた。

「はい。よくできました」

少し笑いながら返事をしてくれる彼につられるように、琴美も少し笑ってしまう。

（あ……好き……）

告白の返事はもうしたのに、この人へ向かう自分の気持ちを改めて感じる。優しくて、真っ直ぐな気持ちをくれるこの人が好き……

「風が出てきたね。車に戻ろう。家まで送るよ」

「はい……ありがとうございます」

もっと一緒にいたい。でも、恥ずかしくてうまく言えない。そんな乙女心を歌ってきた琴美だけれど、自分の気持ちとなると、なかなか言葉にはできないものだと思い知る。

だから人は歌うんだろう。自分の気持ちに近い曲に共感したり、口ずさんだりして、あふれ出す想いを表現する。

（ああ……これが恋なんだ……）

そうじゃないなら、なんだと言うのか。

差し出された早見の手を取る。それだけで気持ちが逸《はや》る。自然に絡まった指先は、琴美の胸を甘くときめかせた。

◆　◇　◆

琴美を彼女のアパートに送り届けた秀樹は、自分のマンションに帰るなり、リビングのソファにダイブした。

(ああ――‼　可愛すぎる〜〜っ！　なに？　あの唇、柔らかっ！　しかも、いい匂い……死ぬ！　萌え死ぬ！　うおおおお！　天使に手を出してしまった俺をいっそ殺せぇ！)

枕代わりに使うこともあるマイクロビーズのクッションに顔を埋め、ジタバタしながら悶《もだ》える。しかもファーストキスだって？　それじゃあ、あーんなことも、こーんなことも、全部初めてじゃないか⁉　そんな穢《けが》れなき天使とキスしてしまった自分は、全国の白石ことりファンからメッタ刺しにされても文句は言えないかもしれない。いや、死ぬ気はサラサラないし、刺されてたまるかとも思うのだが。自分が逆の立場になったとき、「羨《うらや》ましい、実にけしからん！」というジェラシーのあとに、「俺のことりちゃんがあああ」と、みっともなく鼻水を垂らして号泣するのは目に見えている。

きっと相手の男に、脳内で一〇〇回くらい怒りの殺人スープレックスをキメてやったあとに、「ことりちゃんが選んだ男なら、いいところもあるんだろう」とお釈迦様のように悟りを開いた顔で、二人の幸せを願うのだ。

そんな自分がありありと想像できるものだから、罪悪感と優越感が半端ない。

「全国の白石ことりファンのみんな、悪いな！」という思いと、「白石ことりは百歩譲ってみんなのアイドルだけど、平井琴美は俺だけの女《アイドル》だからな！」という思いが同居して、わりとゲスい。

キスだけで真っ赤になっていた彼女の可愛らしいことと言ったら！　それ以上のことをしたら、彼女はどんな表情を見せてくれるのだろう？　秀樹の頭の中は、彼女の「初めて」を奪う妄想でいっぱいだ。

(いやいやいや、待て。彼女はことりちゃん時代にストーカーに襲われてるんだ。怖がらせないようにしないと。うん。それが一番大事だ)

秀樹はジタバタと悶えていたのをパッとやめ、ゴロンと寝返って天井を仰いだ。

嫌われたくない。彼女の気持ちを自分に向けることはできたかもしれないが、もっともっと、今以上に愛されたい。そして、誰よりも彼女を大切にしたい。その気持ちだけは本当だ。だけど、ひとつだけ確かめられなかったことがある。いつか、きちんと琴美の気持ちを確かめたい。

(俺にできることは、彼女の気持ちを尊重することだけだ)

秀樹は琴美のペースに合わせて、ゆっくりと進めることを固く誓ったのだった。

◆　◇　◆

駅近の低層階アパートの一階にある、こぢんまりとしたワンルーム。ここが琴美がひとり暮らしをしている部屋だ。

駅が近いのはいいのだが、近すぎて線路沿いにあるがために、相場より安い家賃となっている。それが、再上京したときの琴美の懐事情にはとにかく助けになって、ここに決めた。どうせ日中はバイトで留守にしているし、夜の静かな時間に通信大学の勉強をしていたので、特に騒音は気にならなかった。今の生活でもそれは同じだ。

「♪いつだって　あなたの前では　一番可愛いわたしでいたいの　もっと好きになってほしいから」

折りたたみ式のローテーブルの上に置いた丸形の鏡に向かって、かつてRe＝Mで歌っていた歌を歌いながら、髪を丁寧にブラッシングする。

あの頃も恋の歌には、それなりに共感して歌ってきたつもりだったが、秀樹に恋している今、歌詞の意味がより鮮明に理解できる気がする。

「♪ねぇ　もっと　もっと　もっと　わたしを見て　どこにもいかないで　髪を撫でて」

歌詞と秀樹に髪を撫でられたときの記憶がリンクして、ポッと頬に色が付く。それは頬に塗ったチークより色濃くて、鏡に映った自分を見ることすら恥ずかしいくらいだ。

（そ、そろそろかな？）

テーブルに置いていたスマートフォンの画面を軽くタップして、時計を表示させる。

今日は土曜日。秀樹とデートに行く約束をしているのだ。十一時になったら秀樹が迎えに来てくれることになっている。

秀樹と付き合いはじめてひと月。季節は秋から冬へと移り、十二月に入ったところ。Ｒｅ＝Ｍとのゲームコラボもスタートしたし、彼との関係も順調そのもの。デートはもっぱら外だ。

秋口の休日には琴美がお弁当を作って、二人でピクニックに行ったたし、冬の仕事帰りには外で待ち合わせをして、クリスマスイルミネーションを見に行ったりもした。

外食するときは、カロリーを気にする琴美のために、秀樹がロカボな店を探してくれる。

二人のデートで一番多いのはカラオケだろう。初めて二人でカラオケに行ったときには、彼のリクエストに応えて、白石ことりのメドレーを歌った。久しぶりに歌ったものだから、きっと現役時代とはほど遠い声だっただろうに、大喜びする彼の顔が見られて琴美も嬉しかった。そのうち、うちわとペンライトを持ってきそうな勢いだったのは、ちょっと恥ずかしかったけれど。

中途半端な声は聞かせられないと、元アイドルの意地もあって、最近はいつでも歌えるように自宅でできる簡易ボイストレーニングも再開したくらいだ。お陰でカラオケに行く度に、昔の声量と音域に戻ってきているのを感じる。

そして琴美を車でアパートに送り届けた秀樹は、最後に優しく琴美の唇を奪う。

唇に触れるだけの優しいキス。でも、まだそれ以上の関係にはなれていない。

『ゆっくりゆっくり、進めていこう』――この言葉通りに、彼は〝初めて〟の琴美の心の準備が整うのを待ってくれているようだった。それは最初に、琴美が元アイドルだということを、内緒にすると約束したときと同じだ。律儀で紳士的な人なのだと思う。

お付き合いをするにあたって、仕事とプライベートはキッチリ分けましょうと、二人で話し合った。というのも、社長室には度々来客がある。それは自社、他社を問わない。そんな場所で、ほわわ〜んと恋愛ムードを漂わせていては、士気にかかわるというもの。

けれども、時々二人っきりになると、秀樹から「好き好き光線」という名の熱い眼差しが飛んでくるのが、琴美は擽ったくてしょうがない。でも、嬉しい。

アイドルになりたいという夢が叶ったのは一瞬だったが、その一瞬が彼と出会わせてくれたのだと思うと、人生、どこでなにがどう繋がっているかわからないとしみじみ思う。琴美があのままRe＝Mにいたなら、Re＝Mのスポンサーとして秀樹と出会ったかもしれないが、そのときはどうなっていたんだろう？　自分にだけ特別な熱い眼差しをくれるあの人を、意識しないでいられただろうか？

（……きっと、好きになっちゃってたんだろうな……）

キリッとしている様は絵になるし、仕事に対する真っ直ぐさと、社員を護ろうという責任感があるところは尊敬すらできる。そしてなにより優しい。

どんな出会い方をしても、あの人の優しさに惹かれてしまっていた気がする。

（今日のメイクどうかな？　リップに新色のチェリーボルドーを使ってみたんだけど）

リップティントタイプで、色落ちし難いのが特徴だ。落ち着きのある大人カラーで、同系色のアイシャドウとアイラインで纏めれば、色っぽくみえる。白いコートにも合うだろう。色落ちし難いリップを選んだのも、別れ際にされるキスを思ってのこと。とても秀樹には言えないけれど――

ブーブーブーブーブー。マナーモードにしていたスマートフォンがちゃぶ台の上で震える。急いで手に取り、通話ボタンを押すと、機械越しに明るい声が聞こえてきた。

「琴美！　おはよ。迎えに来たよ。用意できてるかな？」

「おはようございます。用意できてます。今出まーす！」

「ん。待ってるよ」

電話を切って、ポールハンガーから白いファー付きのポンチョを取る。

今日の琴美の装いは、Vネックのリブニットに、総レース刺繍が美しいスカート。すっきりとしたタイトシルエットは、いい女度をグッと上げてくれる。そこにポンチョを羽織って、黒のお財布ポーチを持てば完璧。白いショートブーツは八センチの高めのヒールで、エレガントな美脚スタイルをキープしてくれる。ちょっぴり脚が寒くなるから、八〇デニールのタイツでそこはカバー。

秀樹の前では一番可愛い自分でいたい――歌詞とまったく同じことをしている自分にちょっぴり笑ってしまうが、悪い気はしない。

きっと、世の中の恋する女性みんながそうなのだ。

好きな人の前では、ありのままの自分でいたい。

好きな人の前では、特別におしゃれして綺麗な自分でいたい。

このふたつは一見真逆に思えるが、根っこにある気持ちは同じだ。

〝相手のことが好きだから〟。ただ、表現の仕方が違うだけ。

恋したら自分は後者になるんだなと気付けた。自分でも知らなかった自分を知っていく。そして、彼に愛されたいと願う女心を知るのだ。

琴美は姿見を覗き込んで、チョンチョンと髪の細部を整え、ショートブーツに脚を通した。

玄関を開けて外に出ると、シルバーのセダンに凭れた秀樹が片手を上げた。ワイシャツの上にグレーのセーターを着て、細身のスラックスを穿き、黒のロングコートを羽織った彼は、モデル顔負けのスタイルだ。あまりのかっこよさに惚《ほ》れ惚《ぼ》れしてしまう。

「秀樹さんっ！　お待たせしました！」

急いで駆け寄れば、琴美を捉えた秀樹の目が優しく細まった。

「今日も最ッ高〜に！　可愛い！　俺の彼女《アイドル》は天使かな？　羽がなくて本当によかったよ！」

「ふふっ、秀樹さんたら」

イタリア人並みの褒め殺しに、琴美の元アイドルとしての自尊心が擽られる。

そう、琴美はアイドルなのだ。秀樹の前では現役のアイドル。彼だけのアイドル。

紳士的に助手席のドアを開けてもらい、車に乗り込む。車体を回り込んで運転手に座った秀樹に向かって、琴美はちょこんと小首を傾げた。

「今日はどこに行くんですか？」

普段は、何処其処《どこそこ》に行こうと前もって教えてくれる秀樹だが、今日は聞いていない。「内緒」と言われていたのだ。

「実はね。霞ケ関のショッピングモールに行こうと思っているんだ。琴美へのクリスマスプレゼントを用意したくて」

「クリスマス！」

すっかり忘れていた。世間にはそんなイベントもあるのだ。去年の琴美のクリスマスは、女サンタクロースに扮して、ケーキ屋で風船配りのバイトに明け暮れていたっけ……。あれは正直、寒かった……。帰りに店長からねぎらいのホールケーキを渡されたが、クリスマスにワンルームでホールケーキを貪《むさぼ》り食う独り身女など、カロリーと共存した地獄絵図でしかない。琴美は丁寧にホールケーキを辞退した。

(でも、今年は秀樹さんと一緒なんだ!)

そう思うとワクワクしてくる。

「琴美が欲しいものを買ってあげたくてね。琴美の好みも知りたいし。本当は誕生日も祝ってあげたかったんだけど、あのときは社長と秘書でどうなのかな? って迷って……」

確かに、琴美の誕生日は七月二十五日。入社したのが七月一日だから、ひと月も経っていないことになる。そんな中で、面接中にプロポーズしてきた元ドルヲタ社長(ガチ恋勢)から誕生日プレゼントを貰っても、正直扱いに困っただろう。

でも今なら嬉しい。そんな自分を現金なものだと笑う気持ちもある。でももう、この人を好きになってしまったのだ。

「わたしも秀樹さんにクリスマスプレゼントあげたいです。なにが欲しいですか?」

「そりゃあ――」

言いかけた言葉を呑み込むように、一旦口を閉じた秀樹はエンジンをかけ、車を発進させた。

「――琴美がくれるものだったらなんでも嬉しいに決まってるよ。家宝にする」

「やだ、秀樹さんたら、家宝だなんて大袈裟《おおげさ》ですよ」

「本当に本当だから。貰ったサインもね、ちゃんと額縁に入れて家に飾ってる」

「ええ〜〜!?」

面接の日に頼まれて書いたあのサインか。自分のサインが彼の家に飾られているのだと思うと、想像するだけで擽ったい気持ちになる。

(大事にしてくれてるんだなぁ〜嬉しい。でも、久しぶりに書いたサインだから、ちょっと歪《ゆが》んでたかも。飾るんなら、もっと上手に書けたやつが……)

そうだ。秀樹へのクリスマスプレゼントは書き直したサインと、他になにか実用的な物をショッピングモールで探そう。

(ネクタイがいいかな? でも無難すぎ? お財布は……秀樹さん、電子決済ばかりだもんなぁ。名刺入れも革製のいいのを既に使ってるし。あ、携帯靴べらとか? でも、靴べらは秘書《わたし》が持つべきアイテムじゃない? 商談でお座敷の料亭とか行くし……)

考えはじめるときりがない。秀樹の持ち物は仕事中にもよく見るが、かなりいい物を使っている。革製品が多いようで、いい物を長く愛用するタイプなんだろう。それにチープな物は彼に似合わない。

(わたしとしても、長く使ってもらえる物がいいし……)

「琴美はなにが欲しい?」

「わたし? うーん、改めて聞かれるとパッと出てこないですね……」

必要な物はみんな揃っている。季節ごとに新しいメイク用品が欲しくなるが、この冬のメイク用品はもう買ってしまった。それに、秀樹に貰う物ならなんだって嬉しいという気持ちがある。

（これじゃあ、秀樹さんと同じね）

ふふっと小さく笑うと、運転していた秀樹がチラッとこちらを見てきた。

「なら、一緒にモールを回って捜してみようか」

「はいっ！」

秀樹の提案に喜んで頷く。頭の中だけであれこれ考えるよりも、実際に目で見たほうが使っているところをイメージできていいだろう。

「昼はね、豆腐専門店でね、三〇品目摂れるヘルシーバランスプレートを出してる店があるから、そこなんかどうかなって思ってるんだ」

「わぁ！　いいですね！　行きたいです！」

「じゃあ、決まり」

移動中の車内にかかるのは、白石ことりが歌うアップテンポな曲。

ちょっと歌ってみると、秀樹が「ハイ！　ハイ！」と、テンポよく二拍おきにコールを入れてくるから、車内はちょっとしたライブハウスになる。それが楽しいのだ。

さすがに車の中では踊れないけれど、一緒に歌って、同じ時間を共有する。観客は、自分の歌を好きと言ってくれるこの人だけでいい。

秀樹が喜んでくれるのなら、彼のためだけにいつまでも歌っていたい。

車を三十分ほど走らせたところで、お目当てのショッピングモールに着いた。このモールは駅と併設されていて、かなり大きいし人の出入りも多い。当然、入っているテナントも多い。

「まずは食事から行こうか」

「はーい！」

モール内の地下にあるレストラン街の中から、秀樹が選んでくれた豆腐専門店に向かう。麻でできた暖簾《のれん》をくぐると、店内に入ってすぐのところに大きな石をくり抜いた鉢があり、和金《わきん》が三匹、気持ちよさそうに泳いでいた。おそらく客の年齢層が高い店なのだろう。店内全体が落ち着いた雰囲気だ。お目当ては三〇品目摂れるヘルシーバランスプレート。一番人気のメニューらしく、注文するとすぐに出てきた。

「わぁ～美味しそう～」

店内で作った手作りおぼろ豆腐がお通しで、食べ放題。マス目に区切られたプレートに肉、魚、野菜、果実、といろんな種類がちょっとずつ盛り付けてある。確かにこれなら三〇品目ありそうだ。料理とカロリーには気を配っているほうだと自負しているが、自分ひとりでこんなにたくさんの種類を料理するのは大変なので、外でバランスのいい食事が食べられるのは嬉しい。

「美味しい～。この蓮根の酢の物、今度作ってみようかな」

「ええ！　琴美が作ってくれるなら、俺も食べたいな」

「じゃあ、今度、うちに来ますか？」

なんとなくそう言うと、秀樹が食べていた物を喉に詰まらせ、慌てて水を飲み干した。

「えっ、え、い、いいの？」

なぜだろう。秀樹の声が上擦っている。しかもなんだか顔が少し赤いような……

（あっ！）

女のほうから家に誘うなんて、別の意味で〝誘っている〟と思われたのかもしれない——琴美は焦りに焦って早口にまくし立てた。

「ま、前はまだそんなに寒くなかったから、外にピクニックに行っていたけど、さすがに今の時期だと冷えてきますし、風邪ひいちゃうと思って！　それで！　あの……」

「うん、わかってる。わかってるから」

たぶん、同じことを考えたのだろう。二人して赤面して俯く。

（ああ〜失敗しちゃった。別に秀樹さんと、その……シたくない、ってわけじゃないのに……）

むしろ、自分の初めては彼がいい。こんなに優しい人は他に知らないから。

世の中の恋人たちは、付き合いはじめて、いったいどれくらいの期間を置いて次のステップに進むのだろう？　キスより先のステップに……。秀樹はゆっくり進めようと言ってくれたけれど、もうそろそろ？

「あ、あの——」

「あ、あのさ——」

同時に話しかけて、同時に口を噤《つぐ》む。

「ど、どうぞ」

「あ、うん……」

促すと、秀樹は自分の首に手をやって、琴美から少し視線を逸らした。

「安心してほしいんだ。俺はさ、琴美がいやがることは絶対にしないから。琴美が、『俺がいい』って思えたときでいいから……」

「……はい……」

(もう、思ってます……)

でも、そのひと言が言えない。男の人と付き合うなんて初めてなのだ。自分の気持ちを言葉にすることのなんと難しいことか。それだけに、秀樹がどれほどの想いで自分の気持ちを伝えてくれたのかを知る。

(秀樹さんが、いっぱい好きって言ってくれたみたいに、わたしも好きっていっぱい言いたいな)

まだ一度しか言えていないから。

食事を終えてレストラン街を出て一階に移動する。ここからは衣類、小物といった様々なテナントが入っている。クリスマスシーズンということもあって、モール内の入り口付近には吹き抜けを三階まで貫く巨大なクリスマスツリーが飾ってあった。おそらくこれは、本物のモミの木だ。

「わ〜。みんな写真撮ってる」

どうやら撮影スポットになっているようで、サンタの格好をした女性従業員が、客からスマートフォンを預かって写真を撮っている。

「琴美、俺たちも撮ってもらわない？」

「いいですね！」

秀樹との写真はまだ撮ったことがない。二人は撮影の列に並んだ。

「お願いします」

秀樹が自分のスマートフォンを係の人に渡して、二人でモミの木の前に並んだ。

「ハート作ります？　それとも定番のＥＧＧポーズ？　頭コツンとかにします？」

「琴美、琴美、対応が撮影会と同じになってる」

笑いながらそう突っ込まれて、琴美はついつい現役時代の対応をしていたことに気付いた。

「やだ、わたしったら……恥ずかしい」

「いや、そういうところも最高に好きだから。そうだな、ポーズは腕組みでお願いします」

キリッとした顔でリクエストしてくるものだから、おかしくってたまらない。ノリがいいのは秀樹のいいところだと思う。

琴美は秀樹の腕に自分の腕を絡ませ、キュッとしがみつくようにくっついた。

「はーい！　では撮りまーす！　ハイ、チーズ！」

係の人の掛け声に合わせて、無難にピースサインをする。

「はい、撮れました。――次の方どうぞー」

スマートフォンが秀樹の手に返ってきてから画面を覗き見ると、いかにも恋人同士にしか見えない自分たちが写っていて、少し擽ったい気分を味わう。

「わ～綺麗に撮れてますね！」

秀樹はビジネスの場と同じくキリッとした表情をしているが、それはそれで彼らしい。チラッと上目遣いをして様子を窺うと、本当に嬉しそうにしている秀樹がそこにいた。

「琴美との写真。やっと撮れた。二枚目だ。嬉しいな」

「えっ？　二枚目？」

心当たりがなくて尋ねると、彼はスマートフォンの手帳型ケースから名刺サイズの写真を取り出した。そこに写っていたのは、真っ白なフリフリの衣装に身を包んだ琴美と、スーツ姿の秀樹だ。二人とも今より若い。秀樹は今と変わらずキリッとした表情で、琴美と一緒に手でハートマークを作っていた。

「これ、六年前に撮影会で撮った写真。俺の心の支えだったんだ」

ファンだ、好きだと言われてきたが、実際に自分のイベントに秀樹が来ていたことを知ると、胸の内側がブワッと熱くなって当時の記憶が蘇る。

確かにいた。チェックのシャツや、Ｒｅ＝Ｍシャツ、全身黒ずくめのファンたちの中に、ひとりだけスーツ姿で白いペンライトを振っていた男の人が――

「思い出した！　思い出しました！」

「え？」

「毎回、スーツで来ていましたよね!?」

「そうだよ。仕事後に移動してたからスーツが多くて……」

秀樹は恥ずかしそうにしながら、当時のことを教えてくれた。

当時のＲｅ＝Ｍは各地の駅を回る野外コンサートが多く、それが毎週末に行われていたのだが、秀樹も週末に仕事が入ることもあり、仕事が終わったあとは帰宅せずに、野外コンサートの行われる駅にまで、直接移動していたらしい。そして近くのビジネスホテルに泊まっていた、と。

「そうだったんですか。わたしたちはてっきり、他のプロダクションの人が偵察で来てるのかもね、なんて話してたんですよ」

それ故に琴美は、秀樹のことをファンとは認知しておらず、今まで思い出せなかったのだ。

「そっか……」

六年前の写真は少し表面が擦れていて、退色しかかっていたけれど、ずっと彼が大切に持っていてくれたことだけはわかる。その写真を琴美は愛おしく思って撫でた。

「嬉しいな……うん、嬉しい……わたし、アイドルやってよかったです！」

「琴美……」

心からの笑顔で、こんなことを言える日が来るなんて思ってもみなかった。それもこれも、全部秀樹のお陰だ。

「また一緒に写真撮りましょうね。いっぱい！　あ、その写真、わたしにも送ってください」

「もちろんだよ」

柔らかく目を細めた秀樹が、そっと髪を撫でてくれる。その手は大きくてあたたかい。彼は琴美に、挫折《ざせつ》と後悔の残る今までの自分の人生を「よかった」と思わせてくれる。

この人と、この先の人生をずっと歩いていけたら——

「ハーイ！　みんな来てくれてありがとう！」

突然、野外からマイクパフォーマンスがはじまって、覚えのあるその声にパッとそちらを見る。が、いくら入り口付近でも、モール内から外はよく見えない。自然と足がそちらに向かいかけて、琴美はグッと立ちどまった。

（わたしは今日、秀樹さんとデートに来たの！　二人でクリスマスプレゼントを選ぶために……）

目的は定まっているのに、急にソワソワと落ち着かなくなり、何度も何度もモールの外を見ようとする。そんなことをしていれば口に出さなくたって、「気になる」と言っているようなもの。

「見に行く？」

秀樹からそう言われて、琴美は躊躇いながらも頷いた。

外に出ると、モールと繋がっている駅前の広場に、簡易ステージが設置されていて、そのステージの上には、赤、青、黄、緑、黒の衣装を身に纏った五人の女の子たちが並んでいる。

――Ｒｅ＝Ｍの五人だった。

（ああ、さっきの声はやっぱり、かすみちゃん……）

Ｒｅ＝Ｍの活躍ぶりはわざわざ追わなくても耳に入ってきていたが、自分が抜けたＲｅ＝Ｍのステージを生で見るのは初めてのこと。

なんとも言えない気分だった。

簡易ステージとはいえ、今をときめく国民的美少女ユニットのステージだ。ライティングもかなり気合いが入っているし、衣装も目に見えてゴージャス。

（いいな……あの場にわたしも――……）

人間というのはなんと欲深い生き物なんだろう。今朝までは、たとえ短い期間でもアイドルになりたいという夢を叶えられた。だから秀樹に出会えたのだと納得していたのに、自分もあの光り輝くステージに上がり、歓声を浴びたいと思ってしまう。もう、終わった夢なのに。

奔放《ほんぽう》な恋人に恋い焦がれる男性の想いを綴《つづ》った歌は、激しいロック調。初期のＲｅ＝Ｍとはまったく違う。それをメインボーカルで歌うのは、黒木なぎさ。

真っ黒なフリルドレスに身を纏った彼女は、観客たちを蔑《さげす》むような鋭い目つきで、一人ひとりを睨みながら歌う。それはレスなんかを超えたなにかだ。白石ことりにはなかった、パワーと熱量。ダンスは他の四人に任せきり。

巧みなビブラートは、完全にテクニックの領域だ。他の四人も負けてはいない。黒木なぎさに寄り添い合わせながら、厚みのあるハーモニーで、音の強弱、そしてビブラートをしっかり重ねる。

（ここまでのアーティキュレーション、わたしがいた頃にはなかった……）

「すごい」

ため息のような声が漏れて肌が粟立《あわだ》った。手が震えるのは寒さからではなく、武者震い。

生で見て思い知るのは、今のＲｅ＝Ｍは自分がいたかつてのＲｅ＝Ｍとは完全に別物だということ。歌い方からダンスまで、他の四人はすべて、黒木なぎさを引き立てるように動いている。極端な言い方をすれば、黒木なぎさと、バックダンサー兼コーラスのＲｅ＝Ｍ、だ。

以前、サワプロ本社で会ったときに、『イロイロあったのよ』と言った赤坂かすみの声が蘇る。添え物扱いをされるなんて、プライドの高い彼女には屈辱《くつじょく》だったことだろう。

——結局、ラストまで見てしまった。Ｒｅ＝Ｍは一曲しか歌わなかったが、冬の寒さなんて感じさせない熱いライブだった。そして、今頃気付くのだ。このライブはＲｅ＝Ｍのライブではなく、同じサワプロ所属の、Ｒｅ＝Ｍの妹分にあたるユニットと野外ライブだったということに。そこにＲｅ＝Ｍがゲストとして一曲歌いに来た、と。

完全にゲストが主役を食ったようなライブだったが、Ｒｅ＝Ｍのファンに妹分ユニットを紹介する意味では成功なのだろう。

物販も明らかにＲｅ＝Ｍのほうが品数が多いし、飛ぶように売れている。

これが今のＲｅ＝Ｍ……

「秀樹さん。ありがとうございました。付き合ってもらっちゃって」

「いや。俺も久しぶりにＲｅ＝Ｍのライブを見たけど、ずいぶん変わったんだね。まるで違うユニットのライブを見た気分だよ」

秀樹の感想はおそらく正しい。

これが、天才、原田隆プロデューサーが作りたかった新しいＲｅ＝Ｍだと言うのなら、確かに白石ことりは不用だ。白石ことりの持ち味が最大限に発揮されるのは甘いバラード。華がないと言われるのも無理はなかったのかもしれない。

今日、ライブを見られてよかった。原田のプロデュースなら再デビューなんてしないと断言できるが、じゃあ、原田のプロデュースではないと言われたら？　琴美の心は揺れただろう。でも、このライブを見てかえって腹を括《くく》った。

今、世間が求めているのがこのライブなら、白石ことりは売れない。ベクトルが違うものを正しく比較することは不可能だろうが、白石ことりが持っている音楽性と、今のトップスタンダードは大きくかけ離れている。

（わたしがステージに立つことはもうない――）

歌ならプライベートでいくらでも歌えばいい。聞いてくれる人はここにいる。

「行きましょうか」

「そうだね」

そう言った二人が、モール内に戻ろうと踵《きびす》を返そうとしたとき――

「早見社長！　こと……平井さーん！」

ステージ側から聞こえる男性の声に呼びとめられた。

Ｒｅ＝Ｍスタッフ専用の蛍光オレンジのジャンパーを着た、松井マネージャーだった。わざわざ走ってくる彼を無視するわけにもいかず、早見と琴美は律儀にその場に留まって会釈をした。

「お疲れ様です、松井さん」

「ありがとうございます。ライブ、見に来てくださったんですね！　早見さん、イケメンだから、後ろのほうにいてもすぐわかりましたよ！」

ライブを見に来たわけではなく、デートで来たんですとは言えずに、「いやぁ、ちょっと通りかかりまして」と当たり障りなく秀樹が濁《にご》すが、松井には通じない。コートを着た秀樹は一見するとスーツ姿と見分けがつかない。琴美がポンチョを着ていることからプライベートだと察してほしいものだが。

「これから打ち上げがあるんです。早見さんたちも一緒にどうですか！」

「いや、我々は部外者なので、皆さんで楽しんでください」

そう遠慮するものの、松井は「またまた～」と人懐っこい笑みを浮かべた。

「部外者だなんて水臭い。我々はコラボしている者同士じゃありませんか！　だから見に来てくださったんでしょ？　この間お会いしたときはあまりお話しする時間もありませんでしたし、親睦会も兼ねて。あ！　ご安心ください、今日は原田プロデューサーは来てませんから」

おそらく松井は、コラボ先の社長と秘書が、Ｒｅ＝Ｍのライブをお忍びで見に来た――と勘違いしているのだろうか？　本当に偶然通りかかっただけなのに。秀樹と琴美が実は付き合っていて、デートの真っ最中だなんて微塵《みじん》も思っていないに違いない。

でも親睦会と言われたら、ちょっとは顔出ししたほうが角は立たない。コラボが進行中の相手なのだから特に――

「ではお言葉に甘えて少しだけ……」

(ああ、そうなりますよね……ううう……)

「平井さんもそれでいいかな？」

「はい、もちろんです」

顔で笑って心で泣いて。これも仕事だと割り切るしかない。

それに、原田と顔を合わせなくていいのなら、懐かしい仲間たちと話せる機会と思えばいいかもしれない。みんなはもう国民的なスターで、そう簡単には話せないし、そんな時間も取れないのだから。

松井に案内された二人は、サワプロが今日の打ち上げのために借りたという、レンタルスペースへと移動した。レンタルスペースはちょうど駅の裏手側にある雑居ビルの三階にあり、徒歩で行ける。Ｒｅ＝Ｍのメンバーは先にバンで移動したらしい。妹分ユニットは残って握手会と撮影会を行うんだそうだ。

「へぇ。レンタルスペース。こんなものがあるのか」

エレベーターを降りた秀樹は、両サイドに並ぶ小窓付きのドアを、興味深そうに眺めている。どうやら彼は、レンタルスペースに来たのが初めてらしい。

レンタルスペースとはカラオケのように部屋がいくつか別れていて、飲みがメインだったり、撮影がメインだったりと、店舗ごとにコンセプトがある。

撮影がメインのレンタルスペースでは、それぞれの部屋で、バロック調だとか、ナチュラルだとか、ファンシーだとか……決まったテーマで飾り付けがしてあり、撮影スタジオとして利用できるところもあるくらいだ。Ｒｅ＝Ｍがまだ駆け出しの頃は、そんなレンタルスペースでプロのカメラマンだけを雇って、商材用の撮影をしたっけ。稼ぎ頭となった今では、撮影に特化した専用のスタジオと専用スタッフを使っているだろうが。

今回のレンタルスペースの特徴は、各部屋にミニキッチンが付いていて、飲食物の持ち込みが自由らしい。いわゆる、少人数専用のパーティースペースを提供してくれる場だ。松井マネージャーの話ではサワプロの社長と、このレンタルスペースの社長が懇意の仲だそうで、サワプロの人気アイドルやタレントの打ち上げにはここを貸し切るんだそうだ。一般的な飲食店に打ち上げに行けば、大混乱は目に見えているＲｅ＝Ｍ。そんな彼女らにはうってつけの隠れ家と言えるだろう。小窓付きなのは犯罪防止のためだ。こういうタイプのところは、防犯カメラ付きで、鍵も掛かっていない場合が多い。「カラオケもあるし、ソファが大きめでくつろげますよ」と松井が言った。

「この部屋です」

松井がノックしてドアを開けると、そこには数週間ぶりに会うＲｅ＝Ｍのメンバーがいた。

「ことり!!」

「ことちゃん！　会いたかったよぉ～」

真っ先に赤坂かすみと、萌黄ゆえが正面から同時に抱きついてくる。そして青井さやかと、緑野ともが後ろから琴美の肩に飛びついてきた。みんな舞台が終わって、スタッフジャンパーに着替えている。

「ことり～！　ライブ見てくれてたの、舞台の上からすぐ気が付いたんだから！」

かすみの言う通り、舞台の上から客席というのは案外よく見えるものなのだ。野外ライブは客席との距離も近いし、観客の表情までわかるときがある。琴美たちは結構後方から見ていたのだが、さすがリーダーのかすみだ。舞台上だけでなく後方の観客の反応まできちんと把握している。それができるから、彼女がリーダーなのだけれど。

「みんなすごかったよ。本当に。感動して鳥肌が立っちゃったもん」

そう言ってポンチョの上から腕をさすってみせる。かすみは苦笑いしたが、萌黄ゆえは無邪気《むじゃき》に「やったーことちゃんに褒められたぁ〜」と、その場でジャンプしている。

唯一席を立っていなかった黒木なぎさは、あの熱唱を披露《ひろう》した当人とは思えないほどに、無表情にストローに口をつけていた。

「座って？　この前は邪魔が入ってあまり話せなかったし、今日はゆっくり話そ」

「うん。ありがとう」

「社長さんもどうぞ座ってください」

かすみは、琴美と秀樹にテーブルを挟んだ別のソファをそれぞれに進める。できれば秀樹の隣に座りたかったのだが……。秀樹のコートと自分のポンチョをハンガーに掛けた琴美は、かすみと萌黄ゆえの二人に挟まれた。萌黄ゆえの隣には黒木なぎさ。

向かいの席には、青井さやか、緑野とも、秀樹の順に座り、秀樹の隣に来た松井マネージャーが、ビールを勧めようとしている。それを秀樹は「車で来ているので」と断っていた。

「ことり、秘書の仕事ってどう？　今日も仕事で来てたんでしょう？」

聞いてきたのはかすみだ。実家に引き籠もっていた間にみんなとは疎遠になってしまっていたから、近況を聞きたいのだろう。琴美は出されたレモネードを両手で包んで、めいっぱい笑ってみせた。

「毎日がすごく充実してるよ。早見社長は優しいし、会社の人たちもいい人ばかりだしね」

それは強がりでもなんでもない、紛れもない本心だった。

一番自分を求めて、一番自分を肯定してくれる、そんな人と一緒にいられて幸せだと思う。

それは、自分を好きになってくれた人を好きになったという妥協ではなく、早見秀樹という男性が、真っ直ぐな気持ちをぶつけてくれたこと、護ってくれたことが大きい。

彼は常に琴美を気遣い、あたたかく包んでくれる。そんな彼だから琴美は好きになったのだ。

(あとね、仕事じゃないんだよ、かすみちゃん。今日はデートだったんだよ)

それは心に留めておく。

「そっか。琴美が充実してるって言うなら安心した。メールの返事が返ってこなくなってから、どれだけ心配したと思ってるの。このお馬鹿!」

コチンと頭を軽く小突かれて、苦笑いする。

「ごめんね。あのときは本当になにもできなくて……」

「なにもできなかったのは、私たちのほうよ。ごめんね、ことり。ううん、謝って済む問題じゃないのはわかってる。あんたを犠牲にして私たちは……」

かすみの言葉がなにを指しているのか、琴美はすぐに理解した。

琴美が原田に襲われたことは知らなくても、ストーカー被害に遭ったから引退だなんて、当時を知る人は誰も信じていない。

肩を抱いてくれる彼女の胸に、そっと額を当てた。

正義感の強いかすみのことだ。琴美が研究生に降格処分になったことに対して、憤懣《ふんまん》やるかたない思いを持ってくれていたことだろう。でも、あのときは彼女たちだってまだ十代後半から二十歳やそこらといったところ。しかも、メジャーデビューのかかった一番大事な時期だった。下手に抗議なんかして、「なら、おまえも辞めるか？」なんて言われたら……

結局は、いくらでも替えが効く存在なのだ。それは、アイドルだけでなく、人間誰しもそうなのかもしれない。でも、対個人ではそれは違うと信じたい。かつての仲間が仲間であるように、秀樹が秀樹であるように。かけがえのない人というのは必ず存在するのだと。

「大丈夫だよ、かすみちゃん。わたし今ね、すごく幸せだから。だからね、もう謝りっこはナシにしよ」

そう言って微笑んだ琴美を見て、かすみは肩の力を抜いた。

「そうね。今のことりを見て、私も胸のつかえが下りたわ」

「なんかよくわかんないけど、せっかく会えたんだから、ジメジメした話なんかしてないで、パーッと歌おうよ！」

こんなとき、萌黄ゆえの天然発言には心底救われる。現役時代もそうだった。リーダーのかすみ、サブリーダーのことり。二人とも根が真面目なものだから、なんでも深刻に捉えがちになるところを、萌黄ゆえが「大丈夫、大丈夫、なんとかなるっしょ～」なんて吹き飛ばしてくれるのだ。

「ことり、なんか歌ってよ！　久しぶりに聞かせて！」

「え～。もう声出ないよぉ～。全然調整してないのに～」

なんて言いながらも、マイクを手渡されたら満更でもないのは、元アイドルの性《さが》か。琴美は意気揚々と立ち上がった。

「じゃあ、テンポいいやつ行こうか！」

青井さやかがカラオケ番号を入力してくれる。

選んでくれたのは、白石ことりがメインボーカルを務める曲の中でも一番アップテンポで、秀樹がドライブ中の定番にしている曲だった。女の子が恋人に向けて「もっとかまって」と甘える可愛らしい曲だ。

「♪いつだって　あなたの前では　一番可愛いわたしでいたいの　もっと好きになってほしいから　ねぇ　もっと　もっと　もっと　わたしを見て　どこにもいかないで　髪を撫でて　欲しいのはあなたの心　全部なの　わたしの心を全部あげるから　どこにも行かないと約束して　あなたの行くところならどこへでも行くわ　だから　待ってぇ～　どこにも　いかないで　わたしだけを　見つめて　でもそれって　ワガママかしら？」

場所が狭いのでステップこそ踏まないものの、手の振り付けだけは完璧にこなす。

Ａメロのサビが終わったところの、「ワガママかしら？」の部分で、現役時代と同じウインクを真向かいにいた秀樹に向けると、彼がガタッと席を立ったものだから、その場にいた全員の視線が彼に集中した。

「い、いや、さすがにうまいなぁと思いまして」

彼はそう言って座り直すが、琴美は笑いがとまらない。白石ことりファンの血が騒いだのだろう。コールを入れなかっただけ、まだ我慢してくれたのだと思う。

琴美が歌い終わると、一番大きな拍手をしてくれる。そんな秀樹をますます愛おしく思うのだ。

「ことりすごいじゃん！　全然声量衰《おとろ》えてない！　現役時代そのままじゃない！」

「ことちゃん、さすがぁ！」

口々に寄せられる褒め言葉に、はにかみながらもマイクを返す。

「駄目だよ、こんなの。みんなと比べたら全然駄目」

声が出たのは、秀樹と付き合いはじめて再びカラオケに行くようになったから。そうでなかったなら、ボイストレーニングだってしていなかった。それに、現役時代そのままということは、そこから進歩がないということだ。今も現役の彼女たちとは比較にならない。

特に、黒木なぎさの熱量とは——

さっきのようなアップテンポな曲も持ち歌にはあるものの、白石ことりの本領はバラード。甘いハスキーボイスでゆったりと歌う。深く落ち着いた歌声と圧倒的な歌唱力。厳《おごそ》かな曲を厚みのある音域で歌うことを得意とする。

聞く人の心を落ち着かせるか、それとも滾《たぎ》らせるかという意味なら、白石ことりが静で、黒木なぎさは動だ。

黒木なぎさは激しい曲にパワーを乗せて、観客を沸かせる。低音に突然のファルセットを折り込み、ビブラートを多用。無表情なのも彼女のミステリアスな雰囲気によく合っている。まさにライブに強い歌手だろう。彼女の歌声を生で聞いたなら、デジタル音源には満足できなくなるかもしれない。彼女がもたらすあの熱量には、中毒性がある。いや、もしかすると、ああいうのを華があると言うのかもしれない。今のRe＝M時代を作った立役者は、間違いなく黒木なぎさだろう。そして、彼女を連れてきた原田隆——

「次、ゆえが歌うね～！」

隣に座っていた萌黄ゆえがピョコンと立ち上がり、青井さやかからカラオケのリモコンを貰う。そしたら突然、演歌が流れてきた。

「あれ？　間違った？」

「もー。ほら、貸してごらん」

かすみが席を立ち、代わりに番号を入力してやっている。そうなると、このソファに座っているのは、琴美と黒木なぎさの二人になるわけで――

向かいの席で、秀樹は松井マネージャーとなにやら話し込んでいる様子。

(なぎさちゃんとは、ちゃんと話したことないし、挨拶しとこ)

「二度目振りですね。前回はお話――」

「ソロで再デビューするんですか？」

抑揚のないボソボソっとした声で遮られて、一瞬、呆気《あっけ》に取られる。再デビューはしないと腹を括っただけ余計に。

「いや、それは――」

「ないですよ」と言おうとしたところに、またもや声を被せられた。

「六年前、もともと、私がソロでデビューするはずだったんです。でも、ことりさんが抜けたから、その穴を埋めるためにこんないいユニットに入れられたんですよー」

周囲のざわめきの中で、彼女の声はやっと聞き取れるほどに小さいが、容赦なく孕《はら》んだ怒気が隣に座っている琴美にはビシビシと届く。

黒木なぎさはスラリとした脚を組むと、前屈みになりながら琴美の顔を覗き込んできた。

「なんで抜けたんです？　ストーカー被害とか嘘ですよね？」

「——ごめんなさい」

無表情な彼女の黒い眼《まなこ》が怖い。琴美は咄嗟に謝っていた。

アイドルとしての自分の居場所を、不当に奪われたと琴美は思っていた。でも、琴美の知らないところで、黒木なぎさが意に添わぬことを強いられていたとは考えもしなかったのだ。

研究生は誰しもがスタメン入りすることを目標にしている。ユニットに入ることが、アイドルへの第一歩だから。白石ことりが抜けたことで喜んだ研究生も多かった。でも、彼女はそうじゃなかった……？　アイドルではなく歌手——歌姫——を目指していたのか？　確かに黒木なぎさは、ソロでデビューできるだけの力がある。彼女が嘘を言っているとは思えない。

（わたし……なぎさちゃんの人生を変えてしまったんじゃ……？）

「ハッ。被害者ぶるのやめてもらえます？　声もボイトレして整えてるの丸わかり」

なぎさのひと言に、サーッと体温が冷えていく気がした。

自分が逃げたところで、他の誰かが生贄《いけにえ》になる——今までどうしてその考えに至らなかったのだろう？　本当の被害者は自分じゃない。彼女だ。

「平井さん？　どうした？　具合悪い？」

目の前に座っていた秀樹から声をかけられて、ハッと顔を上げる。でも、どうすればいいのか。

まさか、なぎさに言われたことをそのままここで言うわけにはいくまい。そんなの、場の空気を悪くするだけだ。それがわかっていて、彼女も小声で話してきたのだろうから――

「ちょ、ちょっと、汗かいてしまいました。久しぶりにみんなの前で歌ったから緊張しちゃったみたいで。えへへ……ちょっと、お手洗いに行ってきますね！」

琴美はそそくさと席を立ち、斜め掛けにしていた黒のお財布ポーチだけを身に付けて部屋を出た。

「………………」

横切る琴美を見るなぎさはなにも言わない。ただ、その目は冷ややかで、琴美を軽蔑《けいべつ》している。

（――っ）

琴美はおもわず逃げるように部屋を出た。そのまま、天井から吊《つ》るされている案内板に従ってレストルームへと早足で向かう。

レストルームの個室に入った琴美は、ドアに背中を預けると、天井を向いて滲む涙がこぼれないように懸命に目を見開いていた。油断すると、大泣きしてしまいそうだった。

（なぎさちゃんは、いったいどんな気持ちで今まで……）

なぎさの気持ちを推し量ることなど、到底できないだろう。同情も謝罪も、彼女は求めていないに違いない。ただ、再会したときにかすみが言っていた「イロイロ」に含まれていたものは、とてつもなく深いのかもしれない。なのに琴美は、まるで自分だけが被害者であるかのように思い、振る舞い、絶望し、年々ビッグになっていく仲間たちと距離を取っていたのだ。心のどこかで羨《うらや》みながら――

なんて浅はかで恥ずかしい気持ちなのか。

（わたし……自分の知らないところで、いろんな人に迷惑をかけて……）

アイドルという仕事に誇りを持っていた。アイドルを続けたいと思っていた。だからこそ原田の玩具《おもちゃ》にされ、操られるマリオネットのようなアイドルにだけはなりたくなかったのだ。

理不尽な出来事があったのは事実だが、そこをうまく乗り越えられなかった、原田ひとりを恐れて、他の事務所に移籍しなかったことが、白石ことりのアイドル人生の終着点となった。

（今のわたしにできることは、なぎさちゃんを……ううん、Ｒｅ＝Ｍを今まで以上に応援すること、だよね）

これしかない。

今はもう、秘書として恋人として、秀樹を支える道を選び歩んでいる。そして秀樹の会社は、Ｒｅ＝Ｍとコラボすることを選んだ。企画も順調に進んでいる。

今回が初めてのコラボ企画だが、確実に売り上げは伸びているらしい。コラボ企画の第二弾、第三弾と続けていけるかもしれないというのが、秀樹の見解だ。なら、その企画を自分が作ればいい！

幸いキスマダールは、部門に限らず全社員から幅広く企画を募集している会社だ。

（なぎさちゃんに、再デビューはないってちゃんと伝えよう！　そしてうちの会社からＲｅ＝Ｍを推せる企画を作ろう！　企画ってやったことないけど勉強する！）

夢に向かって羽ばたく翼はもがれても、まだ両脚がある。自分で立って歩ける。前に前に、新たな目標に向かって進むのだ。それが、別の道を歩みはじめた自分にできることだから。

琴美は気合いを入れ直すように自分の頬を両手でパンッと勢いよく叩いて、「よしっ！」と唇を引き結んだ。

個室を出て、並んだ鏡に向かって軽くメイクを直す。琴美は現役時代と同じ笑顔で、ニコッと微笑んでみた。これなら大丈夫。誰も半ベソかいていたなんて思いはしないだろう。

そうしてレストルームを出た琴美が、みんながいる部屋に戻ろうとしていると、来るときに乗ってきたエレベーターがチンと軽い音を立てて、そのドアを開いた。誰か人が乗っている。その人の顔を見たとき、琴美の足はガチガチに固まった。

「よぉ～ことりぃ～。ヒック……。なんでぇぃ、おまえが、ここにいるんだぁ？」

原田隆プロデューサー。今日の打ち上げには来ないと松井マネージャーから聞いていたのに、どうして彼がここに？　しかしその疑問は、彼も同じだったらしい。

蛍光オレンジのスタッフパーカーを着崩して、手には缶ビール。昼間から相当飲んでいるのか、顔が真っ赤な上に呂律が回っていない。ゲスト出演とはいえ、自分がプロデュースしているＲｅ＝Ｍの舞台があったというのに。

（……最低……）

彼はビールを飲みながら、フラフラと琴美に近いてきた。

「あ～わかった。この俺のプロデュースで、ピンで再デビューしたいんだろぉ～。ははは、ヒックウ～。あ～」

ゲフッと酒臭いゲップを吐《は》いて目の前に来た原田に、琴美はやっとのこと首を横に振った。

「い、いいえ、違います……再デビューは、しません……ありがたいお話だとは思いますが、なかったことに――」

「ああん!?」

琴美の言葉を遮って、原田が廊下中に響き渡る大声で怒鳴りつけてくる。

「てめぇ！　誰に向かって言ってんのかわかってんのかぁ!?　ああ!?　クソが！　そこは『ありがとうございます。頑張ります』一択だろうがよおおおお！」

琴美の返事が気に入らなかった原田が逆上して、持っていた缶ビールを勢いよく琴美に向かって投げつけてきたのだ。

「ひゃっ！」

缶そのものはなんとか避《よ》けたものの、中身が放物線を描いて辺りに飛び散る。琴美の胸からスカート、そして脚にかけてビールがかかった。

服がお気に入りだったことや、秀樹とのデートのためにめかし込んでいたことを抜きにしても、普通にショックが大きい。信じられない。濡《ぬ》れた自分の服を見下ろして愕然《がくぜん》とする。が、そのせいで反応が遅れた。

いきなり原田が飛び掛かってきたのだ。

「っ！」

細腕を掴まれてガクンと引っ張られたと思ったら、今度は肩を力任せに張り倒される。足がもつれてバランスを崩し、尻もちをついた琴美に、原田が馬乗りになってきた。

「うっ！」

推定八〇キロ、いや、九〇キロはあるかもしれない巨漢に押し潰されて息がとまる。

原田は酒臭い息を吐きながら、ビールで濡れた琴美のリブニットのVネック部分を、力任せに引っ張った。水分を含んだニットが無惨にも伸びて、ブラジャーに包まれたこんもりとした乳房があらわになる。それを見た原田が目の色を変えた。

「へへへ……相変わらずいいカラダしてんじゃねーか。ガキの頃は逃げられたが、今回は逃がさねぇ。安心しろ、この俺がＲｅ＝Ｍなんか目じゃないくれぇには売ってやっからよぉ」

乳房を鷲掴《わしづか》みにされて、鈍《にぶ》い痛みが走る。肉欲と支配欲をあらわにした醜悪《しゅうあく》とも言える男の顔に、ガクガクと震えた。

助けを求めたい。いや、求めるべきた。貸し切りとはいえ、みんながいる部屋はすぐそこ。大声で叫べばきっと誰かに聞こえるはず。

「い、やだ、ゃめ……ううう……」

原田の体重で腹部を圧迫されているせいか、それとも恐怖のせいか、琴美の口からは怯えた小さな声が出るばかり。原田はお構いなしに琴美の服を引っ張り、鎖骨に舌を這わせてくる。琴美は手足をバタつかせて必死に抵抗した。

「ううう……ゃめ……て、はなし、て……」

重い。苦しい。息ができない。逃げようと必死に藻掻《もが》くが、ガッチリと腰を押さえ込まれて動けない。ならばと、自分の肌を舐め回す男の頭を両手で押して、引き剥《は》がそうとした。そのときだった。

パン！　左の頬をおもいっきり殴打されて、顔が右を向く。耳の奥でなにが弾《はじ》けた音がして、そこから自分がブクブクと水の中に沈んでいくように錯覚した。

「――――！」

原田がなにか怒鳴っているが、ハッキリと聞こえない。涙がブワッとあふれてきて、琴美の身体は固まった。抵抗したいのに、身体が言うことを聞かない。この身体は覚えているのだ。過去、この男にされた仕打ちを。

原田は泣きじゃくる琴美を見下ろしながら舌舐めずりをすると、スカートの中に手を入れてきた。総レースということもあって、スカートは伸びにくい。それに苛立ったのか、タイツを乱暴に引きちぎろうとする。

「う～～～うううう………ひぅ…………」

（……たすけて、秀樹さん……っ！）

◆　◇　◆

「なにか聞こえませんでしたか？」

琴美が手洗いに立って十分、いや、十五分くらいが経過しただろうか。サワプロ所属のメンバーの中にひとり取り囲まれた秀樹は、なにか固い物が落ちる音が聞こえた気がして、隣の松井マネージャーに尋ねた。

「え？　別になにも聞こえませんでしたが？」

入れ代わり立ち代わり、黒木なぎさ以外のＲｅ＝Ｍメンバーが、自分の持ち歌を披露しているこの部屋は、さしずめ小さなライブハウス。

ファンにとっては拝みたくなるシチュエーションかもしれないが、白石ことりのいないＲｅ＝Ｍにはなんの興味もない秀樹である。琴美の付き添い以上の意味などない時間だ。

さっき、琴美が昔の仲間たちと笑顔で話している姿を見たとき安心した。そして同時に思ったのだ。彼女は、本当はアイドルを辞めたくなかったのではないか、と。

（ストーカー事件がなかったら、琴美はまだＲｅ＝Ｍにいただろうし、俺はいちファンのまま、今みたいに付き合うとかできなかったかもしれないしなぁ……）

秀樹の思いは複雑だ。

人生のルートはいくつもあって、最期は決まっていてもその課程は明らかに違う。ひとりの人生ですらそうなのだ。そこにもうひとりの人生が絡み合えば、複雑さと選択肢は何倍にも膨れ上がるだろう。自分の意志ですべてを選び取ることだけが人生ではない。それができたならどんなにいいか。ままならないことが時折起こるこの理不尽な世界で、偶然が偶然を呼び、重なった偶然はときとして運命と呼ばれる。それが今なのだ。

人生最大の推しに自分の気持ちを伝えて、受け入れてもらえた今、自分と琴美は運命によって導かれたのではないか？　なーんて、ロマンティックなことを考えてみる。琴美が再デビューを望むなら、自分はそれを応援するまでだ。

（それにしても琴美、遅いな……）

なにかあったのかもしれない。そう思ったのは、単純に先ほどの物音が気になったから。秀樹はスクッと立ち上がった。

「ちょっと失礼」

片手チョップを繰り出し、松井マネージャーの前を通って部屋を出る。天井からぶら下がっているトイレの案内板に沿って歩いていくと、床の上で蛍光オレンジの物体が毛虫のようにモゾモゾと不自然に動いているのが目に入った。

（？）

視認しやすい蛍光オレンジは、松井マネージャーが着ていたスタッフパーカーと同じ色。スタッフの誰かが倒れている？　初めはそんなことを思って近付いた。近くに転がっているのは缶ビール？

一歩、二歩、三歩と近付くたびに、聞こえてくる弱々しい呻《うめ》き声には覚えがある。心臓がバクバクしてだんだんと早足になっていった。

ツーブロックの上のほうだけをちょんまげのように結った巨漢が、「ハッハッ」と発情した犬のような声を漏らしながら、一心不乱に腰を振っている。その下敷きにされてグッタリとしているのは、美しい黒髪を散らした恋人の姿で――

「――――!!」

蛍光オレンジのパーカーが原田隆プロデューサーだと気付いたのと同時に、カッと目の前が真っ赤になる。秒も開けずに、秀樹は駆け出していた。

剣道仕込みの力強い踏み込みで、硬い革靴の先を原田の横っ腹におもいっきりめりこませる。いくら分厚い脂肪で覆われていても、助走を付けた男の蹴《け》りが肋骨の下を抉れば相当効いたようで、原田「ぐふっ」っと汚い声を上げて身体を跳ね上げた。後ろからちょんまげを引っ掴んで原田を琴美から引き剥がすと、琴美の着ていたニットの首元は無惨にも伸びきって、まだ自分が触れたこともない胸元まであらわになっているではないか。

「てめぇ‼」

自分の口から、こんなドスの利いた大声が出るとは思わなかった。響き渡る絶叫と同時に、性欲丸出しの不細工な顔面のど真ん中に膝を打ち込んでやれば、原田が無様《ぶざま》に鼻血を出して廊下でのたうち回る。そんな奴の手のひらを踏み抜いて、秀樹は鬼の形相で見下ろした。

「な、なんだ⁉」

「なんだじゃねぇよ！　てめぇこそ、俺の琴美になにしてやがった！」

「は、早見さん⁉　え⁉　原田Ｐ⁉」

秀樹の叫び声を聞いて駆けつけたのか、松井マネージャーとＲｅ＝Ｍのメンバーが続々とやってくる気配がする。

「ま、まつい、たすけ――」

「あ？」

完全に逆上していながらも、頭のどこかは冷静で、まだ脂肪が薄いであろう顔面を狙って、五、六発、拳《こぶし》を打ち込んでやる。バギッと前歯が折れる音がしてから殴る手をとめて、秀樹は「ふーっ」っと息をついた。

琴美のほうを見ると、彼女はＲｅ＝Ｍの赤坂かすみに抱き起こされてガクガクと震えている。

「琴美！」

秀樹は周囲を憚ることなく琴美に駆け寄って、彼女の目の前で膝を突いた。原田に殴られたのだろう。泣きじゃくる琴美の頬が赤く腫れている。その痛々しい姿に、胸が張り裂けそうなほど苦しくなってきた。

「琴美……」

腫れた頬にそっと手を添えると、琴美の目が揺らめいて大粒の涙がボロボロとあふれてくる。

「ひ、で……き、さ――」

胸に飛び込んできた琴美が、細かく震えている。そんな彼女を強く抱きしめて、怒りと、悔しさ、そして猛烈な後悔が秀樹の胸に渦巻いた。

貸し切りの施設内ということは、他人の目が圧倒的に少なくなるということだ。なのにどうしてひとりで手洗いに行かせた。原田が来ないと聞いて、どうしてそれを信じた。どうして打ち上げを強く断らなかった。いや、まずライブなんか見に行かなければ……

どれかひとつでも違った選択肢をしていれば、彼女をこんな目に遭わせずに済んだのに。

（俺のせいだ……）

秀樹は琴美を強く抱きしめて乱れた彼女の胸元を隠しながら、赤坂かすみに琴美のポンチョと、自分のコートや荷物を取って来るように頼んだ。

「わ、わかりました」と、かすみが走って行く姿を見送って、今度は松井マネージャーに視線を向ける。

「松井さん。警察を呼んでください」

「け、警察!? そんな勘弁してくださいよ! Ｒｅ＝Ｍがいるんですよ!? なんとか穏便に――」

「は?」

おもわず素の声が出る。松井マネージャーが言っている意味が理解できなかったのだ。

「原田プロデューサーはズボン穿いてますし、完全に未遂ですよね! ことり、なにもされてないよな? なっ? きっと酔ってことりに凭《もた》れ掛かっただけで――」

「あんた、あの状況を見て、本気で言ってんのか?」

完全に敵意を向ける秀樹の声に、松井マネージャーがビクッと身を竦《すく》ませるのがわかる。その間に赤坂かすみが荷物を取ってきてくれた。

「ありがとう」

ポンチョを受け取り、震える琴美に着せて胸元を隠す。更にその上から自分のコートも羽織らせて、秀樹は琴美の顔を覗き込んだ。

「琴美。警察に連絡するよ。あいつを逮捕してもらおう。そのほうがもう近付くなって言える」

琴美の頬を伝う涙を拭ってやりながら、できるだけ穏やかに、だがハッキリと伝えると、彼女は唇を噛みながらも頷いた。

「被害者本人の意志を確認しました。今から警察に通報します」

「ちょ、ちょっと待ってたくださいよ！　本当に困ります！」

なおも通報をやめさせようとする松井マネージャーに、秀樹は冷ややかな視線を投げた。

「琴美は俺の恋人だ。見ろ。暴力も振るわれてる。恋人にそんなことをされて、ただで済ませるわけがないだろう！　だいたいあんなクズは、どんなに才能があろうが、まず世間にいないほうがいいんだ！」

松井マネージャーの制止を振り切って、秀樹は自分のスマートフォンで警察に通報した。

十分もしないうちに、サイレンを切ったパトカー二台と、救急車が到着する。

救急車は、秀樹に蛸殴《たこなぐ》りにされて意識を失った原田用らしい。強面《こわもて》の男性警察官が、仰向けになった原田の横に屈んで、彼の肩をポンポンと叩いた。

「もしもーし、原田さーん。大丈夫ですかー？　原田さーん」

「ううう――……いってー」

「痛みますかー？　お話しできますかー？」

男性警察官は原田を宥《なだ》めながら、事情を聞いていく。そのとき、琴美は原田と目が合った。

「おい！　ことり！　てめぇ、どういうつもりだ！　ガキの頃から俺様に楯突《たてつ》きやがって！　おまえなんてな、枕でもしなきゃ、センターもピンも取れるわきゃねーんだよ！」

「っ！」

投げつけられた無遠慮《ぶえんりょ》な言葉に、ビクッと身体を竦ませてガクガクと震えながら涙する。そんな琴美を抱きしめて、秀樹は彼女の視界を塞《ふさ》ぐように自分の胸に包み込んだ。

「うーん。これは――」

「さっき説明した通りです。防犯カメラもあるはずなので、その映像も押収してください」

警察官はボールペンで自分のこめかみを数回掻くと、一緒に来た他の警官にボソボソと何事かを耳打ちした。

「原田さーん。ちょっと尿検査をしますので、近くの警察署まで一緒に行きましょうか」

「は⁉　なんで俺が⁉　俺は被害者だ！　そいつ！　そいつに殴られたんですよ！　お巡りさん！　ほら！　歯も折れてる！」

と、今度は急に早口になって、秀樹から受けた暴行を大袈裟に吹聴してまわる。

「うんうん、ですからねー。怪我の手当ても必要ですしねー。ここじゃなにもできないから。ささ、行きましょうかー」

警察官は原田を適当に宥めながら、二人掛かりで脇を固めて原田を立たせる。

「お巡りさん！　あいつを逮捕してください。暴行罪だ！　暴行罪！　クソ！　俺を誰だと思ってるんだ！　世界の原田隆だぞ！　訴えてやる！」

「あーはいはい。彼からもちゃーんと事情を聞いときますからねー。安心してくださいねー」

怒鳴り散らす原田を、警察官二人はずいぶんと手慣れた様子であしらいながら連れて行く。

原田の姿が見えなくなって、琴美がホッと息をつくのがわかった。

「琴美。大丈夫だからね」

殴られて腫れた彼女の頰には涙の跡が残っている。痛々しいそれにそっと触れながら抱きしめた。

「お取り込み中すいません。そちらの女性からもお話を聞きたいので、病院で手当てをしましょう」

婦警がやってきて、琴美をパトカーに乗せる。そしてもう一台のパトカーには、参考人として秀樹が乗せられた。残りのメンバーはその場で事情聴取になるんだそうだ。琴美と別々に移送されることに不安を感じないわけではなかったが、今は従うしかない。

秀樹は移送途中で、自社であるキスマダールの顧問弁護士に連絡を取り、警察署のほうまで来てもらうことにした。ドラマのセットにあるような警察署の取調室では、中年の警察官に事件に至った過程を何度も繰り返し求められた。同じ質問が三度目に入って、さすがに疲れたなと思いはじめたとき、取調室の小窓付きのドアが無遠慮に開いた。

「容疑者の尿から反応出ました」

入ってきた若い警察官のそのひと言で、秀樹に質問していた中年警察官の顔色が面白いぐらいに変わる。

「早見さん、もう帰っていいですよ」

中年警察官はそう言って、秀樹を取調室に置き去りにして部屋を出ていく。代わりにあとから入ってきた若い警察官が、秀樹をフォローしてくれた。

「お疲れ様でした。また参考人としてお話を伺わせてもらうことはなると思いますが、今日はもうお帰りになって結構です」

「そうですか。では、彼女が連れて行かれた病院はわかりますか？　迎えに行きたいので」

「あ、そうですね。ちょっと待っててくださいね」

また取調室にひとりになって、秀樹は黙って考えていた。

最初に現場に駆けつけた警察官が、原田に尿検査をと言っていたから、彼からなんらかの反応が出たのだろう。薬物かなにか……だいたいの察しは付くが。

そうこうしている間に、先ほどの若い警察官と、秀樹が呼んだ顧問弁護士がやってきた。

「彼女さんがいるのは、霞ヶ関市民病院です。診察はもう終わっているそうで、早見さんが迎えに行くことを、付き添いの婦警に伝えておきました」

「ありがとうございます」

秀樹が礼を言うと、「いえ、ご協力ありがとうございました」と会釈で見送られた。

警察署を出れば、もうすっかり夕暮れ時だ。ライブを見終わったのが昼時だったから、ずいぶんと時間が経っていたらしい。秀樹は顧問弁護士に向き直った。

「せっかく来てもらったのに、すみません、先生。とりあえず今日中にこれ以上進展することはなさそうです」

「そのようですね。病院に向かわれるのであれば、私が車でお送りしましょうか？」

顧問弁護士にそう言われて、秀樹は小さく首を横に振った。

「いえ、私も車を別のところにとめてあるんです。申し訳ありませんが、そっちに送ってもらえませんか？」

「わかりました」と頷いてくれた顧問弁護士の車に乗って、秀樹は琴美と一緒に行ったモールへと戻った。道中、事件のあらましを話すと、弁護士は「正当防衛でいけるだろう」という見解を示してくれた。そのことに安心する。秀樹《じぶん》になんらかの罪状が付けば、琴美が悲しむことは間違いないだろうから。それよりも弁護士は「簡易尿検査で陽性反応なら、本検査に進みますね。そっちの結果のほうが楽しみだ」と、悪そうな笑みを浮かべるのだ。

モールの駐車場で弁護士と別れた秀樹は、自分の車の運転席に座って「はぁ～」っと深いため息をついた。それは後悔からのため息でもあったし、これからを憂う気持ちからでもある。

（琴美……）

大切に、大切に、接してきた愛する彼女を、自分以外の男が押し倒していた。その男の動きは性行為にしか見えず、秀樹はあっという間に我を忘れたのだ。握った拳を躊躇いもせずに振り下ろす一面が自分にあったなんて、三十一年間生きてきて初めて知ったのだ。そんな自分を見て、琴美はどう思っただろう。怯えさせてしまったのでは――？

（いや……今はそんなことより、早く琴美を迎えに行こう）

秀樹は車を発進させた。

琴美が手当てを受けたという霞ケ関市民病院は、モールから車で二十分ほどの距離にあった。もう外来の受付時間は終了しているらしく、病院内の待合室に人はまばら。そんな中にスーツ姿の婦警に付き添われて座っている小柄な人影を見つけて、秀樹は駆け寄った。

「琴美！」

「！」

婦警に付き添われた彼女は、秀樹のコートにすっぽりと包まれて人形のように微動だにしていなかったが、秀樹の声に反応してパッと顔を上げた。その彼女の左頬には、湿布が貼られている。痛々しいその顔に、「どうしてもっと早く助けてやれなかったのか」と、胃の辺りがズーンと重たくなった。

「琴美。もう、大丈夫だからね。一緒に帰ろう」

そう言ってやると、琴美はコクンと頷いて立ち上がった。

「彼女に付き添ってくださってありがとうございました」

婦警に挨拶すると、「いえ、仕事ですから」という返事と共に、医師の診断書が入った封筒を手渡された。

「落ち着かれてからで結構ですが、できるだけ早く被害届を出してください。そのときにこれも一緒に。彼女さん、打撲はありましたが、身体面において他の被害はありませんでしたので、心のケアをしてあげてください」

周囲を憚ってか、小声で教えてくれる。

(他の被害はない――)

秀樹が蹴り飛ばしたとき、原田はズボンを穿いていた。発言や諸々の行動から琴美を強姦しようという意思があったことは間違いないのだろうが、酔いが深刻で自分で服を脱げなかったのだろう。婦警がくれた情報は、秀樹をホッとさせた。

「わかりました。ありがとうございます。――琴美、行こうか」

琴美は喋《しゃべ》らない。ただコクンと頷くだけだ。それでも反応を返してくれることに安心する。

琴美を車の助手席に乗せて、彼女の自宅アパートに向かう。その間も彼女は無言で、車内の空気は重い。いつもかけている白石ことりの曲もかけることができない。

（ああ……気が利かないな、俺……）

いつも琴美から元気を貰うばかりで、彼女が落ち込んでいるときに、どう接してやればいいのかわからないのだから。

◆　◇　◆

秀樹の車で自宅アパートに送り届けてもらった琴美は、すぐさまシャワーを浴びた。原田に触れられ、舐められた自分の身体が無性に気持ち悪かったのだ。

敵《かな》わない圧倒的な力の差。頬を一発ぶたれただけで、琴美の心は折れてしまった。恐怖と、痛みと、苦しさに支配されて、身動きが取れなかった。

本当は逃げだしたかったのに、それができない——自分が無力な生き物なのだと思い知らされる。いや、生き物ですらない、あのときの琴美は、モノとして扱われていたのだ。人として、女としての尊厳なんてない。大切にされない。大切にする価値もない。そんなふうに扱われて、意識をどこか遠くにやるしかできなかったのだ。

六年前は誰も助けてくれなかった。でも今日は——……

（……秀樹さん……）

シャワーを切り上げ、ドライヤーで軽く髪を乾かした。そしていつもの上下に分かれた白くもこもことした生地のルームウェアに着替えて、ワンルームの部屋と向かった。

廊下のドアを開けると、白と薄いピンクで家具や寝具を統一した部屋に、グレーのセーターを着た秀樹が胡座《あぐら》をかいた格好で座っている。この部屋に人を招いたのは初めてだ。

アイドルを辞めて、引き籠もっていた実家を逃げるように出て、大学の勉強とバイトに明け暮れ、親しい人間関係を築く余裕もなく今まできてしまった。でも秀樹と出会って、自分は愛される価値があるのだと知った。たとえアイドルではなくても……

「琴美、大丈夫？　痛まなかった？」

いつも優しい秀樹の顔が、琴美を見るなりくしゃっと歪《ゆが》む。

殴られた頬に貼っていた湿布は、入浴時に剥がした。殴られた頬は赤紫色に変色して、ところどころ点々と内出血している。病院では人目があったので湿布を貼られたが、本来は冷やしたほうがいいとのこと。二週間もすれば元通りになると聞いている。

「……大丈夫」

やっと出た声は掠れている。泣きすぎて喉を痛めたか。琴美は秀樹の隣――ベッドのすぐ脇に――座り込んで、両手で膝を抱えて丸くなった。

「……ごめん。護ってやれなくて……」

サラリと髪に指を通される。秀樹の声は静かさの中に後悔が滲んでいて、琴美の胸を締めつける。

彼は琴美が原田に穢《けが》されたと思っているのだろうか？　そうだとしたら――

「………だ、抱いてください………」

「え？」

驚いている秀樹を見上げると、彼はますます痛ましそうに眉を寄せるのだ。まるで、穢された哀《あわ》れな女を見るように。

「琴美。安心して。ちゃんと婦警さんから聞いてる。琴美は押し倒されて殴られた以外はされてないって。だから、だい――」

「それを確かめてください！」

気が付いたら叫んでいた。

「確かめて……ください……お願いですから……」

駆けつけてくれた秀樹の姿を見たとき、どんなに嬉しかったか。でも、警察の調べが進めば、琴美がRe＝Mメンバーだった時代に、原田に襲われたことが衆目に晒《さら》されることになるかもしれない。そして、事実とは異なる理由で、白石ことりがRe＝Mから脱退させられたことも……

松井マネージャーは原田側だから、原田が不利になることは話さないかもしれないが、酔っている原田本人が勝手に自白する可能性だってある。そのときの世間の反応が琴美は怖いのだ。自分が穢されたと誤解されることも、好奇の目に晒されることも、ネット上であることないこと書かれることも――それはすべて、Re＝Mを突然脱退したときに、琴美自身が体験したことだから。

いつか昔のことが公になったときに、この人にだけは誤解されたくない。

「……忘れさせてほしいの……」

それは切実な願いだった。いくらシャワーで洗い流しても、あの男に触れられた感触が肌に生々しく残っている。生暖かい舌が這い回る感触。獣《けもの》のような熱く荒い息。身動きが取れなくなるほどの重み――すべてがいやだった。

一瞬、目を見開いた秀樹は、やがて柔らかい眼差しになった。そして、ゆっくりとした動作で琴美を抱きしめる。

あたたかかった。彼の広い胸に包まれているだけで、涙が出てくる。その涙の理由《わけ》を自分で理解する前に、軽く手を添えて顎を持ち上げられ唇を奪われる。甘く食《は》むような優しいキスは、いつもと同じバードキス。触れたと思ったら離れて、離れたと思ったらまた触れて。そして何度も何度も優しく唇を食まれる。その心地よさに酔いしれるように目を瞑《つむ》って力を抜くと、口内に少しだけ、秀樹の尖った舌先が入ってきた。

「ん……」

とろみを帯びた舌先同士を擦り合わせるキスに、自分でも信じられないような甘い声が出る。

「……いやだった？」

舌先を抜いた秀樹が、額をコツンと合わせて囁《ささや》いてくる。唇が触れるか触れないかの距離で聞く彼の低い声は、琴美の下腹辺りをゾクゾクとさせた。

「ううん……」

小さな声で返事をすると、またキスされる。今度はさっきよりも深く舌を差し込まれる。舌の付け根から舌先までを舐められて、どうすればいいのかわからないのに、気持ちよくて身体から力が抜けていった。

「はぁはぁ……はぁはぁはぁ……んっ……はぁはぁはぁ……」

自分の吐く息が熱い。でもそれは秀樹の吐息も同じで、キスがだんだんと深く激しくなっていく。

くちゅくちゅと唾液が弾けてまざるのがわかる。こんなキス、初めてだ。舌の腹を擦り合わせ、絡まって吸い上げられるそれは、いやらしくもあるのに情熱的で、琴美の身体を内側から熱くする。

「んっ……はぁはぁはぁ……ああっ――」

ズルッと体勢が崩れてしまう。でも、床に倒れることはなかった。それは秀樹がしっかりと抱きしめてくれていたから。

「大丈夫？」

聞かれてポッと頬が熱くなる。キスだけで腰が砕けてしまうなんて。恥ずかしさで胸がいっぱいなのに、もっと続きをしてほしくなる。

キスよりもっと先まで――

「だぃ、じょう、ぶ……」

小さな声で頷くと、ふわりと横抱きに抱え上げられる。お姫様抱っこなんて、今まで誰にもされたことがなかったから、驚いて「ひゃ！」っと変な声が出た。

「びっくりした？」

すぐ後ろのシングルベッドにぽすんと寝かせられて、目をぱちくりしている間に上から秀樹が覆い被さってくる。キスされるかと思って目を閉じたら、顔にかかる髪を撫でるように避けられ、額に軽く唇が触れる気配がした。

「好きだよ」

そのひと言に、瞼をゆっくりと開ける。

目の前にあったのは、いつもはキリッとしている彼の目元。でも、今は優しく蕩《とろ》けるように細まって琴美を見つめている。

琴美が言われた言葉の意味を深く呑み込むより先に、秀樹は頬に手を添えて、親指ですりっと撫でてきた。

「白石ことりとしての君は、俺の命の恩人で、最高のアイドル。平井琴美としての君は、俺の秘書で、最高の恋人だよ。——愛してる。ずっとずっと、君を抱きたかった。君の全部が欲しい。だから ね、抱いていい?」

その優しい問いかけに涙が出てくる。

琴美は自分がなにもされていないことを証明するために、秀樹に抱かれようとしていたけれど、彼はそうではなく〝愛しているから〟〝心も身体も全部が欲しいから〟抱きたいのだと言ってくれるのか。

(わたしは、間違ってなかった)

〝アイドル〟白石ことりが、無価値な平凡人間〝平井琴美〟であることを許して、認めて、求めてくれる人は、この人だけ——

「わたしも……好きです……好き……秀樹さんが、好き……。だから、抱いてください……」

「ん」

彼は唇に触れるキスで返事をすると、琴美の身体の上に覆い被さってきた。その熱い身体は琴美を傷付けない。逆に護るように抱きしめて、背中に回した手を上下させる。そのとき、ぷちんとブラジャーのホックが外れた。

「あっ!!」

驚いて小さく声を上げたのも一瞬。あっという間に口内に秀樹の舌が入ってくる。

(あ……ん、舌が、絡まって……きもちいい……)

くちゅり、くちゅりと、唾液の絡まる淫靡《いんび》な音が鼓膜に響く。キスだけでくらくらして、身体が弛緩するように力が抜けていくのだ。これは、身体が彼を受け入れようとしている? 琴美はもう考えられなくなっていた。この人がくれる心地よさに酔いしれる。

「はぁはぁ……はぁはぁ……ん、ん、ぁ……秀樹さん……」

「琴美、琴美……ずっと触りたかった……」

唇を触れ合わせたまま囁かれ、熱い身体で抱きしめられる。太腿にすごく硬い物を押し付けられて、それがなんなのかを察した琴美の胸は、ドキドキと加速していく一方だ。

――求められている。女として……

それは、今まで琴美が向けられてきた欲望とは、似て異なるものだ。

琴美のことを好きで、好きで、どうしようもないくらい好きでたまらないのだと、彼が全身全霊で訴えてくれる。純情な感情を捧げられることが、こんなにも嬉しい……

(すき……ずっと、わたしだけを見ていて……)

更に深くなったキスに小さく喘《あえ》ぐ。そのとき、秀樹の手のひらが、ルームウェアの上から琴美の乳房を撫でてきた。

原田に乱暴に鷲掴みにされたときとはまったく違う、優しい触り方。大切なものを壊さないように、優しく優しくまあるく撫でて柔らかく揉みしだかれる。

「んっ……」

おもわず漏れた声は甘い。秀樹はぴちゃぴちゃと舌を絡めて吸いながら、琴美の服の下にスルリと手を入れてきた。ぽよんとした柔らかな膨らみが、彼の熱い手のひらに直接揉みしだかれる。それは、今まで痛みしか知らなかった身体に、甘く痺《しび》れるような快感が走った瞬間だった。

「はぁんっ……！」

キスしたままビクンと大きく震える。

「怖い？」

揉みしだく手をとめた秀樹に聞かれて、琴美はふるふると小さく首を横に振った。

「ううん……怖くない……だって、秀樹さんだから……」

そう、彼だから。彼だからこんなにもドキドキする。触れ合う身体が熱くなる。そして、もっと触ってほしくなる。

琴美は自分を見つめる秀樹の肩に、両手を回した。

「大好き」

「俺も。好きすぎて、君の前では馬鹿な男になっている気がする」

「そう、なんですか？」

小さく首を傾げてみると、「面接で婚姻届を書かせようとするくらい」と言って彼は笑った。そういえば、そんなこともあったっけ。思い出し笑いは琴美をリラックスさせてくれた。

「愛してるよ」

囁きはそのままキスになって、唇から琴美の中に入ってくる。そうしてキスしながら、彼は琴美のルームウェアの上着を捲り上げてきた。ホックが外されたブラジャーはそこにないのも同然で、上着と共に捲り上げられる。ぽろんとまろび出た白い乳房に、薄い桃色の乳首がツンと尖っているのが視界に入って、自分でも恥ずかしい。おもわず両手で顔を覆った。

「キスできないよ」

「は、恥ずかしくて……」

キスを遮られた秀樹は笑うが、琴美はドキドキしっぱなしだ。男の人に身体を直に見せる。しかも自分の意思で。初めてのことに心は戸惑っているのに、身体は熱く疼《うず》いてなにかを期待している。

「じゃあ、こっちにキスさせてもらおうかな」

「え？」

秀樹の言葉を理解するより先に、乳首の先に唇が押し当てられる。

「んっ！」

ドキドキしたまま指の隙間から様子を窺っていると、優しく笑った秀樹と目が合った。

「可愛い。もう食べてしまいたいくらい」

パクッと乳首を口に含まれて、じゅっと吸い上げられる。その瞬間、下から湧き上がるようななにかが琴美の背筋を走り抜けて、頭の先からつま先までゾクゾクさせる。

口に含んだ乳首を、舌と口蓋で扱《しご》きながら吸われると、恥ずかしくも感じた声が上がってしまう。そんな琴美を見てまた「可愛い」と言った秀樹は、反対の乳首も口に含んだ。そうして今度は、今まで吸っていたほうの乳房をやわやわと揉みしだく。

(あ、ああ……秀樹さんが、秀樹さんが、胸、こんなに……吸って……)

『ゆっくり進めよう』と言ってキスだけの清いお付き合いをしてくれていた彼が、今は自分の胸に吸いついている。左右の乳首を交互に吸って、乳房を揉みしだいて、時には頬擦りをして。その仕草を見ていると、琴美の身体の奥から愛おしさが込み上げてきて、外にあふれ出す。

自分のショーツの湿りに気付いて、じわっと身体が熱くなる。モジモジと太腿を擦り合わせると、

(あ……、わたし、濡れて……)

秀樹の目が弧《こ》を描くように細まった。

「琴美の全部を俺にくれる？」

乳房を揉んでいた手が、問いかけながら滑らかに下がって琴美の腰を撫でる。ルームウェアのズボンのウエスト部分を、ツーっと人差し指でなぞられて、琴美はゴクリと生唾を呑んだ。

裸を見られることに恥ずかしい思いもある。初めてのことに怖いという気持ちもある。

(でも、秀樹さんだから――……)

彼にならー――ずっと護ってくれていた彼になら、自分のすべてを曝《さら》け出してもいいと思えたのだ。

「……はい」

顔を覆う手を少しどけて小さく頷く。すると秀樹は、琴美の臍《へそ》にキスをして、ルームウェアのズボンとショーツを同時に手にかけ、スルリと脚から抜き取った。

「ひゃっ！」

下着姿をくまなく見られたかったわけではないが、まさか一気に全部脱がされるとは思ってもみなくて、あまりの恥ずかしさにボッと顔から火が出る。それを抑え込むように再び両手で顔を覆った。

身体に強い視線を感じる。

胸をはだけ、下肢をあらわにした自分の姿を好きな男の人が見ている。彼に見られている……。

一度そう意識してしまうととまらない。自然と太腿が内に寄る。その脚を熱い手が撫でてきた。

心臓がバクバクと忙《せわ》しなく鳴り響いて、収まりがつかない。

「すごく綺麗だよ」

優しい声と共に、腹部に頬擦りと食むようなキスをされると、ピクンと身体が反応する。

彼はそんな琴美の片脚をすくい上げ、グッと押し開いた。誰にも見せたことのない秘められた処《ところ》があらわになる。緊張と羞恥心《しゅうちしん》から目に涙が滲んだが、抵抗だけはしなかった。今、自分の身体に触れているのは、他の誰でもない、秀樹だから……。

（ううう〜〜〜恥ずかしいよぉ〜〜〜っ！）

秘めるべき処を好きな男の人に見られているなんて、恥ずかしさで死んでしまいそうになる。

そんなときだった。顔を覆う琴美の秘部に、ズクッとした快感が走ったのは。

「あっ！」

ビクッと腰が跳ねて、おもわず声が出る。なにをされたのかわからず、おずおずと頭を起こして指の隙間から下のほうを見ると、開かれた琴美の脚の間に秀樹が顔を埋《うず》めているところだった。

「やっ！　な、なにを⁉」

驚いて身体を起こし、ベッドの上を後退る。しかし秀樹は、いつもの優しい笑みで迫ってくるのだ。

「駄目。逃げないで。琴美の全部を俺にくれるんだろう？」

（そ、そうだけど……お、お口でなんて……）

初めてなのだ。なにが普通か、どうすればいいのかわからない。

「大丈夫。安心して任せて。琴美が痛くないようにするためだから」

そう言われたら、琴美は頷くしかない。ドキドキした心臓を抱え、未知に怯えながらも身体を任せる。すると、敏感な蕾にちゅっと啄むような優しいキスをされた。何度も何度も繰り返し……彼の唇が蕾に触れる度に、ビクッと身体が強張るが、そこには確かな快感があって琴美の戸惑いをよそに、ズクズクとした疼きが下腹の辺りに集まってくる。

「はぁはぁはぁ……っ！」

息を荒くした琴美が腰をくねらせたとき、秀樹の柔らかな舌が蕾を包み込むように、ねっとりと吸いついてきた。

「はぁあああんっ！」

おもわず大きな声が上がる。恥ずかしいのに気持ちよくて、秀樹の舌が触れた処全部が熱くなっていく。

「は――琴美……」

秀樹は熱い息を吐くと、今まで舐め吸っていた蕾を親指でくにくにといじりはじめた。

「あっあっ！　うぅぁあぁん～！　ひぃん！」

女の身体の中で一番敏感な処を容赦《ようしゃ》なくいじられて、ビクビクと腰を跳ねさせながら、ベッドの上でシーツを掴み悶える。彼は指先で包皮を剥《む》き、あらわれた女芯に尖らせた舌先をツンと当ててきた。

「～～～～っ！」

もうそれだけで、声にならない声が出る。ギュッと目を瞑ったとき、琴美の濡れた蜜口につぷっと秀樹の指が一本入ってきた。

指を挿れられた違和感は確かにあるのに、女芯を舌先で突かれる度に、快感が身体を電流のように走る。身体の中に触れ、探る指先は、優しく丁寧な動きで狭い蜜路を進む。ざらついたお腹の裏側をスローな動きで出し挿《い》れしながら擦《こす》られると、泣きたくなるくらいに気持ちいい。

「あっ、あっ、あっ――……！」

（なに？　これ……？　あ、ゃ、やだ……気持ちいい……あぅう……）

中を擦られ、剥いた女芯を舐められて思考は飛び、身体は初めての快感に戸惑い怯えながらもビクビクと反応していく。

「あぁぁ～！」

中のあるポイントに彼の指が触れた途端、腰が大きく跳ねて、見開いた目に火花が散った。秀樹の指を咥《くわ》え込んだ蜜口がギュッと締まって、奥のほうから確かなとろみを帯びた蜜があふれてくる。

くちゅ……

秀樹が指を緩やかに抜き差しするだけで、今までなかったいやらしく濡れた音がした。

「気持ちいい？」

「〜〜〜っ！」

低く甘い声で囁かれて、両手で顔を覆う。覆ったその顔が発熱したように熱い。いや、熱いのは顔だけではない。身体が内側から火照って、琴美の息を荒らげ、身悶えさせる。

腰が勝手にくねって、咥えさせられた秀樹の指を、蜜口が、密路が、蠕動《ぜんどう》しながらしゃぶるのをとめられない。

（は、恥ずかしいのに……き、気持ちいぃ……こんなの、おかしくなっちゃうよぉ……）

「赤くなって可愛い。目がとろんとしてる。もっとほぐして、気持ちよくしてあげるからね。ほら、脚を開いて……」

「あ……」

こんな快感なんて知らない。気持ちよすぎて逆に怖い。でも抗《あらが》えない。半裸で仰向けになった琴美は、脚を閉じるどころか、秀樹の指が出入りしやすいように自ら脚をMの字に開き、彼から貰う快感に打ち震える。

好きな人からの愛撫に女としての自分を曝かれる羞恥心。心は戸惑っても、身体は初めて知った快感に悦《よろこ》び、嬉し泣きしてしまう。

今、自分たちは、愛からくるすべてを見せ合っているのかもしれない。

「あっ、あっ、ふ……うっく、はぁん……ああ……ああ……ひで、き、さん……ひでき、さん……」

(すき……すき……なの……だから、ごかいしないで……私は、私は——)

シーツを掻き毟《むし》っていた手を秀樹に向かって伸ばす。彼は少し笑って、琴美の手に自分の頬を軽く触れさせ、上体を重ねて乳首に吸いついてきた。

「ううう——……ああ……ああ……」

秀樹の舌が乳暈に沿ってまあるく動き、口内であめ玉のように転がされる。その一方で、じゅぼじゅぼ——じゅぼじゅぼと、身体の中から響く水音は、耳を塞ぎたくなるほど生々しくいやらしい。

硬く尖った乳首をじゅっと吸い上げられて、そこに血が集まって熱くなるのと同時に、濡れた蜜路をさっきよりも早く出し挿れされる。お腹の裏のザラついた処を、強めに押し上げるよう擦りながら引き抜いたその指が、今度は二本に増やされて回転しながら中に入ってくる。

「はぁああ、ううう………」

みちみちと身体の内側を広げられる。硬い指の節で、媚肉を三六〇度擦り回される——それは苦しいはずなのに、舌と口蓋で乳首を扱き吸われる度に、二本の指を咥え込まされた女の部分がヒクヒクして、秀樹の指を締めつけ奥に誘う。そのとき彼の親指が、蜜口のすぐ上にある敏感な蕾をくにっと押し潰した。

「はぁうっ！」

突然襲ってきた強い快感に、脚が突っ張って腰が浮かぶ。秀樹は琴美の乳首を丹念に舐めしゃぶりながら、強く吸って、甘噛みする。ゾクゾクッと身震いしたのも束の間、脳がショートしたようにバチンとロックダウンしていた。

気持ちよすぎてなにも考えられない。あまりの快感に放心した琴美は、とろんと目を開けたまま脱力するしかない。その裏で心臓だけがバクバクとけたたましい音を鳴り響かせている。自分の奥からとろとろとした物があふれて、太腿の内側を伝ってシーツに染み込んでいくのをどうにもできなかった。

(——なに、あれ……きもちぃぃ……)

「琴美……俺に君を愛させて」

秀樹の囁き声と共に、身体から指が引き抜かれて、圧迫感と快感から解放される。それがなんだか寂しい。

身体は境界線だ。ひとつになるには邪魔なのに、触れ合っていないともの寂しい。秀樹がベルトを外す微《かす》かな金属音に、蕩けた身体はしとどに濡れていく。

固くシーツを握りしめていた手を解いて秀樹に向かって手を伸ばしてみると、シャツを脱ぎ捨てた彼に、指を絡めるように握ってもらえた。

不安なんて、なにひとつなかった。

(……この人なら……)

見上げたその人は、熱の籠もった男の眼差しで琴美を見てくれる。いつもと同じ……でもいつもより熱い。それは、男が女を欲《ほっ》する目だ。

男に襲われる度に、恐怖と嫌悪を感じてきた琴美だからわかる。人としては対等でも、男と女は違う。身体を交えれば、男は奪い、支配する側《がわ》。そして女は奪われ、受け入れる側。

男としての欲望を孕んだ視線を真っ向から浴びせられたせいか、お腹の奥がきゅんっと疼いた。

ゆっくりと唇が重なり、啄むような優しいキスと共に、開いた下肢の間に熱くて硬い物がピッタリと充てがわれる。それはいつも自分を脅《おびや》かそうとしていた凶器――なのに、今は怖くない。

心と身体が、この人に奪われたがっている。拒絶することしか知らなかったはずなのに……今は違う。

「いくよ、琴美」

口を合わせたまま囁きながら、秀樹が琴美の中に入ってきた。

「つう――！」

身体に走ったのは痛みと熱。指でほぐされびしょびしょになった蜜口に、圧倒的に大きな物が捻《ね》じ込まれようとしている。

「あ……ひゃ……うぅうぅぁ……ぃた……」

「痛い？　やめとく？」

怯える琴美の顔を、秀樹が心配そうに見つめてくる。優しい人だ。いつも、恋愛初心者の琴美のペースに合わせて、怖がらせないように気を配ってくれる。こんなに優しい人だから、想われて嬉しかったし、変な誤解なんてされたくなかった。そしてなにより、琴美自身が強く思ったのだ。

――初めては、この人がいい、と。

「……ゃ、やめな、ぃで……」

身体をこじ開けるような痛みに耐えながら、潤《うる》んだ瞳で見上げると秀樹の目が優しく細まった。

「ん。わかった。やめない。最後までしよう」

抱きしめられながら、頬擦りしてくる彼とまた唇が重なる。優しい優しいバードキスを繰り返して、顔の角度を変えてするのはしっとりとした大人のキス。口内に入ってきた尖った舌先に口蓋をこちょこちょと擦られると、琴美の身体はゾクゾクしてしまう。

(キス……気持ちいぃ……)

折り曲げた膝がベッドに付くほど脚を広げた琴美の上で、秀樹がゆっくりと丁寧に腰を揺する。熱い切っ先はまだ浅い処を出たり入ったりしているだけなのに、指より圧迫感がすごい。それに、指でぐちょぐちょにされてしまったせいで、秀樹が腰を揺する度に、ぬぷぬぷといやらしい音が響いてしまう。

「もう少しで全部入るよ」

「あ、ああっ！　ンッ、く……はぁはぁ、はぁはぁ、はぁはぁ……ううう、はぅ……」

「苦しい？　ごめんね……でも悶えてる琴美がすごく可愛い」

唇を合わせたまま甘く囁かれても、琴美は細かく喘ぎ、揺さぶられるしかできない。

なぜだろう？　身体の奥がヒクヒクする。秀樹は初めての琴美を慮《おもんぱか》ってゆっくりとしてくれているのに、それがなんというか焦《じ》れったいのだ。優しくされているはずなのに、どうして？

身体の中に徐々に入ってくるのは、信じられないくらい熱くて太い塊。これが大好きな秀樹の身体の一部なのだと思うと、受け入れたくて仕方なくなる。この人の全部が欲しい……早く、早く、全部挿れて欲しい。奥まで深く、繋がりたい……そう思った琴美が彼の背中に両手を回したそのとき——ズンッ！

「————ッ！」

甘くて熱い痛みが身体を貫いた。

キスをされたまま目を見開き、両手をプルプルと震わせながら背中を浮かせて硬直する。圧迫感がすごい。身体がみちみちと引き裂かれそうだ。指なんて比じゃない。指の何倍もの太さと長さの物が挿れられているのだ。あまりの衝撃に頭が真っ白になって、なにも考えることができなかった。

舌を根元から絡めるねっとりとしたキスのあと、ゆっくりと唇が離れる。

「全部入ったよ……」

唇を耳に触れさせながら甘くて低い声で囁かれると、それだけでお腹の奥がヒクヒクする。そして、びしょびしょに濡れた処女肉が、中に埋められた秀樹の物をぎゅうぎゅうに締めつけるのだ。何度も、何度も繰り返されるその動きは、秀樹の物の形を意識させる。琴美の身体自身が秀樹の存在を確かめているようで、琴美の意思ではとまらない。そしてまた、じんわりと濡れてくる。

「っ！　すごい締めつけ……」

「ぁ、ご、ごめんなさぃ……か、身体が、勝手に……ンッ」

ちゅっと唇を目尻に押し当てられて、目をぱちくりさせる。すると、まるで蕩けんばかりに優しく目を細めた秀樹と視線が絡まった。

「痛かったね。泣かせてごめん」

「あ……」

そっと頭を撫で、また啄むように目尻に唇を押し当てられて、自分が涙していたことに気付く。

彼にされるがまま顔中にキスを受けるのが、嬉しいのに擽ったくて、ちょっぴり恥ずかしい。

（秀樹さんと、えっちしちゃった）

はにかみながら笑った琴美が、照れ隠しに自分の口元に握った手を当てると、秀樹がガバッと抱きついてきた。

「きゃっ」

「反則だよ、琴美」

琴美の肩に額を押し当てた秀樹の表情は見えない。

（反則……？　反則って、なにが？）

わからないなら聞くしかない。なにせ琴美は初めてなのだから。

「えっと反則って……私、悪いことしちゃったんでしょうか？」

不安になりながら尋ねると、秀樹は琴美の肩に額を押し当てたままこちらに顔を向けて、困ったように笑った。

「琴美が可愛いすぎるってこと！　どこまで俺を夢中にさせたら気が済むの？」

「っ！」

思わぬ返答に言葉を詰まらせ、ボンッと顔に熱が上がる。涙はもうとまっていた。

「初めての琴美に優しくしなきゃって思ってたのに――」

彼は琴美の頭を撫でたかと思ったら、顔の輪郭に沿ってなめらかに手を滑らせ、そのまま耳を擽る。そしてその手は首筋へと落ちて、琴美の顎をクイッと軽く持ち上げた。

「――我慢できなくなるよ……」

一心に見つめてくる秀樹の眼差しに蕩けそうになる。

「……我慢、必要ですか……？」

ポツリとこぼれたのは女としての本音。好きな男に本気で欲しがられたい。よそ見なんてしないで、自分だけを見てほしい。愛してほしい――それは、好きな男にだからこそ愛されたいという女の本音《よく》。

見えない心を曝け出すように、身体を曝け出してひとつになった。

彼が優しいことも、優しくしてもらったことも、もう充分すぎるほど身体を通して伝わっている。

「……秀樹さん」

微笑みながら呼ぶと、秀樹はゴクリと喉を鳴らした。

「琴美……」

ギュッと強く抱きしめられるのと同時に、下から身体の中奥を突き上げられて「あっ！」っと息を呑む。その瞬間、琴美の唇は秀樹に奪われていた。

「んっ、んっ、ンンンッ……ぁ……」

舌を絡めとり、顔の角度を変え、噛みつくような激しいキスに息が乱れる。そして秀樹は深く、より深く、琴美の中に入ってくるのだ。ぐちょぐちょになった身体の中いっぱいに秀樹が入ってきて抗えない。唾液が口の端から垂れても、暑くて苦しくても、彼は離してくれない。二人分の体温で、身体が燃えるかと思った。

（ひあぁああっ！　こんな、おく、まで……！）

抱きしめながら、腰を押し付けるようにして上下に揺すられる。身動きが取れない身体を貪られているのに、まったく嫌悪感がない。それどころか、あるのは女としての歓《よろこ》びだ。身体の最奥に届いた肉棒の先が子宮の入り口を念入りに捏ね回してくるのだ。そのゾロリとした快感と言ったら――……

「〜〜〜っ！」

上がったはずの嬌声は、秀樹の濃厚なキスに吸い込まれる。

激しい抜き差しはないのに、頭が真っ白になってしまう。指でされたときには届かなかった処。そこをゆっくりと押し上げ、張り出した雁首で肉襞をゴシゴシと擦られる。そして、彼の恥骨が琴美の敏感な蕾をも同時に擦るから耐えられない。熱い処女肉がギュッと締まって秀樹の物を扱き上げる。

乱れきった呼吸のせいで軽く酸欠状態に陥《おちい》っているのか、意識だけがフワフワと身体を抜けてどこかへ行ってしまうかのようだ。こんな幸せな快感が世の中にあるなんて知らなかった。

「んんんっ〜〜〜はぁあああぅ！　あ！」

（気持ちいい……！）

唇を合わせたまま、秀樹の腕の中でガクガクと震えて、一気に弛緩する。

生まれて初めて与えられた性の快楽に、身体がドロドロに溶けているのがわかる。好きな男《ひと》とひとつになれた歓びに、心も身体も蕩けていく。

心地よい疲労感と、朦朧《もうろう》とした意識の中で瞼が重たい。

（……ああ……このまま秀樹さんとずっと一緒にいたい……）

そう思ったとき、蜜口から秀樹の物がゾロリと引き抜かれ、とろみを帯びたいやらしい女の蜜がクポッとあふれてくる。

「あ！　やだぁ！」

まだひとつになっていたかったのに。まだ彼をこの身体の中で感じていたかったのに。どうして？

追い縋《すが》るように上体を無理に起こそうとする琴美の唇を、秀樹のそれがそっと塞ぐ。ベッドへと沈んだ琴美から唇を離した彼は、どこから取り出したのか四角いパッケージを見せてきた。

「大丈夫、まだまだ終わらないよ。でもゴム着けないとね。琴美の中、すっごく気持ちいいから、我慢できずに中に射精《だ》してしまうよ？」

「〜〜〜っ！」

刺激的な言葉に、身体がさっきとは違う熱を持ちはじめる。

秀樹は琴美の腰に跨《また》がってキスをしながら、器用に片手で避妊具を着けると、ふっと力が抜けるよな甘い声で囁いてきた。

「今度は琴美の感じてる声が聞きたいな」

「！」

ドキッと鼓動が乱れて顔が熱くなる。また、さっきの続きをしてもらえる——そう思った身体が、またとろとろと濡れてくるのだ。あんなにあふれるほど濡れていたのに、更に濡れるなんて。

ああ、これは愛液だ。愛してしまった男を求めて、女の身体が泣いてるのだ。

秀樹の手が琴美の右脚をすくい上げて、つま先が頭に来るまで押し広げる。今でも身体の柔らかい琴美は、秀樹にされるがままだ。鼓動を高鳴らせながら秀樹を見上げると、開かれびしょびしょに濡れた蜜口に太い肉棒の先がくぷっと嵌《は》まる。そしてそのまま、一気に奥まで貫かれた。

「ぁあああ——ッ！」

ソプラノを響かせながら仰け反って震える。痛みはもうなかった。あるのは媚肉を抉るように擦られる快感。斜めから挿れられたせいか、さっきとは違う処を擦られているのがわかる。身体は瞬く間に沸騰《ふっとう》して、琴美の頬を上気させた。

「ああ……」

秀樹は根元まで挿れた肉棒を馴染《なじ》ませるように何度かゆっくりと抜き差ししてきた。

びしょ濡れの蜜路は秀樹の物をうねりながら咥え込んでいるし、蜜口はヒクヒクしながら嬉しそうに涎《よだれ》を垂らしている。ついさっきまで処女だったのに……もう、処女じゃない。処女は奪ってもらった。ずっと想い続けてくれて、いつの間にか好きになってしまったこの男《ひと》に。

（……幸せ……）

琴美が女の幸せに酔いしれていると、頬を熱い手で撫でられる。

「可愛い。目がとろんとしてる。気持ちいい？」

「あんっ……あは……はぁんっ……っあ……」

気持ちいいと応えたいのに、口から漏れるのは悩ましい喘ぎ声だ。

（秀樹さん、は……？　気持ちいい？）

聞きたいのに聞けない。

初めての琴美をいたわってか、秀樹は自身をゆっくりと半分程引き抜いて、またゆっくりと琴美の中に入ってくる。何度も、何度もそれを繰り返して、いろんな角度で中に入ってくる彼を受け入れていくうちに、琴美の火照った身体が汗ばんでいく。眉間を寄せ、唇を噛み締めて、彼が動く度に露出した乳房を大きく揺らす。そんな琴美の耳元で、秀樹が囁いた。

「琴美の中、熱くてすごく気持ちいい……最高だよ。ずっと繋がっていたい」

低くて甘い声が鼓膜を擽るのと同時に、琴美の胸をキュンとさせる。そして――

「っ……すごい締めつけ」

密路がぎゅっぎゅっと締まって、蠕動運動のように奥に奥にと秀樹を引き込むのだ。それがまた、琴美自身にも快楽を与える。

「はうぅぁ～！」

「こんなに扱かれたら、俺が先にイカされそうだよ。琴美をもっと気持ちよくさせてあげたいのに」

「え……？」

意識が快感に持っていかれて、秀樹がなんと言ったのかわからない。聞き返しても、彼は困った顔をするだけだ。そして突然、琴美の乳首に吸いついてきた。

「あッ！」

急に増えた性的な刺激に、ズクンとお腹の奥が疼く。抵抗する気はなくても手が宙を掻いた。そんな琴美の手を、秀樹は肩や上体を使って押さえ込みながら、乳首を強く吸い上げてくる。

ちゅぱっと音がして乳首が彼の口からこぼれ、また舌を使って口の中に含まれ、軽く噛まれた。

「んっ」

痛みはないが、胸への刺激が琴美の子宮を震えさせ、新たな愛液をあふれさせる。それを知ってか知らずか、秀樹は反対の乳房を卑猥《ひわい》に形が変わるほど強く揉みしだき、膨らみに頬を押し付け親指と人差し指で乳首を軽く摘まみ、捻《ひね》りながら引っ張ってくるのだ。琴美は太腿の内側からシーツまでをぐっしょりと濡らして、白い肌を薄紅に染め、ガクガクと震えるしかない。脚を大きく開き、されるがままに乳房を揉まれ、怖いくらいの幸せを味わう。

秀樹は滑らかな腰使いで琴美の中を出入りし、何度かに一度は、ベッドが激しく軋むほど、蜜路の奥深くへと入ってしっかりと突き上げてくる。それは琴美の処女を味わい尽くしているようでもあったし、琴美の身体に自分を刻み込んでいるようでもあった。

「ああ！　んっ、んっ、ああ……はぁはぁはぁ……ひゃぁ！　ひできさん……ああ……ああ……ふ……あああ！　そこ、は……ひゃぁああんっ」

秀樹の刻むリズムに合わせて、琴美は本能のままに歌うように鳴く。それは誰にも聞かせたことのない愛の歌。高音の中に混ざる艶《なま》めかしい息遣い。

身体を内側から侵され、行き場をなくした熱は琴美を絶頂へと押し上げて、歓喜に啼《な》かせた。愛する男に女にされているのだ。もう、なにも考えられなかった。

「可愛い、可愛いよ、琴美。ここがいい？　じゃあ、もっと奥を突いてあげる」

「ああ、ひできさん、ひできさん！　ああっ！　ああっ、あっ、あっ、う、ぁあああ――」

「ああ……琴美……愛してる！」

そう叫んだ秀樹に、上体が浮くまで固く強く抱きしめられる。身体の奥のほうで彼の肉棒が、ビクンビクンと何度も何度も跳ねて、その度に彼が「うっ」と低く呻く。

彼は荒い息を整えながら、琴美をベッドに寝かせ、上から身体を重ねてきた。火照って汗ばんだ身体を重ねられることに嫌悪感はない。

（ぁ……秀樹、さん……大好き……）

秀樹はなかなか琴美の中から出ようとはせず、時折ゆっくりと腰を動かしながら、まだ固い物で媚肉を擦ってくる。そして、乳房をやわやわと揉んだり、乳首を吸ったりしてくるものだから、その度に琴美の身体を甘い電気が走り抜けていく。

「んっ……ああっ～～ぅんっ……」

初めてのセックスの快感が抜けきれていない琴美の身体は、肉棒を咥えたままの蜜口をキュッと締めつけて離さない。

「初めてで辛いだろうに、ごめん。琴美が許してくれるなら、もう少しだけこのままでいたい……」

聞こえたのは、さっきまであんなに琴美の身体を貪っていた男《ひと》の懇願する声だった。

年上の男の人なのにどうしてだろう？　胸に縋りついて見上げてくる姿に愛おしさを感じる。

「……いいですよ……」

琴美は秀樹の頭を両手で包み込んで、二人はそのまましばらく幸せと快感の余韻《よいん》に浸りながら抱き合っていた。

◆　◇　◆

『――再デビューはしません。したいなんて考えてもないです』

裸で抱き合っていたとき、秀樹の質問に対して琴美は苦笑いして、そう答えてきた。そして、白石ことりがＲｅ＝Ｍを引退することになった〝本当の理由〟をポツリ、ポツリと話してくれた。そのときと彼女の声は今にも消え入りそうで、秀樹は抱きしめずにはいられなかったのだ。

（まだ十代だったんだ……辛かっただろうな――……）

今はスースーと穏やかな寝息を立てている琴美を見つめる秀樹の内心は、遣《や》る瀬《せ》ない思いでいっぱいだった。アイドルとして一番輝いていた頃の彼女が、汚い大人の欲でその翼を折られていたのだ。しかもその相手が原田。今日も彼女を襲った原田なのだ！　腸《はらわた》が煮えくりかえるとはこの事。

もっと殴ってやればよかったと思ったくらいだ。

自分は彼女に命を救われたのに、一番辛いときの彼女になにもしてやれなかったなんて――

四半世紀前よりも、ファンとアイドルの距離が近くなったとはいえ、自分の無力さを感じる。もちろん、公表されなかったことを知る術《すべ》はない。いちファンにすぎなかった当時の秀樹にはなにもできなかっただろう。だがそれでも、十代の琴美が蹲《うずくま》ってひとりで泣いている姿を想像するだけで、胸の奥がズキンと痛むのだ。

(琴美に辛い思いは絶対にさせたくない)

今はもう、ファンとアイドルの関係じゃない。社長と秘書という関係だけじゃない。恋人同士になれたのだ。彼女が傷付きながらも守り抜いた清らかなその身体を、自分に任せてくれたことの意味は、普通の恋人同士が求め合う関係よりも、深い意味があるのだと思う。

「俺が、絶対に幸せにするから……」

自分を救ってくれた彼女に、この手で最高の幸せを贈る。それがファンとしての恩返しでもあり、恋人としての自分の役目だ。そしていつか――

(琴美と結婚したい)

そんなことを思いながら、眠る琴美の額に、秀樹はそっと口付けた。

◆　◇　◆

原田が逮捕された件が報道されたのは、事件から二日後のことだった。

『稀代の天才プロデューサー・原田隆、酔って一般女性に暴行！　加えて薬物使用所持で逮捕！』

翌日のメディアの見出しはこれ一色だった。ただし、テレビの報道番組にも、週刊誌にも、Ｒｅ＝Ｍの名前が一切挙がらない。そこは大人の事情というやつか。Ｒｅ＝Ｍで儲《もう》けているのはプロダクションサイドだけではない。メディアサイドだって同じなのだ。売れ売れのＲｅ＝Ｍを自分のところのテレビ局歌番組に呼びたい、雑誌に特集を組みたいなら、――ましてや、既にその予定が組まれていたとしたら尚更、Ｒｅ＝Ｍの名前なんか上がるわけがないのだ。

ちょうど原田逮捕の直前に、他の芸能人が薬物で逮捕されたこともあり、メディアはこぞって芸能界と薬物の関連性を取り上げた。そのメディアも芸能界の一部だろうに、こんなときだけ啓蒙側《けいもうがわ》に回るのだからちゃんちゃらおかしい。お陰で『一般女性に暴行！』の部分が霞《かす》んで消し飛んだくらいだ。しかしそれは、秀樹にとっても琴美にとっても好都合だった。

Ｒｅ＝Ｍの名前が出れば、現在進行系でコラボしているキスマダールとしても嬉しくない。暴行された一般女性が元Ｒｅ＝Ｍのメンバーだとわかれば、琴美が辛い思いをする。

だが、薬物使用の件まで報道されたからといって、サワプロが原田を切り捨てたと見るのは早計だ。芸能界は持ちつ持たれつ。プロデューサーなんてただでさえ表舞台には出てこない役柄な上に、薬物常用者だとしても犯罪歴としては初犯。暴行罪が付いても執行猶予三年くらいだろうというのが、秀樹の顧問弁護士の見解だ。それでも前科をつけることができれば、琴美への今後の被害を食い止めることができるかもしれない。執行猶予中に琴美へ嫌がらせをするほど馬鹿ではないだろうし、それよりも、薬物使用の再犯で勝手に自滅してくれる可能性だってある。薬物はそう簡単に止められるものではない。その証拠に、薬物の使用・所持で繰り返し逮捕される芸能人は実に多い。薬物での逮捕が続けば、さすがにサワプロも庇《かば》い立てできないはずだ。

(原田の件はこれでよしっと……それよりも……)

秀樹は隣でコートを脱ぐ琴美にチラリと視線をやった。

——今日はクリスマス前の最後の休日。今年のクリスマスは平日で、それも週のど真ん中。半日は仕事に潰されるわけだ。それでも、秀樹は贔屓《ひいき》にしている五つ星ホテルの展望レストランと、スイートルームを予約している。

琴美との熱くて濃厚な愛の聖夜——性夜——を期待したいところ……

彼女とは会社でも一緒に過ごすわけだが、憧れ続けたアイドルが今や自分の秘書。しかも恋人である。仕事とプライベートをキチッと分けておかないと、秀樹の濃厚なドルヲタ魂がはっちゃけモードに突入することは想像に易い。なので、会社では秘書に専念する可憐な姿を、心の中でうちわとペンライトを『L・O・V・E！　こ・と・み！』と、盛大に振りまくりながら見つめて応援——いや、見守ることに専念している。それこそ目が合えば、微笑みというレスが返ってくるのだ。最高に幸せな瞬間だ。

それはさておき、本日のデートランチはメインのパスタと、一口サイズにカットされたヘルシーなブランパンが食べ放題のレストランに行き、ブティックで琴美の最高に可愛いファッションショーという名のショッピングに付き合う。アイドル時代、ファッションリーダーとしての一面も持ち合わせていた彼女だ。スタイル抜群な上になにを着ても似合うし、文句の付けようがない。その中でも彼女が気に入った一着をクリスマスプレゼントとして買った。琴美も秀樹になにか用意してくれているらしいが、『内緒ですっ』と可愛くペロッと小さく舌を出してくる彼女が最高すぎて、心臓が破裂するかと思ったくらいだ。

デートのあとはこうして琴美を彼女のアパートまで送ったあとはちゃっかり部屋に居座って、日曜の夜に帰るのが、もはや秀樹の定番となっていた。

琴美が住んでいるアパートはお世辞にも立地がいいとは言い難い。駅は近いが、近すぎて線路沿いだ。終電近くになれば、酔っ払ったサラリーマンが社会への不満をゲロと共に叫びだすこともある。可愛い琴美を、こんな安アパートに置いておきたくないのが秀樹の本音だ。でも、そこへ普段から自分が出入りしていれば、男がいる部屋だと認識されることだろう。そうすれば、幾分かは周りへの牽制《けんせい》にもなる——と、考えたわけだ。

(本当は琴美が俺のマンションに来てくれたらいいんだけど)

秀樹のマンションはオフィス街に近い一等地で、築五年。立ち上げたキスマダールが軌道に乗りはじめてからすぐに買ったからまだ新しい。

(でもなぁ……ウチに琴美を呼ぶのは……)

躊躇う心があるのは、やましいことがあるから——

「ねぇ、琴美。今日は一緒にお風呂に入ってみようか」

下心を完全に隠した余裕の笑みで誘うと、顔をポッと染めた琴美が肩を強張らせる。

「一緒に？」

「そう。一緒に。大丈夫、大丈夫。それに俺はもう、琴美の身体を全部見てるよ？　隅々《すみずみ》までね」

「～～～っ！」

琴美は頭から湯気を出さんばかりに更に真っ赤になって声を失う。何度肌を合わせても彼女は初心《うぶ》なまま。そんな愛らしい琴美の横をすり抜けて、秀樹はバスルームの折り戸を開けた。まだ脱衣所でモジモジと躊躇っている琴美をよそに衣類を脱ぎ捨て、学生時代から剣道と水泳で鍛《きた》え抜いた裸体を惜しみなく晒《さら》してシャワーを当てる。

「あ、あの……やっぱり恥ずかしくて……」

ようやく服を脱いだ琴美が、素肌に巻き付けたバスタオルの胸元を押さえて、林檎のように頬を真っ赤にした顔で秀樹を肩越しに見上げてくる。うるうると潤んだ瞳。ツヤツヤで乳白色な卵肌。わずかに震える唇。その表情が庇護欲と男の劣情を誘うことを、彼女はきっとわかっていない。

「琴美、おいでよ」

身体を洗い終わってから、琴美に手を差し伸べる。無理強いはしない。彼女が自分のこの手を取ってくれるまで待つ。それが彼女との約束だから。

やがてそう間をあけずに、白魚のような細指が秀樹の手に載せられる。頬を真っ赤にして、目を泳がせ、バスタオルを握りしめながらも、自分に付いてきてくれる彼女からの信頼に、男として満足感を覚えるのだ。

白い入浴剤が入った湯舟に、秀樹がザブンと身体を沈めると、琴美はオドオドしながらもシャワーを浴びる。雨粒のように降り注ぐシャワーの水滴は、琴美の張りのある肌を濡らし、一緒に濡れたタオルは彼女の身体にピッタリと張り付くのだ。そのボディラインの悩ましいこと。彼女の魅力は充分すぎる程に知っていたつもりだが、あまりに美しすぎて、愛と美の女神、アフロディーテの化身ではないかと思わせてくれる。そして当然、男の煩悩《ぼんのう》を刺激する。しかも、タオルで締めつけられた豊満な乳房の谷間には、水たまりまでできているのだ。

彼女が少し前屈みになってバスチェアを足元に寄せると、バスタオルの胸元が緩んでハラリとほどける。

「きゃっ」

琴美は慌てて胸元を押さえるが、秀樹の目は『ここは紳士的に目を逸らしてあげるべき』という当人の意思とは関係なくガン見しているのだ。彼女にその気はなくても、扇情的《せんじょうてき》なボディラインは男の劣情を容赦なく誘う。

ああ〜魅惑的な膨らみ。なぜに男はふかふかしたあの膨らみに引き寄せられるのだろう？　脂肪の塊？　いや違う。あそこには男の夢とロマンが詰まっているのだ。そんな膨らみに、秀樹の下半身も――

（俺は今、人生最高に幸せだぁあああ！）

「そ、そんなに……見ないでください……」

頬を染めた琴美が、シャワーで濡れて重たくなったタオルを押さえ、ちょっと困った顔をする。その表情に自分の顔が緩むのがわかった。

彼女の動き、表情、感情、言葉——すべてに心揺り動かされる自分がいる。

自分の心をこんなにも強く揺さぶる女《ひと》は、世界中で彼女、たったひとりだけなんだろう。

「隠さないでいいのに」

「で、も……」

全部見せ合った関係でも彼女は初々しい。〝ピュアでシャイ〟。白石ことりとしてのプロフィールは、そのまま平井琴美のプロフィールでもあったらしい。

「じゃあ、俺は目を閉じとくよ」

秀樹はクスッと笑って。その言葉通りにした。そのほうが琴美が緊張しなくていいと思ったのだ。

「あ、ありがとう、ございます……」

か細いお礼が聞こえて、琴美が身体を洗いはじめたのか、ソープを泡立てるためのナイロンボールがシャカシャカと擦れる音がする。続けて、バスルームに広がるあまーい香りは、いつも琴美の髪からしている香りだ。

(身体を洗ってから、髪を洗ってるのかな？)

香りだけでも案外わかるものだなと思いながら、彼女が湯舟に入って来るのを待つ。きっとそろそろだ。しかし、秀樹の期待とは裏腹に「カポッ」となにやら蓋のような物が開く音が聞こえて、「カチャカチャッ」とおおよそ自分の風呂場では聞いたことのない音がするのだ。そして、「じゃりっ、じゃりっ」という砂のような音と共にバニラの甘い香りも——

(ん？　なんだ？)

さすがに気になって目を開けると、一糸纏わぬ姿の琴美が、バスチェアに座った状態で、その綺麗な腕を真っ直ぐ前に伸ばし、身体になにかを塗っているところだった。

「きゃぁあああ！　どうしていきなり目を開けるんですかぁ!?」

「ご、ごめん。つい、気になって……」

胸元を覆う琴美の腕には、見慣れた石鹸の泡ではなく、秀樹にはよくわからない液体と粒々がまざったものが塗りたくられている。どうやら、甘いバニラの香りの正体はこれのようだった。

「それ、なに？」

単純な疑問を投げかけてみると、琴美は濡れたバスタオルを自分の胸元に引き寄せつつ、足元にあった手のひらサイズより大きな瓶を見せてきた。

「スクラブです。お塩とオイルがまざった物で、お肌の角質を取ってツルツルにしてくれるんです」

「へぇ～」

秀樹は瓶を取ってしげしげと眺めてみた。香り付けされているのはオイルのほうのようだ。死海の塩を使っているらしい。ミネラル分豊富で肌にいいんだとか。木製の専用スプーンで塩とオイルをよく混ぜるようにパッケージシールに書いてあった。

「琴美のすべすべお肌の秘訣はこれかぁ」

「そ、そんな、すべすべお肌だなんて……」

照れているのか、赤かった頬をますます染めてはにかんだ笑みを浮かべる琴美が愛らしい。実際、彼女の肌は滑らかかでぷるぷる。きめ細やかで張りがあり、そして仄《ほの》かにいい香りがするのだ。

「背中に塗ってあげようか」

「えっ？」

秀樹の申し出が意外だったのか、琴美はキョトンと目を瞬かせる。秀樹は専用スプーンで塩とオイルをかき混ぜたスクラブを手に取った。

「だって背中には塗りにくいだろう？」

「あ、はい……じゃ、じゃあ、お願い、します……」

バスチェアごと背を向ける琴美に、湯舟の中から手を伸ばして触れる。ダンスで鍛えられた背中は、無駄な脂肪なんてない。筋肉をほぐすマッサージでもするかのように、肩から背中の中央に向かって優しく手を滑らせると、オイルのぬめりの中に塩が適度に溶けていくのがわかる。琴美は緊張しているのか、目をギュッと閉じて、それでも秀樹の手にされるがままだ。

行為自体は琴美に尽くしているはずなのに、なぜだろう？　興奮してくる。オイルで滑る彼女の肌がツヤツヤと光って、妙な色気があるからだろうか？　背筋をツーッと撫で上げると、ピクッと彼女の身体が震えて、秀樹はおもわずゴクリと生唾を呑んでいた。

「大丈夫？　寒くない？」

「だ、大丈夫……です……」

「でもあまり長い時間擦ると、肌が赤くなるよね？」

「あ、はい……そろそろシャワーで流します」

琴美が取ろうとしたシャワーヘッドを素早く先に取って、彼女の身体に残った余計な塩とオイルを綺麗に洗い流す。そのときも手のひらで万遍なく背中を触る。その肌のなめらかなことといったらない。

（うわ……塩は流れたけど、残ったオイルでぬるぬるする……）

それはなぜか秀樹に性的なものを連想させた。そう、蕩けて感じた琴美の身体の奥からあふれ出てくる、愛液のとろみに近かったからかもしれない。

ベッドに横になった琴美が、すべてを曝け出した姿で両手を広げてくる——そんな甘やかな妄想に浸る。彼女の豊満な乳房を揉みしだき、彼女の下肢に手を伸ばせば、秀樹を求め、ぐちょぐちょに濡れた彼女は涙ながらに切実に求めてくるのだ。『秀樹さん、来て……』と。

彼女の中に入り、自分を刻みつけるように激しく抱き、奥を貫き、ツンとした桃色の乳首にむしゃぶりつく。そして自分しか知らない彼女の女の声を聞く——

（あ、やばい……勃っ……！）

不埒《ふらち》な妄想は、秀樹の素直な漲《みなぎ》りを屹立《きつりつ》させる。

秀樹は湯舟からサブンと上がると、シャワーを放り出して琴美の背中に抱きついていた。

「ひ、秀樹さん……？」

驚いたのか琴美が肩越しに振り返ってくる。そして、クワッと見開いた目を両手で覆った。

「ひゃっ！　えっ？　えっ？　な、んで？　おっきく……」

初心な琴美は、何度セックスしても未だに秀樹の裸をまともに見られないでいるのだ。でも見てしまったのだろう。臍まで届くほどビンビンに反《そ》り返り、血管を浮き立たせて鰓《えら》を張る男の一物を。

「そ、それは――……」

（くっ！　早見秀樹一生の不覚！　彼女の背中をスクラブマッサージしていて完全勃起するなんてとんだ変態じゃないか！）

しかもそれを琴美に見られてしまった！　変態だと思われても言い訳のしようもない！

だが！　そこはあえて言わせてもらおう。

「――琴美が可愛いから」

「えっ」

小さく声を上げる彼女の唇に、秀樹が自分のそれを重ねることに躊躇いなんてなかった。彼女はもう自分の女《もの》だと確信しているから。

「んっ……あっ、はぅ……」

「君が可愛いからいけないんだよ。俺を誘惑したのは琴美のほう」

噴水のようにお湯を吹き上げるシャワーをそっちのけにして、顔の角度を変え、何度も琴美の唇を吸う。舌を絡め、後ろから回した両手で、彼女の乳房を揉みしだいたとき、か細く感じた声が漏れ聞こえてくる。揉まれて押し出された乳首を左右同時にキュッと摘まんで軽く引っ張ると、琴美の潤んだ瞳と視線が絡まった。

「秀樹さん……い、いじわるです……」

「そうかな？」

秀樹は琴美を立たせると、左手で彼女の乳首をいじりながら、右手を脚の間に滑り込ませる。そして彼女の耳に自身の唇を押し付けて囁いた。

「俺は意地悪じゃないよ？　意地悪っていうのは、こうやって感じさせるだけ感じさせて放置する男のこと。俺は最後までして、琴美を中から気持ちよくしてあげる。——ああ、少し濡れちゃったね。マッサージされて感じちゃったのかな？」

自分もマッサージしながら完全勃起していたことは棚に上げて、中指で花弁を開きながら蜜口の周りを撫で回す。

琴美は足をガクガクさせながらも、両手で顔を押さえ必死に声を漏らすまいとしている。そんな姿がまた愛おしくて、ちょっとだけ虐《いじ》めてしまいたくなる。

（ごめんね、琴美。君が言った通り、俺は少し意地悪みたいだ）

蜜口の中にぷつ……っと浅く中指を挿れて、中を少し掻き回してから指を抜く。指に纏わりついた愛液を敏感な蕾に擦りつけてやると、琴美の身体がビクンとしなった——瞬間、左手でキュッと乳首を摘まんで乳房を揉みしだいた。そして蕾を捏《こ》ね回す。

「〜〜〜っ！」

上手に立っていられなくなったのか、琴美が背中を預けてくる。指の隙間から見える彼女の表情は、蕩けて上気し完全に女になっているのがわかった。その証拠に、少ししか触っていない蜜口から、男を誘うとろとろの愛液を滴《したた》らせているのだ。我慢なんてできるわけがない。

秀樹はもう知ってしまったのだ。愛する女《ひと》の身体の中に入ることの肉体的な心地よさ。そして、溶け合って愛し合ってひとつになる心の安息を——

「もう我慢できない……琴美の中に入ってもいい？」

囁いた男の欲情に、愛しい恋人はどう返答してくれるだろうと期待が昂《たか》まる。顔から少し手を退けた彼女は、耳まで真っ赤にして瞳を潤ませていた。

「……ここで、ですか……？」

「そう、ここで。ベッドまで待てない」

甘えて、強請《ねだ》って、彼女の耳を小さく噛みながら、乳房を揉みしだき、ぷりんとしたお尻に滾《たぎ》る肉棒を押し充てる。今すぐ入りたいのだと、上下に腰を揺すると、琴美の華奢《きゃしゃ》な身体がほんの少し浮き上がる。

くぷっ――まるで初めから対《つい》で存在していたかのように、女の入り口に屹立の先が嵌まり、そのまま中へずぶずぶと埋没していく。

「はぁぁ――……」

悩まし気に眉を寄せながら、背中をしならせてる琴美の中は熱いのひと言だ。よく濡れて絡み付いてくる肉襞を掻き分けて、ずっぽりと奥まで入り込むと、あまりのよさに琴美を抱きしめる腕に力が入る。

「はぁはぁ……んっ、あ……はぁはぁ……ひで、き、さん……ああ……そんな、いきなり……」

少ない前戯で挿れられて、琴美はビクビクと身体を震わせる。内股になった膝など、もうガクガクして立っているのもやっとといった具合い。でもそれがいい。

彼女は必ず受け入れてくれる。獣のように発情した秀樹を、その身体で包み込んでくれる。雌犬《めすいぬ》のように後ろから挿れられる被虐感に酔った琴美の敏感な身体を、中から触り、しっかり蕩けさせてから味わわせてもらう。その奥処《おくか》をズンズンと突き上げれば、悶えて感じる彼女の高い声は、透き通った美しいソプラノだ。自分しか聞くことのない彼女の歌声――

(幸せだ……)

ファン時代――いや、白石ことりが芸能界から姿を消したあのときの絶望と比べると、今はまるで夢のようだ。

しなやかなこの背中に羽がなくて本当によかった。彼女は夢に向かって羽ばたく翼をもがれたかもしれないが、そのお陰で、今、自分の手の中にいる。

彼女を、自分という男が作る籠に囚《とら》われた小鳥にしてしまいたい――そんな身勝手な男心なんて彼女は知らないんだろう。誰よりも彼女を独占したい。それは、ファンとしての想いなんて、とっくに超えていた。

バスルームの壁に縋りつく琴美の腰を両手で押さえつけ、尻を突き出すポーズを取らせる。初めてのその格好が恥ずかしいのか、顔を伏せる彼女に、男としての支配欲が刺激されてゾクゾクする。

「琴美、俺のこと好き?」

「は、ぃ……」

恋い焦がれた女《ひと》。その女《ひと》が自分に心も身体も開いてくれているのだ。そのことに歓びを感じずにはいられない。秀樹はめちゃくちゃに腰を打ちつけた。

「琴美……琴美……好きだ。好き……愛してる」

「はぁあぁんっ！　う、あぁ……はぁはぁはぁ……ひで、き、さん……わたし、も……」

バスルームに響く濡れた肉を打つ音。荒い吐息。そして、甘く纏わりつくバニラの香り——舌を絡めるキスをしながら、恋に——いや、彼女に溺《おぼ》れて夢中になって、馬鹿みたいにひとつのことしか考えられなくなる。

「琴美……琴美……」

「あっ、あっ、ああっ！　おく、は……も、入らな……はぁはぁ、アッ！　アアッ！　はぁあああんっ！」

普段ベッドでするのとは体勢が違うせいか、奥まで簡単にずぼずぼと入る。そしていつにも増して琴美の感度がいい。その綺麗な瞳からぽろぽろと随喜《ずいき》の涙を流し、小さく開いた口からは荒く切ない喘ぎ声。しかも、合間、合間に舌を絡ませるキスをすれば、彼女の口の端から二人分の唾液が垂れてくるのだ。

それは、性の歓びを知った女の表情《かお》だった。自分に抱かれて、そんな表情になるほど感じてくれているのだと思うと、愛おしさが込み上げてくる。

「可愛い」

「っ！」

降りてきた子宮口を鈴口でしっかりと突き上げると、一瞬だけ目を見開いた彼女はすぐにとろんとした表情になり、膝をガクガクと震わせた。

秀樹の物をずっぽりと奥まで咥え込んだ蜜口は、まるで吸い上げるように媚肉をうねらせ、更に奥へと引き込む。それのなんと心地いいことか。

絡み付いてくる幾千もの襞が、媚肉のうねりと共に漲りを扱き上げてくるのだ。彼女のそれは秀樹の物の形になり、吸いついて離れない。そこを抗い、強引に引き抜くときの摩擦が、彼女の愛らしい唇から淫《みだ》らな女の声を上げさせる。

「あ、あぁ――……ンッ――うぅっ……ああ――！　ああ！　ゃああ～っ！　だめ、そこ、そこはあっ！　ああ～っ！」

「気持ちいいかい、琴美。愛してるよ。愛してる。誰よりも愛してる」

囁きながら、無意識に腰を打つスピードが上がる。

パンパンパンパン――

今、自分が抱いている彼女は虚像《アイドル》なんかじゃない。

自分の、自分だけの、最愛の女《ひと》。このまま彼女の中に――……

（射精《で》る！）

「うっ！」

男の本能を、理性がほんの一瞬だけ上回って、彼女の中からじゅぼっと勢いよく漲《みなぎ》りを引き抜く。

その最後の摩擦が最高の刺激になって、鈴口の先から飛び出すように白い射液が迸《ほとばし》った。それも、二度、三度と分けて大量に射精《で》るのだ。しかも、琴美の真っ白な背中から腰、そして魅力的な尻の丸みに沿って垂れていく自分の欲望の果てに、年甲斐《としがい》もなく赤面したい思いに駆られた。

（射精《で》すぎだろ……俺）

この大量の射液を彼女の中に注いだら——なんて妄想が頭を過《よぎ》る。

琴美はバスルームの壁に両手を突いて、秀樹に貫かれていた体勢のまま「はぁはぁ」と肩で息をしている。薄く目を閉じた彼女の頬は上気していて、その扇情的な姿だけで秀樹は生唾を呑んだ。

(またしたくなるとか……駄目だろ俺)

駄目だ、駄目だとわかっていても、彼女を女として欲しがる心がとまらないのだ。肉欲以上の劣情が、自分の中の男が首をもたげる。

〝もっとこの女《ひと》が欲しい〟

秀樹は射精で汚れた琴美の背中を後ろから抱きしめて、未だ息の荒い唇を塞いだ。

「ンッ——ぁ……」

舌を絡めて吸い上げながら、無防備な乳房を揉みしだく。その柔らかさといったらない。

「ひでき、さん……」

唇が離れるのと同時に、琴美が呼んでくれる。その声はか細いのに、行為の最中とはまた違った艶っぽさがあっていけない。彼女はそんな気はないだろうに、誘惑されているような気がしてくるのだ。

「好きだよ……」

「わたしも……」

床で噴水のように吹き上げるシャワーの中で、二人して座り込んで抱き合う。キスがやまない。濡れて火照った身体。お互いの息遣い、そして想い通じ合っていることの安心感——これが愛し合うということなのか。この尊い蜜の味を知ってしまったからには、いちファンになんかもうきっと戻れない。いや、戻りたくない。

秀樹は濡れた琴美の髪を一房取って自分の指に巻き付けながら、それとなく話を切り出した。

「……琴美はさぁ、どこか、行きたいところとかある？　クリスマス・イブはホテルのレストランを予約してる。あと部屋も。今年のクリスマスは平日だけど、そのあとすぐ正月休みがあるから。正月休みにどこかに行く？　……琴美の実家とか、さ。その……挨拶に……」

「……わたしの実家ですか？」

「うん」

秀樹は〝結婚を前提に〟琴美に交際を申し込んだのだ。彼女の両親を意識しないわけにはいかない。そして琴美との関係を深めていく一方で、外堀も一緒に埋めてしまおうというしたたかな気持ちもある。

（やっぱり一度は挨拶しとかないとな）

指通り滑らかな琴美の髪に顔を近付けると、洗い立ての髪からする香りがいつもより濃い。シャンプーの中に混じる甘い女の匂いは、秀樹をたまらない気持ちにさせる。

白石ことりを平井琴美だと受け入れて、愛するまでに時間がかからなかったのは、ファン時代にＬｉｋｅがＬｏｖｅに変わるまで、そう時間がかからなかったことと似ている。自分には琴美が必要なのだ。彼女の歌声に救われたあのときから、そう強く確信している。

そんな秀樹の胸に、彼女は目を閉じてゆっくりと凭れ掛かってきた。

「ん〜。実家より、わたしは秀樹さんのお部屋に行ってみたいです」

予想だにしていなかった彼女の要望に、一瞬、面食らう。

「お、俺の部屋？」

「はい……。だって、一度も行ったことないから……」

そう。秀樹はデートや休みの度に琴美のアパートに入り浸るが、彼女を自分の部屋に招いたことなど一度もないのだ。

親への挨拶はもっとお互いのことを知ってから——そのためには秀樹の部屋も見てみたいという彼女の要望はもっともすぎる。だが——

（お、おお、俺の部屋!?　俺の部屋はヤバイ！）

「……あ、明日は出勤だし、晩ご飯を食べたら秀樹さんは帰っちゃうじゃないですか？　だからその……私、お着替え持って、秀樹さんのお部屋にお泊まりしてみたいな〜なんて……。もっと一緒にいたくて……今日はダメ、ですか？」

床にペタンと座った琴美が、純真無垢《むく》なキラキラとした眼差しでこちらを見上げてくる。その眼差しには、自分を慕う純度一〇〇％の恋心と、一緒にいたいという気持ちが伝わってきて、秀樹の胸を矢のように射貫く。そしておまけに、可憐なのにふっくらとした乳房がむにゅっと腕で寄せられていて、秀樹の理性を破壊するには抜群——

（あ゛あ゛っ〜〜〜!!　今すぐこの天使を連れて帰りたいぃ〜〜〜!!）

そして二度と外に出られないように閉じ込めてしまいたい！　それができるならとっくにしてい

る！　できないのだ、少なくとも今は。

「……き、今日は無理かなぁ。だいぶ散らかってるしね」

内心狼狽《うろた》えながらも、そつなく「次の休みまでに片付けておくよ」と付け足す。

琴美は子犬のようにシュンとうな垂れてはいたものの、今日が突然という自覚はあったようで、素直に「はい」と頷いてくれた。その仕草がまた可愛らしくて、彼女を抱きしめる腕に力が入る。

「そんなに俺と一緒にいたかった？」

少しからかうよう微笑むと、琴美の可愛い頬がポッと色付いた。

秀樹に抱かれて女の歓びに咽《むせ》び泣いていたときは、大人の女の空気を纏っていたのに、今は少女のように愛らしい。

「……ん……」

（ああ——……尊い——……）

照れながらも甘えてくる琴美は、元アイドルということを差し引いても、人を惹きつける魅力があって庇護欲を通り越した独占欲をかき立たせる。

愛とは恐ろしいもので、心も身体も、そして未来に通じていく時間さえも、彼女のすべてを自分のものにしてしまいたいと秀樹の思考を操る。いや、秀樹を操っているのは、琴美の持つ天性のカリスマ性なのかもしれない。

秀樹は彼女のこめかみに軽く唇を押し当てた。

「来週はうちで過ごそう。ちゃんと片付けておくよ」

「やった！　嬉しいです」

素直な喜びを笑みにしてくれる琴美に、「湯冷めするといけないから」と言って、一緒に湯舟に浸かるように促す。

狭い湯舟で抱き合って、キスして、頬を寄せて戯《たわむ》れ合う。隙を見てまあるい乳房を揉みしだけば、彼女の「はあぁんっ」と可愛いらしい声が聞こえてくる。

「もぉ～秀樹さんったらぁ」

「琴美が可愛いのがいけないんだよ。俺をずっと誘惑してる」

ぷっくりと膨らんだ琴美の乳首を両方摘まんで、くりくりといじりながら軽くキュッと引っ張れば、男を誘う女の鼻にかかった独特な甘い声が上がる。

「んっ！　ンンンッ……」

「ああ――琴美……っ！」

我慢できなくなった秀樹が琴美の身体にむしゃぶりついて、いきり勃ったその屹立をとろとろの蜜壺に再び捻《ね》じ込むまで、そう時間はかからなかった。

バスルームで散々睦《むつ》み合ったあとは、料理上手な琴美が用意してくれた夕食にありつく。今日の献立は、茹《ゆ》でた豚バラ肉を酢醤油で煮込んだみぞれ煮。そして茹でたむき海老とトースターでカリカリに焼いたフライドポテトをヨーグルトであえたものと、ホッケのつみれ汁だ。マヨネーズを使わずに、ヨーグルトであえるからヘルシーさ抜群。どれも手が込んでいるように見えるのに、要領のいい琴美は並行作業でちょちょいと作ってしまう。

「つみれとかは、たくさん作って冷凍しちゃってるから、実は簡単なんですよ」と、笑いながら彼女は言うが、それは料理スキルが高いからできることだと思う。

栄養バランスと、念入りなカロリー計算がなされた美味しい手料理を二人で囲む。秀樹は料理ができないから、洗い物を買って出るのがいつしか恒例になっていた。

「じゃあ、また明日会社で」

狭い玄関で靴を履く秀樹の後ろに立った琴美は、太腿の前で重ねた白魚のような指先を無言でモジモジと動かしながら、全身で「寂しい」と、訴えてくるのが伝わってくる。そんないじらしい彼女のほうを振り向けば、秀樹の顔は自然とほころんだ。

「イブは泊まりの用意をしておいで。一晩中一緒にいよう？　琴美が離してって言っても、離してあげないから。そして正月休みは俺の部屋で過ごそう」

腰を抱き寄せ、愛らしい耳の縁にほんのわずかに唇を触れさせながら囁けば、俯いた琴美の頬がサッと赤く染まる。

「……はい……」

はにかんだ笑顔に見送られて、秀樹は琴美のアパートをあとにした。

車を走らせ、自宅マンションに到着すれば、普段、直行するリビングのソファには向かわずに、自分の寝室へと入る。

パチ――開け放ったドアの真横にあるスイッチを押すと、小さな音を立ててパッと電気がつく。

天井からのスポットライトに眩く照らされるのは、巨大なガラス製のコレクション棚だ。その中に綺麗に陳列されているのは、ＣＤ、フォトブック、白いペンライト。ブロマイドは一枚ずつキッチリと写真立てに入れられており、その後ろにはでかでかと顔写真が貼られた大量のうちわ。タオルやＴシャツは畳むことなく、その全面が見えるように広げられて、それらがコレクション棚の端から端、上から下までずらりと並んでいる。中には明らかに手作りとわかるうちわも……

その様《さま》はまるで美術館――いや、祭壇か。キッチリと並んでいるのにどこか異様な雰囲気を醸し出しているのは、どの品物もそれぞれ同じ物が三点以上あるせいかもしれない。一点しかないのはコレクションケースの中央に鎮座している白石ことりの直筆サインである。そう、琴美がキスマダールに面接に来た日に書いてもらった、あのサインである。

「ぁあああああ――っ！　俺のことりちゃんグッズがぁ――っ！　琴美に見られてしまうぅううううう――っ！」

秀樹は両手で頭を抱えて膝から崩れ落ちた。

そう、この祭壇を彩っているのは、どれもＲｅ＝Ｍ時代の白石ことりなのだ。

秀樹がファンになってからわずか半年で白石ことりは表舞台から姿を消したため、公式グッズの数が少ない。それでも社会人パワーにモノを言わせて、公式から手に入る分はすべて入手したが、それでもやはり少なかった。

手に入るコレクションを飾るだけでは満足できないのがファン心というもの……

秀樹は頭を抱えたまま、この寝室で一番目立っている白石ことりの等身大パネルに目をやった。スポットライトの光を浴びて輝く白石ことりはマイクを持ち、はにかみスマイルでウインクをしている。

今のように売れ売れになる前のRe＝Mに、等身大パネルなんて販促グッズとしても、店頭企画商材としても存在しない。これは秀樹がブロマイドを引き伸ばして個人製作した、白石ことりの等身大パネルなのだ。個人での使用の範囲内のため、著作権的にもクリアしている。が、大きすぎてコレクションケースには入らないから別枠で飾っている。

秀樹の個人製作を含む膨大なコレクションを護るために用意された完全遮光カーテンは、わずかな隙間もなく窓を覆っている。コレクションに紫外線は敵だ。もちろん、スポットライトは紫外線カットのLEDライト。コレクションケースのガラスだって、紫外線カットの加工済みである。

そして等身大パネルとは対面にあるベッドを見れば、秀樹が部屋着にしている個人製作の白石ことり顔写真入りトレーナーが、これまたキッチリと畳まれているのだ。今は冬だからトレーナーだが、もちろん夏用のTシャツも製作済みで、毎年愛用しているし、なんなら一年に一度は新しく作り直しているくらいである。

恋人《ことみ》が白石ことりと同一人物とはいえ、これを見た彼女がどう思うのか、秀樹にはとても想像できない。別に浮気しているわけでもなし、堂々としていればいいのかもしれないが、キモチワルイなんて思われたら一巻の終わりだ。

（俺……この部屋に琴美を呼べるか？）

――呼べない。呼べるわけがない。

自問自答の末にそう結論付けるが、個人製作を含むこのコレクションの数々を捨てるなんてもっとできない！

この寝室は秀樹の癒やしの空間なのだ。大好きな白石ことりグッズに囲まれ、白石ことりグッズと共に寝起きを共にする神聖な空間。この部屋と白石ことりグッズがあるから、彼女が表舞台から姿を消した六年の間も、なんとか平常心を保ってこられたのだ。でも愛する琴美本人が、秀樹の家に来ることを望んでいる。琴美が来てくれる。しかもお泊まり――

「――よし、ベッドを書斎に移動しよう」

立ち上がった秀樹は、キリッとした顔で解決策を見出した。

この寝室に比べて書斎は半分くらいの広さしかないが、頑張ればなんとかベッドも置けるだろう。こうなったらなにがなんでも……いや、無理矢理にでも置くしかない。そしてこの部屋は封印する。

(ベッドを移動するには、まずは書斎から片付けないとだな)

キスマダールでは業務の九割をデータでやり取りしているが、取材を受けた紙媒体の見本誌や、経営者団体の会報など意外と紙類が多いのだ。そういった会社に置いておく必要のない物を、秀樹はこの書斎に押し込んでいた。押し込んで――と言っても、几帳面な性格の秀樹だから、本棚にぴちーっと並んでいるのだけれど、六年分となるとだいぶ量がある。

(机を移動すればベッドは入るか？　いや、無理だな。ふたつある本棚を一つ捨てるか)

ベッドがクイーンサイズでスペースを取るのだ。

年の瀬も近い。この際だ、古い会報なんかも捨ててしまおう。

（えっと、年末の粗大ゴミ回収日は十二月二十六日か。よしよし、正月休みには間に合うな）

散らかっている部屋を綺麗にする——うん、琴美に嘘はついていないし、なんら問題もない。

秀樹はひとり、ホクホク顔で頷いた。

◆　◇　◆

「お片付け、かぁ～」

秀樹を見送ったあと、部屋にひとりになった琴美は、ベッドにゴロンと仰向けになった。

（秀樹さんって結構綺麗好きだから、普段から綺麗にしてそうだけどなぁ～。でも、わたしだって急に言われたら、ちゃんと掃除できてるか確認したくなるし……そういうものよね）

秀樹と一緒に過ごす時間は、幸せで、楽しくて、満たされて——あっという間に過ぎてしまう。だから、こうしてひとりになったとき覚えるのは寂しさ……

本当は彼が帰ってしまうのが惜しくて、なら自分がお泊まりに行けばもっと一緒にいられるのかも……なんて、期待していたのだ。

今日は無理だと秀樹は言ったが、クリスマス・イブはホテルに一緒なお泊まりの計画を立ててくれている。彼と長い時間を共にできる。今まで平日にはそんなことできなかったから、特別感満載だ。

（ふふっ！　クリスマス楽しみっ！）

枕を抱きしめて寝返りを打った琴美は、脚をパタパタと動かしながらスマートフォンに手を伸ばした。秀樹はまだ車の運転中かもしれない。なにもなくても連絡を取りたくなる恋心をぐっと抑えて、琴美はスマートフォンアプリのアイコンをタップした。可愛い女の子がマイクを持っているアイコンのアプリは、我らがキスマダール開発の大ヒットゲームアプリ〝アイドルプロデューション〟である。

『就職先のメインゲームくらいプレイしなくては！』と、琴美は就職が決まったその日からクソ真面目にこのゲームをプレイしていたのだ。初めは義務感からはじめたゲームだが、秀樹が雑誌のインタビューに答えていた『武道館に行く以外のトゥルーエンド』を知った今は、義務感などではなくその『武道館に行く以外のトゥルーエンド』見たさにプレイしていると言ってもいい。

（わたしのキャラ、だいぶ可愛くなったんじゃない？　歌ゲージも上がったし。ダンスゲージはMAXになったしね）

このゲームにやり込み要素はたくさんある。琴美が育てているキャラクターはまだ研修生。研修生の段階では、歌ゲージとダンスゲージが上がっても、バックダンサーしかできない。そこで経験値を積んで魅力ゲージを上げ、オーディションに合格するか、プロデューサーに見初められなくてはならないのだ。そうすればプロデューサーとの恋愛が解禁される。ファンが増えれば、夢の武道館に行けるのだ。

ゲームをポチポチと真剣にプレイしていると、スマートフォンの画面上部に通知が入ってきた。見ると、『Ｒｅ＝Ｍ一番くじ』と書いてある。これは、琴美があらかじめカレンダーに入れておいた予定だ。

「あっ！　Ｒｅ＝Ｍの一番くじがコンビニに入る時間だ！」

時計を見ると二十一時になっている。近所のコンビニはいつも、だいたいこの時間に一番くじを販売開始するのだ。このＲｅ＝Ｍの一番くじは、アイドルプロデューションとコラボしていて、出たカードを読み取ると、ゲーム内でコスチュームが貰えるのだ。そしてこのカード自体の作りも大変凝っていて、コレクション要素もある。Ｒｅ＝Ｍのファンならコンプリートしたくなるだろう。ライバルは多い。

（もう、お風呂に入っちゃったけど、急いで買いに行かなきゃ！　売り切れちゃう！）

琴美は手早く着替えると、メイクもせずにお財布とスマートフォンだけを持って、近所のコンビニへと走った。

◆

◇

◆

待ちに待ったクリスマス・イブ当日――

琴美は普段使いよりも一回り大きなバッグに一泊分の荷物を詰め込んで、意気揚々と出社していた。平日のクリスマス・イブなんて些《いささ》か盛り上がりに欠けるが、オフィス街の景色もクリスマス一色。街路樹はＬＥＤライトを巻き付けられ、夜のライトアップに向けてスタンバイ中だ。そんな中だから、琴美の心も朝からソワソワと落ち着かない。混み合った電車の中でも、どうかすると顔がニヤけてしまいそうだ。

(秀樹さんとホテルでお泊まり……お泊まり……きゃ～～っ！)

右手に持つバッグの中には、秀樹に渡すクリスマスプレゼントが入っている。初めは無難にネクタイを……と思ったのだが、さすがは元営業職ということもあり、ネクタイの所持数がだいぶあることは、出勤時の彼を見ているだけでもわかる。そこで考えた末に、綺麗に書き直した白石ことりのサイン色紙と、秀樹のイニシャル刻印がされたネクタイピンとカフスピンのセットを贈ることにした。面接のときに渡したサインは一発書きということもあり、久しぶりに書いたにしてはまぁまぁの出来でも、やっぱり書き直したい気持ちがあったのだ。大好きな人にいい物をあげたいと思うのは当然のことだから。

(喜んでくれたらいいな～)

そう思いながら、琴美は秘書の勉強をしはじめた頃から日課にしているニュースサイト巡りをすることにした。秘書検定の本に、社会情勢や時事ネタはひと通り網羅すべしとあったのだ。もちろん、お堅いニュースだけを見ていたって駄目だ。キスマダールはゲーム会社なのだから、ライバル社が配信する新作ゲームのチェックも怠《おこた》れない。加えて、現在進行形でコラボしているＲｅ＝Ｍを知るために芸能ニュースも――

(ふんふん。あのゲーム、今度アップデートするのね。なにを実装してくるのか書いてないなぁ。こういうのでユーザーを煽《あお》ってくるのよね……)

きっとライバル社のゲームユーザーたちはＳＮＳなんかで、次回アップデートについて、あーだこーだと推測しあっていることだろう。愛する秀樹が心血を注いで作ったキスマダール。勤めてまだ一年経っていないが、愛社精神は古株の社員にだって負けているつもりはない。

（わたしたちのアイドルプロデューションだって毎週アップデートしてるもんねーだ！　ほぅら、今月のモバイルゲーム売り上げも世界一位！　次は芸能ニュース見てみよっと。今週はゆえちゃんのキャラ追加だから、うさゆえ信者の皆さんが盛り上げてくれるはず！）

そうして、いつも見ている芸能ニュースサイトを開いた瞬間、飛び込んできたのは――

『原田Pが暴行した一般女性は、元Ｒｅ＝Ｍの白石ことりだった!?』

「っ!?」

おもわず引き攣った声が出て目を剥《む》く。都会の電車はそんな琴美の声を掻き消してくれたが、身体の中では心臓の音がバクバクとけたたましく鳴り響く。読みたくなくても目は勝手に文字を追って、知りたくもない情報を琴美に提供してくるのだ。

記事は、Ｒｅ＝Ｍ・幻の六人目のメンバー白石ことりが、今はキスマダールの社長秘書を務めていること。二人が付き合っていること。Ｒｅ＝Ｍがキスマダールのアイドルプロデューションとコラボしていること。原田による暴行事件は、Ｒｅ＝Ｍの野外コンサートの打ち上げの席で起こったこと。白石ことりが過去にも暴行事件の被害者になっていたことにも触れており、それが引退のきっかけになったとも書いてある。おまけに、まだＲｅ＝Ｍが駆け出しアイドルグループだった頃の白石ことりの写真付き！

（な、ん……で、こんな……）

一気に血が引いて目眩《めまい》を覚えた身体がよろめく。後ろに立っていたサラリーマンの背中にぶつかってしまい、「チッ」と舌打ちされた琴美は、横髪で顔を隠すようにしながら、小さくなって謝った。この人が自分を〝白石ことり〟だと気付いてはいないかという思考が頭をよぎる。そんなはずはないのに。髪型もメイクも変えた琴美を、白石ことりだと気付いた人はたったひとりなのに――

「す、すみません……」

力が入らないまでもなんとか体勢を立て直し、もう一度記事を読み直す。なにかの間違いではないかと思ったのだ。しかし、そんな琴美の期待を裏切るように、Ｒｅ＝Ｍとキスマダール、そして白石ことりの名前が列挙されている。

あの暴行事件の一報は、原田の薬物使用・所持のほうが大きくピックアップされていて、酔って暴行のほうはあまり取り上げられなかった。ましてや被害者が元Ｒｅ＝Ｍの白石ことりだなんてチラリとも出なかったのに、どうして今頃？

（いやだ……もう……なんなの……？　せっかく、せっかく……）

あんないやなことは忘れて、秀樹と幸せに過ごしていたのにどうして思い出させるのだろう⁉　どうせＳＮＳや掲示板であることないこと書かれているに違いない。確信しているのは、それがかつて、琴美自身が体験したことだから……

今の出来事と、六年前の出来事が合わさって涙がこぼれそうになるのを、唇を噛み締めて必死にやり過ごす。

（だめ……こんなところで、泣いちゃ……泣いちゃ、だめ……）

でも心は軋むような悲鳴を上げながら、琴美を確実に蝕《むしば》むのだ。辛い、悲しい、苦しい、と。どうして自分ばかりがこんな理不尽な思いをしなければならないのか。

早く秀樹に会いたい。抱きしめてほしい。あの人に会えば、きっといやなことなんて全部忘れてしまえるから。

琴美は会社の最寄り駅で降りると、秀樹のことだけを考えて一心に走った。しかし会社のビルが見えるところまで来たとき、琴美の足はピタリと止まった。

(……なに……あれ……)

キスマダールビルの玄関前に、黒い人集《だか》りができている。ワゴン車が対向車線にまで路上駐車されており、大きなカメラを持った人が複数いる。そのカメラはRe＝M時代にプロモーションビデオの撮影で見た物とそっくりだ。そのことに気付いた瞬間、琴美は彼らがマスコミであることを直感した。

「白石ことりさんはいらっしゃいますかー?　六年前の引退騒動ことも聞かせてください!」

「白石ことりさんと、キスマダール社長がお付き合いされているという噂もありますが、本当ですか!?」

「出てきてくださいよー!　お話聞かせてください!」

マスコミの傍若無人《ぼうじゃくぶじん》っぷりを、開発部長がわけがわからないといった困惑を露骨《ろこつ》に顔に出して対応している。

「あんたらいったいなんなんですか!　いきなり押しかけてきて!　取材ならアポ取りぐらいした

らいいでしょう！　あと、うちには白石ことりなんて社員はいませんよ！　社長もまだ出社してお
りません！」

フラッシュを浴びながら発せられる開発部長の怒号にも似た声に、血の気が引いていた琴美の顔
が更に青ざめていった。

（わ、わたしのせいだ……）

過去の醜聞《しゅうぶん》と、この間の出来事が合わさって会社に迷惑を掛けている。それは大好きな秀樹に迷惑を掛けているのと同じだ。そのことが琴美の胸を余計に締めつけて、この場から消えてしまいたい思いに駆られる。出社なんかできるわけがない。このまま取材を強行され続ければ、いつかは社長秘書だと知られ、そこから琴美が白石ことりだとバレてしまう。そもそもアポの取り次ぎなんて秘書の仕事じゃないか！　今頃、社長室にある琴美のデスクの電話は鳴りっぱなしかもしれない。

「ど、ぅしよう……どうしたら……こんな――」

泣きそうになりながら、一歩、二歩と後ろに下がっていくと、ドンッと背中が人とぶつかった。

「ご、ごめんなさい！」

人通りの多い時間帯のビジネス街で、立ちどまった挙げ句に後退しようものなら、人にぶつかるのは当然のこと。慌てて振り返ると、「シーっ」と人差し指を口元に当てた秀樹がそこにいた。

「琴美、こっちに」

秀樹は琴美が返事をするよりも早く手を取ると、普段は通ることのない路地裏に入り、すぐ脇にとめてあったシルバーセダンの車のドアを開けた。

「乗って。早く」

短い彼の指示にコクコクと頷いて、琴美は素早く助手席に乗った。

「秀樹さん……あの……ご、ごめ――」

ごめんなさい――そう言おうとしたとき、運転席に座った彼はハンドルに軽く両手を置いて「は～～っ！」と、ため息をついた。

「あのマスコミ見た!?　なんなんだいったい。Ｒｅ＝Ｍ効果かな？　琴美も驚いたろう？」

秀樹はいつも車で通勤しているから、出社してからニュースに目を通している。彼はまだ事態を把握していないのかもしれない。そう思った琴美は、あの記事を表示した自分のスマートフォンを、おそるおそる秀樹に手渡した。

「たぶん……これのせいです……」

たぶんなんかではなく、確実に、だけれど。

秀樹の目が記事をしての文字を追うごとに険しくなっていく。

「なんだこれは」

眉を顰《ひそ》めた秀樹の目は、静かな怒りをたたえている。その目を見ていられなくて、琴美は自然と下を向いていた。

（秀樹さん……怒ってるよね？　だって……だって……わたしのせい――）

申し訳なくて、ここから消えてしまいたくなる。

だが彼は、すぐさま自分のスマートフォンでどこかに電話をかけはじめた。

「もしもし。部長？　マスコミの相手はしなくていい。根も葉もない噂話をそれらしくでっち上げた記事が出回っているらしい。俺は今から弁護士に連絡を取る。騒動が収まるまで、しばらく出社はやめておくよ。リモートワークでやろう。社員たちにもそう伝えてくれ。平井さんには俺から伝えておくから」

電話先はマスコミの対応をしていた開発部長のようだ。スマートフォンのスピーカー越しにも喧騒が聞こえてくる。部長がオフィスの中に入ったのか、その喧騒が遠ざかったとき――

「――え？　平井さんが元Ｒｅ＝Ｍなのは本当かって？」

秀樹の声におもわず顔を上げる。部長が確かめようとしているのだろう。その〝根も葉もない噂話〟が。どこまで本当なのか、を。火の粉のないところに煙は立たないのだから。

琴美がゴクリと息を呑んだとき、秀樹は軽快な声を上げた。

「ははっ！　そんなわけないじゃないか。彼女はアイドルじゃない。でも俺の恋人というところは本当だよ」

そう言った彼が琴美のほうを見てニコリと笑う。

（あ……約束……）

この人は面接のときに琴美が言った、「元アイドルだということは内緒にしてほしい」という約束を律儀に守ってくれているのだ。こんなときだというのに……。そのことが一層琴美の胸を締めつける。

「じゃあ――」と、電話を一度切った秀樹は、スマートフォンに会社の顧問弁護士のアドレスを表示すると、ハンズフリーにして電話をかけた。

車が滑らかに走り出すのと同時に、電話が通話モードに切り替わる。

「もしもし――」

「おはようございます、キスマダールの早見です。先生はお手隙ですか？」

最初に出たのは秘書か事務員らしく、すぐに電話が弁護士先生にバトンタッチされる。

この弁護士先生には原田に襲われた件で世話になったので、琴美も少しだけ面識があった。あの事件の経緯を説明するにあたって、琴美が元Ｒｅ＝Ｍの白石ことりだということも話している。

「先生。いやー、少し困ったことになりましてね。芸能ニュースを見てもらったらおわかりになると思うんですが――あ、もうご覧になりましたか？　そうなんです。うちの秘書が襲われた事件が蒸し返されてるんですよ。本人の意思もプライバシーも無視して、私や会社のことも名指しされているので、今朝は報道陣が会社の前に詰め寄せていい迷惑ですよ、まったく――」

（ああ……）

また胸がズキッと傷んでくる。秀樹にとってこんな醜聞は迷惑以外何者でもない。当たり前のことじゃないか。

「看過しがたい状態なので、サワプロさんに連絡取って、事態を把握されているのか、どこから情報が漏れたのか、調べていただきたいんです。はい、はい――場合によっては法的措置も辞さないつもりです。よろしくお願いします」

電話を切った秀樹は「ふーっ」っと細く長いため息をつく。琴美がビクッと肩を揺らすと、安心させるように、彼の手が頭を撫でてくれた。

「大丈夫、心配しないで。先生に間に入ってもらうから。琴美はなにもしなくていいよ」

「で、でもっ！」

なにもしなくていいと言われても、心の中はザワついていて、なにかしないではいられない。でもあのマスコミの群《むれ》の中に自分が飛び込んでいけば、火に油を注ぐようなもの。余計に炎上することは間違いない。だから彼の言う通り、なにもしないのが正解なのだろう。

（わたしは……なにもできない――）

なんて役立たずな自分……

車がどこに向かっているのかはわからなかったが、琴美はそんなことよりも今の状況が苦しくて、悲しくて、情けなくて、申し訳ない気持ちでいっぱいだ。一度油断してしまえば、涙がこぼれてしまう。秀樹の秘書として、恋人として、仕事でもプライベートでも、彼を応援していたかったのに、今の自分はなんだ？　完全に足を引っ張っているお荷物じゃないか！

「とりあえず、俺のマンションに行こう。うちのマンションはオートロックもあるし、コンシェルジュも警備員もいる。琴美のアパートはセキュリティの面で心配だから、ね？」

「……はい……」

マスコミがなんらかの拍子に琴美の住所を嗅ぎ付けた場合に備えてのことなのだろう。この人はいつだって琴美を護ろうとしてくれる。護られてばかりの自分が情けない。自分は彼になにをしてあげられるんだろう？

いつもならば、車ではアップテンポな曲をかけてくれる秀樹も、今日はさすがにしない。琴美の耳に響くのは、エンジン音と同化した自分の鼓動だけ。

秀樹のマンションに着いたのは、それから間もなくのことだった。駅と併設された立体駐車場はマンションの住人専用階があり、エレベーターも独立している。このエレベーターはマンションの鍵を持っていないと動かないのだそうだ。そうして到着したのは、二階にあるエントランス兼ロビー。天井は自然光を取り入れた大きなガラス張り。優しい木目調を活かしたソファが至るところに置かれ、観葉植物や小物ひとつとっても品がある。もはやマンションというより、高級ホテルと言ったほうがいいかもしれない。このエントランス兼ロビーでもっと印象的なのは、縦も横も巨大なステンドグラスだ。幸せを運ぶ青い鳥が木々にとまっている景色が描かれていて、こんな沈んだ気持ちでなければ見惚《みと》れてしまっただろうに……今はそんな元気もない。

「お帰りなさいませ」

コンシェルジュだろう。制服に身を包んだ小柄な女性が笑顔で出迎えてくれる。秀樹は彼女に愛想よく微笑んで「ただいま」と挨拶してから、琴美の手を優しく引いてエレベーターに乗り込んだ。

チン――と、軽いベル音を立ててエレベーターがとまる。秀樹に手を引かれるまま、琴美は初めて彼の部屋に足を踏み入れた。

玄関から真っ直ぐ続いた廊下の先には、ドア一枚を挟んでリビングがある。

「どうぞ、座って？」

「……あ、はい……」

彼に促されてソファに腰を下ろしたものの、顔を上げていられない。あんなに来ることを楽しみにしていた秀樹の部屋なのに……

「琴美。ちょっと待ってて。今、コーヒー淹れるか——」

「——ごめんなさい……わたしのせいです……」

秀樹の言葉を遮って、琴美は震える声を振り絞っていた。泣かないように、泣かないようにとこらえてきた目から、涙があふれて手の甲にポタポタと落ちてくる。

まだ幼かった過去の自分が、アイドルなんてキラキラした幻想《モノ》に憧れて、その道を進もうとしなければ、こんな事態にはならなかっただろう。秀樹や会社に迷惑を掛けることも、理不尽な思いをすることもなかったはず。両親が芸能活動に反対だったのも、琴美の将来を慮ってのことだったのだというのも今ならわかる。憧れと努力だけでどうにかなる世界ではなかったのに、あの頃の自分は——

「違う」

その声にハッとして顔を上げると、秀樹の真摯《しんし》な眼差しと目が合う。その目にあったのは、力強い確信だ。

「琴美のせいなんかじゃない。それは絶対に違う」

その言葉が嬉しいはずなのに、涙はとめどなくあふれてくる。その涙を彼のあたたかい手が優しく拭ってくれた。

「琴美が謝ることなんて、なにもないんだよ。マスコミが勝手に騒ぎ立てているだけだ。ルール違反をしているのはマスコミだ」

「で、でも、わたしが芸能活動なんてしなければこんなことには――」

一度その道に入れば、たとえ引退したとしも、そう簡単には一般人とはみなしてもらえない。プライバシーなんて、あってないようなモノ。引退した芸能人の今を探る番組が人気を博した時代もあった。そういう世界なのだ。消せない過去が、人々の記憶とネットのアーカイブに残される。

だが、そんな後悔に苛《さいな》まれる琴美を、秀樹は愛おし気に目を細めて見つめてくるのだ。

「いっときでも琴美がアイドルでいてくれなかったら、俺たちは出会えなかったかもしれないよ？俺は琴美と出会えたことが、自分の人生で最大の幸せだと本気で思ってる」

「でも……でも……っ！　会社にあんな……いっぱい……マスコミが……」

秀樹がそう言ってくれるのは嬉しいが、現実問題として、今、この瞬間、彼に負担を強いているのだ。そのことが苦しい。

「それに怖いの……。こんな迷惑をかけて、あなたがわたしを嫌いになってしまわないかって」

泣きながら胸を押さえる琴美を身体ごと、秀樹の両手がふわっと優しく包み込んでくれた。

「そんな心配をしてたの？」

そう言って笑いながら、琴美の頭を丸みに沿って丁寧に撫で、目尻に、瞼に、唇を当てて、涙をすくう。髪の毛先を指に巻き付けたかと思えば、今度は首筋から掻き上げるように髪に指を差し入れられる。それがなぜかゾクッとした……いうなれば、性的な快感に近いものを肌に植えつけられたような、そんな感じ。

片膝をソファの座面に載せ、ぐっと近付いてくる秀樹の瞳の中には琴美しかいない。そのあまりにも熱い眼差しを浴びて、反射的に俯きそうになってしまうけれど、琴美の頭を包み込む手がそうさせてはくれない。

「君を嫌いになるなんてありえないよ。大丈夫、安心して。君には俺がついてる。君を傷付ける奴なんて絶対に許さない。君を世界一愛してる男が全部解決してあげる」

力強い言葉と共に、目尻にキスされて涙が吸い取られる。

ああ……どうして人間の心はこうも弱くできているのだろう？　優しさに包まれたなら、抗うこともできない。好きな人から与えられる惜しみない愛に甘えて、甘えて、甘えて——おもいっきり甘えて、溺《おぼ》れてしまいたくなる——

「うん……」

弱い自分を認めて頷いたとき、世界一優しい男の手によって、琴美はソファに押し倒されていた。

座ったまま上半身が座面に倒れた状態だった琴美の上に、秀樹が重なってくる。そのあたたかな重みは、穏やかな安心感をくれる。さっきまで悲しみにくれていたというのに、鼻から抜ける甘いため息は、彼の魅力に酔わされた女の声。

「は……ぁ……秀樹、さん……」

「愛してるよ」

優しく甘い重低音。唇が耳に触れるギリギリの距離で囁かれて、身体にビリッと電気が走った。それは琴美の身体を内側から燃やして熱を帯びさせる。じくじくとした疼きが胸の奥を駆け回って、下腹へと流れ込んできたとき、琴美の女の部分がじわっと濡れていた。

（あ……抱かれたい……）

なんて不埒《ふらち》なことを思ってしまったんだろうという、罪悪感に似た羞恥心の中には、女としての欲望が確かにある。愛する男をこの身に受け入れたい――いや、もっと率直に言うなら〝欲しい〟のだ。

髪に指を差し入れ、掻き回すように撫でてくれる手のぬくもりに、うっとりとしながら目を閉じる。すると、ちゅっちゅっと可愛らしいバードキスで唇を食まれた。いつもはそれで満足できるのに、今は物足りない。この人によって開かれて、女の悦びを植えつけられた身体が、どうしようもなく熱く疼く。この人がするセックスをもう知っているから。

「んっ――……」

躊躇いながらも口を開けると、彼の舌先が口内に入ってきて、琴美の言葉と呼吸を奪う。

（あ――……気持ちいい……）

この甘いキスに酔いしれる。自分のすべてを奪ってほしいとさえ思う。尖った舌先が口蓋を撫でるように舐められて、肩が快感に震えた。その肩を秀樹の両手が流れるように触れて包み込む。口蓋から歯の裏をなぞり、舌の付け根から絡み付くようなキスが琴美の息を荒くして――

「はぁはぁはぁ――ンッ……ぁ……あぁ……」

小さな喘ぎ声は、角度を変えたキスで再び塞がれる。口内にはとろみを帯びた二人分の唾液が混ざり、頭がぼうっとして、自分がなにに泣いていたのかすらわからなくなってしまうほど、彼とのキスが心地いい。

「……秀樹さん……」

「琴美……ごめん。こんなつもりで君をここに連れてきたわけじゃないのに……今、すごく……君が欲しい」

いつもは頼り甲斐のある凛々しい彼が、今は眉間に皺《しわ》を寄せ、男の欲望を抑え込んだ苦悶《くもん》の表情を浮かべているのだ。紅く燃え滾った彼の瞳に囚われると、なぜだかお腹の底からゾクゾクする。

最高の男に求められていることに、女としてこの上ない優越感と歓喜が綯《な》い交《ま》ぜになって、琴美に至福の歓びをもたらすのだ。

「……わたしも……わたしも、秀樹さんが欲しいです……」

「琴美……っ！」

ガバッと覆い被さってきた秀樹に唇を奪われる。

心が通い合っていることを知れば、もうとめられない。絡み合うようにキスをしながら、秀樹は琴美の乳房をまさぐってくる。タイトなビジネススーツは仕事中に恋人関係を持ち込まないという一線を引く役割を果たしていたのに、今はただ背徳感を助長させる小道具にすぎない。

シュッ――と、スピード感のある小気味よい衣擦《きぬず》れの音と共に、ネクタイが宙を舞う。見上げるとジャケットとネクタイを外した秀樹が、ワイシャツのボタンを片手で外しているところだった。

（……素敵《すてき》……）

逞しい胸元、浮き出た鎖骨、節のある長い指先。顔が整っているだけじゃない。男としても、人としても、魅力的で尊敬できる。そしてこの人が自分を猛烈に愛してくれているという事実に、琴美の目は蕩けていく。

そんなとき、無造作に片方の乳房を鷲掴みにされて、「あっ」と声を漏らす。強めに揉みしだきながら円を描く手の動きに自然と口元が緩んで、熱い吐息が漏れた。

「んっ……は……ぁんっ……」

「……ごめん。なんだか今日は、余裕がないかも……」

秀樹は小声でそう囁くと、琴美のブラウスをスカートからキャミソールごと引き抜いて捲り上げ、ブラジャーに包まれた乳房をあらわにする。そして、カップに包まれた乳房の膨らみが作る谷間に顔を埋めると、深呼吸をするように琴美の肌の匂いを嗅ぐのだ。それが恥ずかしいのに「ああ……いい匂い……」だなんて言われると、顔は火照るばかり。

「も、もぉ……秀樹さんたら……そんな……あっ！」

抗議しようとした琴美の声は、瞬時に感じた声へと変わる。秀樹がブラジャーのカップをずり下げて、乳首に吸いついてきたのだ。

ちゅぱちゅぱと音を立てながら、一心不乱に乳首を舐めしゃぶっている無防備な彼の姿に、胸がキュンとして愛おしさが込み上げてくる。この人はこんなにも自分を欲しがってくれているのだ。

そして自分も……

「……秀樹さん……」

琴美は秀樹の頭を両手で包み込むと、丁寧に頭を撫でてやった。それが嬉しかったのだろうか？

秀樹はますます強く乳首を吸って、軽く噛んだり引っ張ったり、反対の乳首まで指で摘まんでいじりながら、熱く硬いものを太腿に押し付け擦りつけてくる。形がハッキリとわかるほど盛り上がったそれは、秀樹が興奮している証。

「琴美の中に入りたい」

そう言いながら彼は、タイトスカートをたくし上げ、パンストとショーツの中に手を入れてくる。

「ああ、びしょびしょだね」

嘲《あざけ》りにも似たひと言に羞恥心が襲ってきて、琴美はおもわず両手で顔を隠した。だって本当のことなのだ。琴美のあそこは知らぬ間に愛液を滴らせ、秀樹という男を待っている。彼のあの逞しい漲りに淫らに貫かれ、彼の女にされる快感の瞬間を——

そんな琴美の心の内を知ってか知らずか、彼は人差し指と中指で花弁を開き蜜壺から湧き出る愛液を指ですくうと、コリコリとした敏感な蕾に塗り付けてきた。

「や、ぁ、……あっ、ぅ……」

左回り、右回り、円を描きながら包皮を剥いては、女の一番の弱点をツンツンと指先で玩《もてあそ》ばれ、弱々しい声が漏れる。

気持ちよくされればされるほど強くなるのは、早く挿れられたい思いだ。でも彼は、蜜口の周りは触っても、中に指を挿れてくれない。挿れてほしい。彼のあの長くて太く節くれ立った指をいっぱい挿れてほしい。そして、最後は秀樹のも——

今まで秀樹に挿れられ、中を激しく貫かれ、女として愛されてきたことを思い出しては、身体が期待に火照っていく。

「ううう……はぁはぁはぁ……ぅく……ふ、ふぅ、ぁ……ひぃん……」

口から漏れる淫らな声を抑えようとするが、女芯を弾くように突かれる度に身体がビクビクと反応してとまらない。ここをこんになにもいじられたら……

（わ、わたし……、い、いっちゃう……いっちゃうよぉ……）

目も口もギュッと力いっぱい閉じて、懸命に快感を逃そうとするけれどできない。それどころか迫り来る快感に追い上げられて、絶頂の高みへと昇りつめて――

「アアッ――――！」

仰け反って上がる嬌声は、快感を極めた女の声。顔も身体も熱い。その熱い身体をビクビクと痙《けい》攣《れん》させながら快感の余韻に浸っていると、脱力した脚からショーツとパンストが抜き取られる。そしてカチャカチャとベルトのバックルを外す音が聞こえたかと思ったら、琴美の身体の中に、熱い杭《くい》が打ち込まれた。

「ぁは――っ！」

瞑っていた目を見開き、仰け反って口を開ける。びしょびしょの蜜路を、子宮口まで一気に貫かれて呼吸がままならない。なぜなら、琴美の口は秀樹のそれによって塞がれていたから――

「んっ……ぁ、あっん、ンふぁ……」

（……ひ、秀樹さんが……わたし、の……なか、に……）

何度味わっても不思議な感覚だ。本来、ふたつの身体がひとつになる瞬間。それは動物的な欲求を孕みながらも、肉欲だけでなく、胸の内をも心地よく満たしてくれる。

快感だけではない。自分のすべてを愛されている安心感――

（好き――好き、わたし、秀樹さんが好き……）

心が蕩けて、身体も蕩けて、すべてを彼に委ねて横になったソファの上で脚を開く。タイトスカートが腰まで捲り上げられて、足首の片方はソファの背凭れの上に引っ掛けられる。服を着たまま衝動的に侵されているのに、まったくいやじゃない。むしろ、彼の性的な欲望のままに、この身体を抱いてほしいとさえ思う。

くちゅくちゅと舌を絡めながら、濃厚なキスを交わす。彼は琴美の膣が馴染むのをじっと待ちながら手探りで乳房を揉み上げてきた。

少し乱暴に揉まれただけで、乳首が押し出される。男に吸われることを覚えた乳首は、ナチュラルなベイビーピンクでありながらも、ぷっくりと膨らんでどこかいやらしい。まるで、舐めて、吸われて、甘く噛まれることを望んでいるかのよう――それを秀樹は知っていたのだろうか？　揉んでいた乳房の先に軽くキスをして、ゆっくりと口に含んで吸い上げてきた。そして反対の乳房を鷲掴みにして、キュッと乳首を摘まんだ。

「ああんっ！」

ふたつの乳首から、それぞれ違う刺激を受けて、秀樹の屹立を咥え込んだあそこがキュッと締まる。そしてお腹の奥が熱くなって、じわりと新しい愛液を滲ませ繋がった処を潤《うるお》した。

くちょ――……。秀樹が軽く腰を揺すっただけで、粘度のあるいやらしい音がする。自分の中に、淫らな女の部分があることを、好きな人に知られるのが死ぬほど恥ずかしいのに、不思議と腰が揺れてしまう。

「あっ、あっ、ンッ……ひで、き、さん……っあ！」

不意に奥を突き上げられて、声が裏返ってしまう。痛かったからじゃない……。気持ちよかったから……。そこを重点的に突き上げ、うんと強く抱きしめられて……琴美はブルブルと震えながら達していた。

「あ――……」

（……すごい、きもちぃ……こんな、わたし……、とけちゃいそう……）

身体が思うように動かない。硬い漲りは肉襞を擦りながら、ぬぷぬぷと奥へ奥へと入ってきて、琴美を優しくそして激しく蹂躙《じゅうりん》する。

「はぁはぁ……んっく、はぁはぁ……あ、はぁはぁ……ふ、はぁはぁ……」

ただ息を荒くして、はしたない声が漏れる口を必死に手で押さえながら、とろんとした目で秀樹を見上げる。

彼は額に薄く汗を滲ませ、いつもは綺麗に整えている髪を乱し、肩で息をしながら喉を鳴らす。瞬きもせずに琴美を見つめながら、一心不乱に行為に没頭している。その彼の男らしい喉仏が上下するのを見て、なぜだかまたキュンとお腹が疼いた。

「うっ！」

突然、秀樹が息を詰めてピタリと腰をとめる。それがなんとも物悲しい。

「やぁ！　もっとぉ、もっと、やめちゃいやぁ！」

　こんな舌ったらずな甘え声が自分から出るとは思わなかった。でも今までお互いに見つめ合って快感に溺れていたのに、それを取り上げられたのだ。叫ばないではいられなかった。

「ひできさん……ひできさん……」

「待って琴美、そんなに締めたら膣内《ナカ》に射精《で》ちゃうよ……」

　少しバツの悪そうな表情《かお》は、年上の彼を幼く見せて琴美の胸に愛おしさを与える。

(秀樹さん、わたしでいっぱい気持ちよくなってくれたの？)

　この歓びをどう言えばいいのだろう？　彼に快感を与えているのは自分。彼が女として見て、性衝動を抑えられないほどに愛しているのは自分。数多《あまた》のアイドル……いや、女の中から彼に選ばれて愛されている、その歓び。それを彼に返したい。彼にも味わってほしい。彼を選んだ女がここにいるということを。

「……いいですよ……」

「え？」

　聞き返す秀樹が目をぱちくりとさせている間に、琴美はアイドル時代、〝しなやかで美しい〟と評されてきた両脚をスッと彼の腰に絡ませて、呑み込むように自身に引きつける。そして、今まで自分の口を押さえていた手を彼の頬に触れさせた。

「だって好きなんです……秀樹さんのことが……」

　どうしようもなく押さえられないこの気持ちに身体ごと心も全部持っていかれて、理性なんてキレイゴトはそっちのけに、彼のことしか考えられなくなる。

「すごく欲しいの……」

強請《ねだ》るように蜜口がヒクついたのが自分でもわかった。そして、奥の蜜路さえも咥え込んだ彼の物をしゃぶって襞を這わせるのだ。これが女の欲なのか。心底惚れきった男を離したくないと、自分の中により深く引き込む。

「琴美！」

突然、秀樹が抱きついてきたかと思ったら、下からズンッと突き上げられて、息を呑むような快感が全身に広がる。そのまま二度、三度と、立て続けに出し挿れされて、甘美な欲望に満ちた声が漏れた。

「ああ……あっ、アアッ！　うぅ、ひ、でき、さん……っ、ううう――」

「はっ、はっ、琴美、琴美……っ！」

「んっ！」

唇を奪われ、いきり勃つ太くて熱い肉棒でねっとりと中を掻き回すように腰を使われて、肉襞どころか子宮口まで撫で回されては、泣きたくなるほどの快感に溺れていく。いや、琴美は実際に涙していた。この抗えない快感は、女にされて日の浅い琴美には刺激が強すぎる。

「やん！　あっ、あっ、そんな……おく、はぁ、……あっ、きゃあ！　そこ、はっ、あっ！　きもち、い、いっちゃう、秀樹さん、わたし、いっちゃう！　あっ、あっ、だめ、アアア！」

秀樹はひどく興奮しているのか、琴美の声などまるで聞こえていないかのように、本能のままに腰を動かし、集中的に子宮口をノックしてくる。口ではだめだと言いながらも、琴美のあそこはかつてない程ぐちょぐちょに濡れ、彼の動きをスムーズにするのにひと役買っている。

荒い吐息に、感じきった女の声、ぐちょぐちょという恥ずかしい粘着質な艶音《つやおと》。二人っきりの空間で、琴美は随喜の涙を流しながら何度も何度も気をやっていた。そのことに気付いていない秀樹ではないだろうに、彼は行為をやめようとはせず、じゅぼじゅぼと激しい抽送を繰り出しながら、繋がった処のすぐ上にある敏感な蕾を親指で捏ね回して、剥き出しになった女芯をピンッと弾いたのだ。

「アアッ！」

悲鳴と共にギュッと蜜路が締まり、挿れられた秀樹の物の存在を熱く感じる。張り出した雁首で肉襞が強く擦られて気持ちいい。蜜口が、蜜路が、肉襞が、秀樹の物を自分からしゃぶって締めつけ、絡み付くのだ。

秀樹は荒々しい抜き差しを繰り返しながらも、琴美の身体を操るように親指で女芯を左右に転がして嬲《なぶ》る。そこが一番弱いのに。少し乱暴な手つきは、いつもの秀樹と違って余裕がない。琴美はビクンビクンと身体を痙攣させせて、息を呑みながら唇を噛んだ。そしたら今度は秀樹が、ぷるんとした乳房を鷲掴みにしてしゃぶり付いてきたのだ。舌と口蓋とで乳首を扱きながら吸われて、そこがじんじんと熱くなる。

食べられているみたいだった。

（あ……もぉ、だめ……お、かしく……なるっ……）

「はっ、はっ、は……あぅ、う……ァひ、はぁはぁは……ぅ」

身体から力が抜けて、玩ばれた女芯からじゅわぁ～っと快液が吹き出てくる。羞恥心を勝る快感に、琴美の目はとろんと蕩け、キスされすぎて腫れぼったくなった唇を艶めかせて、甘い息を吐く。

「琴美、射精《だ》すよ。琴美の膣内《なか》に射精《だ》すよ。いい？」

切羽詰まった秀樹の声が微かに聞こえる。琴美は返事の代わりに両手両脚を彼に絡み付けて、大きく背中をしならせた。

ギュッと蜜路が締まり、挿れられた秀樹の物に吸いついて離さない。ビュッ！　ビュッ！　っと何度も繰り返して射液を膣内に勢いよく注ぎ込まれて、頭の先からつま先まで電流が走ったかのような衝撃的な快感は、やがて得も言われぬ多幸感へと変わり、自分が世界一幸せな女なんだと知る。

夢を諦めて逃げた自分……。こんな自分をずっと応援してくれていた人。数多の女の中から再び見つけてくれた人。なにがあっても護ってくれる人。愛してくれる人。

そんな、かけがえのない人に出会えたのだから――

自然と笑みがこぼれた。

「ひできさん……だいすき……」

「琴美、俺もだよ」

繋がったままキスを求めてくる彼に応じながら、琴美は安心したため息をついた。

◆　◇　◆

行為のあと、いつの間にか眠ってしまった琴美を寝室のベッドに寝かせた秀樹は、スヤスヤと寝息を立てる彼女の頬を軽く撫でてから、じっと思考を巡らせた。

（あの記事……出処はどこだ……？）

琴美が原田の暴行事件の被害者だと知っているのは、あの現場にいた人間と警察関係者だけだ。漏れるならそこからしかない。サワプロ？　いや、稼ぎ頭であるＲｅ＝Ｍの名前を、こんな事件で出されたくないはず。松井に至っては秀樹が警察を呼ぶことすらいやがっていた。幻の六人目のメンバーなんて見出しを付けなくたって、Ｒｅ＝Ｍは不動の売れっ子だ。警察には守秘義務がある。被害者の情報を漏らすなんてとんでもないことだ。だが、その手の不祥事がたまにニュースになっているのも事実で……

琴美は震えながら泣いていた。責任感の強い彼女だ。会社や秀樹に迷惑を掛けたと自分を責めている。彼女のせいなんかじゃないのに。迷惑なのはマスコミと、マスコミに情報を漏らしたクソッタレだ。お陰で計画していたクリスマスはぶち壊し――秀樹の怒りは収まらない。

（犯人を見つけたら絶対後悔させてやる！）

◆　◇　◆

「んっ……」

なにげなしに寝返りを打ったとき、腕にあたたかくて固い物が当たった違和感を覚えた琴美は、仰向けの状態で薄く目を開けた。

ぼんやりとした視界に映るのは、見覚えのない天井だ。そしてその見覚えのない天井には、どこか見覚えのある懐かしいモノが掲げられていて——

「えっ⁉」

一気に目が冴えて、仰向けになったままクワッと目を見開く。

「おはよう」

天井に向いていた琴美の意識を引っ張ったのは、愛おしい人の声だ。

「秀樹さんっ！」

片肘を突いた手で頭を支えて寝そべった秀樹は、愛おしさの滲む優しい眼差しでこちらを見ている。秀樹のほうを向いた琴美は、ここでようやく、自分がベッドに寝かされていることに気が付いた。お互いを貪り合うように愛し合ったあとの記憶は朧気《おぼろげ》だ。たぶん、秀樹の言葉に安心したこともあって、そのまま眠ってしまったのだろう。それを示唆するかのように琴美は裸だ。

（もしかして、ずっと寝顔を見られてたのかな？　なんか、恥ずかしい……）

まだ湿り気のあるあそこを意識して、両脚をモジモジと擦り合わせる。

朝から彼氏の部屋に呼ばれて、そのままリビングのソファでセックスなんて、頽廃的《たいはいてき》な背徳感を覚える。しかも、自分から中に射精《だ》してもらうように懇願してしまった……。本当は顔から火が出るほど恥ずかしくて居たたまれず、秀樹の目を逸らすように咄嗟に天井のモノを指差した。

「あの……あ、あれって——」

そこにあるのは琴美が現役時代のＲｅ＝Ｍの定番商品である通称〝メンバータオル〟。Ｒｅ＝Ｍのメンバー一人ひとりが等身大に近い大きさでプリントされたバスタオルである。それが今、ベッドの真上の天井に固定されているのだ。もちろん、白石ことりのタオルである。

さすがに動揺して秀樹のほうを見ると、彼の肩越しにはガラス製のコレクション棚があり、その中には、これまた見覚えのあるグッズたちが勢揃いしているではないか。

秀樹は首の後ろに軽く手をやりながら、耳を赤くして恥ずかしそうに俯いた。

「ここ、俺の寝室兼コレクションルームなんだ。毎朝、ことりちゃんタオルに『おはよう』って言って、夜は『おやすみ』って言うのが日課で……。琴美が遊びに来てくれる日までに書斎に移しておこうと思ったんだけど——」

間に合わなくて——と言う彼からは、恥じらいの他にどこかバツの悪いものがある。移動させようとしていたからには、本当はこれを琴美に見られたくはなかったのかもしれない。

(わたしが引くと思ったのかなぁ)

むしろ、とても嬉しいのに。白石ことりをこんなに大切にしてくれる人だから、平井琴美のこともきっと大切にしてくれる。

琴美は柔らかく微笑んで、秀樹の唇に軽く人差し指を当てた。

「秀樹さん……今夜からは『おやすみ』も『おはよう』も、全部直接わたしに言ってくれますか？」

さっきまで俯いていた秀樹の顔がパッと上向いて、琴美を見つめる目が大きく見開かれる。そしてこれ以上の喜びはないと言わんばかりに一気に破顔した。

「もちろんだよ！　琴美が側にいてくれたら、俺はなんでも頑張れる！」

ぎゅううっと強く抱きしめてくれる腕に安心して目を閉じた。

護られている。大切にされている。愛されている――

そしてこの人は、与えてくれるだけでなく、琴美自身を必要としてくれるのだ。

(ああ……嬉しいな。わたし、誰かを元気にできる存在になれたんだ)

たったひとりのための存在《アイドル》でもいい。自分が本当になりたかった存在になれた気がする……

琴美は秀樹の背に手を回して、そっと上下した――その途端、琴美の太腿……正確には脚の付け根辺りに、異質なモノがムクムクと蠢《うごめ》いて硬く聳《そび》え勃っていくではないか。秀樹も裸だったのだ！

さすがにコレがなんなのかわからない琴美ではない。

「え？　あ、あの……えっと、ひ、秀樹さん……？」

肌に押し付けられたモノの熱さと硬さに目眩を覚える。

(え、や、やだ、すごく、お、おっきくなってる……)

怖くはないがドキドキする。こんなの、片脚をひょいと持ち上げられただけで、裸の琴美は為《な》す術《すべ》もなく挿れられてしまうのでは？　そう思っただけで、子宮がじゅんっと疼いて、あそこが新たに湿っていくのを感じる。まるで、挿れてもらうのを待っているかのように蜜口がヒクついて、自分でもとめられない。

「ごめん、琴美……。また、してもいい？　琴美が、俺のベッドにいるって思っただけで、すごく興奮する――」

秀樹はその言葉通りに、屹立の先から先走り汁を垂らし、琴美の脚の付け根から下腹を擦るように上下に腰を揺する。そして、琴美を抱きしめていた手で背中をツーッとなぞってから、むっちりとした尻肉を撫で回し、後ろからその長い指を割れ目に滑り込ませ、ぷつっと蜜口に指を浅く差し入れてきた。

「はぁぁんっ！」

自分でも信じられないような声が上がって、心臓がけたたましく鳴り響く。抑えきれない女の欲望が、ヒクついた蜜口からとろーっと滴ってきた。

この人に抱かれたい。何度でもあの逞しいモノを挿れられたい。こんな浅い処じゃいやだ。もっと深く、指では届かない処をいっぱい突いてほしい。「やめて」なんて口走ってもやめないでほしい。めちゃくちゃにして、本能のまま、また中に射精《だ》されたい。この人が欲しい――

ああ、これが女の性《さが》なのか。好いた男のすべてが欲しいがために、身体を濡らして疼かせる。そしてその性《さが》に、愛される歓びを知った女は抗えないのだ。理性もなにもかも吹き飛ばして、愛欲の奴隷になる。

「……はい……いっぱい抱いてください……」

琴美がそう言った途端、膝裏を通して片脚を持ち上げられ、しっかりと固定される。そして、いきり勃った肉棒が奥までずっぽりと差し込まれた。

「アアッ！」

鋭《するど》い快感に打たれて、琴美は仰け反って悲鳴を上げた。が、秀樹は琴美の腰を両手でガッチリと掴み前後に揺すりながら、ずぼずぼと抜き差ししてきたのだ。強制的に腰を動かされながらの出し挿れに、琴美はただ為す術もなく感じるだけ。

「ひゃ、あ、っぁ……んく、ひで、きさ……すき、すき……すき、う〜〜ぁ、ああ、すきです……」

「琴美……俺も、俺も好き。愛してる……はぁはぁ……はぁはぁ……ね？　側にいて。俺はずっと君だけなんだ。君しか考えられない」

琴美はコクコクと頷きながら、懸命に秀樹に縋りつこうとしたが、身体が思うように動かない。琴美の身体は、迫り来る快感に震えながら目を瞑り、持ち上げられた脚のつま先をキュッと丸めて、子宮が痙攣する程突き上げられ、ひたすらに絶頂を味わう。

琴美が達したのに気付いたのか、秀樹はその身体を使って琴美をベッドに沈め、上からのし掛かるようにして唇を合わせてきた。

「は——……んぅ……」

口内を蹂躙《じゅうりん》するように秀樹の舌が入ってきて、琴美のそれに絡み付いてくる。琴美の腰を掴んでいた彼の手は、いつの間にか乳房を揉みしだき、乳首をキュッと摘まんできた。

「〜〜〜〜！」

達したばかりの身体は、些《さ》細《さい》な刺激も敏感に感じ取り、琴美の意識を快感で埋め尽くしていく。

（はぁはぁ……気持ちいぃ、それ、いいの、あ——すごい、深いよぉ……ああ、秀樹さんが、胸吸って……ゃあ、だめ、胸吸われながら、こんな、奥突かれたら、わたし……ああ、いく、いく、また、またいっちゃう……！）

一回一回を鋭く穿《うが》たれる度に、頭の中が真っ白な快感に塗りつぶされて、再びキスされる。唾液で濡れた唇から奏でられる糸を引くような高いソプラノは、完全に女の声だった。

「――――ッ！」

何度目かの絶頂に、身体がフワフワワと浮いたようななんとも言えない不思議な錯覚を覚える。

「琴美、愛してる。俺だけの琴美になって……」

交わりながらギュッと抱きしめられ、耳元で聞こえる声に安堵する。歌詞にたまに出てくる〝幸せに包み込まれる〟とは、このことなんだろうか？

（……はい……）

それは言葉にはならなかったが、合わさった唇を通して彼に伝わったのだと思う。

琴美の中に、熱い射液が幾度にもわたって注がれたのだった。

◆　◇　◆

記事が出てから、琴美は秀樹のマンションで過ごすようになった。秀樹が言うセキュリティ面のこともあったが、なによりも琴美自身が彼の側に居たかったからだ。

ただ秀樹の仕事は、テレワークでなんとかなっても、秘書の琴美はやることがない。会社にかかってきた電話は直接秀樹のスマートフォンに転送され、会社にマスコミが張っている以上、郵便物のチェックもできない。

『大丈夫。こんなときだし、琴美は休み』そう言って秀樹は琴美の心労をねぎらってくれるのだが、働いている彼の横で悠長になにもしないでいられる琴美ではない、琴美は自分から家事全般を引き受けることを申し出た。食材はネットスーパーで注文し持ってきてもらえばどうとでもなる。

秀樹は少し考えた素振《そぶ》りを見せたが、今は外食をすることもリスクがある。琴美の負担にならないならと、了承してくれた。

芸能雑誌やウェブコンテンツに「お詫《わ》び」と題された謝罪記事が載ったのは、それから間もなくのことだった。

「なんだこれは。広告記事より小さいじゃないか！」

露骨に不満を顔に出した秀樹は、納得いかない様子でスマートフォンをダイニングテーブルの端に追いやった。

Ｒｅ＝Ｍの名前が出た記事に、サワプロの動きは速かった。サワプロの公式ホームページとＲｅ＝Ｍファンサイトに、「原田プロデューサーが薬物を使用した上で一般女性を暴行した件について」という速報記事がアップされ、Ｒｅ＝Ｍ幻の六人目のメンバーが被害者だという記事を全面的に否定したのだ。それはＲｅ＝Ｍの評判に傷を付けたくないがための行動でもあっただろうが、なにより強かったのが秀樹からの圧力だ。

『会社の前に報道陣が詰めかけて仕事にならない上に、自分の恋人のことまで詮索されて不愉快だ！　この損害をどうしてくれるのか！　サワプロとのコラボ契約は打ち切る！』

と、秀樹が啖呵《たんか》を切ったものだからサワプロは大慌て。なにせ相手は飛ぶ鳥を落とす勢いのスマートフォンゲームの大手企業。一日の売り上げは、ウン千万。その社長の仕事をストップさせたとなれば、賠償金はいくらになるのか身震いするところだろう。アイドルプロデューションとのゲームコラボでＲｅ＝Ｍのグッズ売り上げは過去最高を更新中。今、コラボ契約を打ち切られたら、マスコミはなにかあるぞと、今度はＲｅ＝Ｍに目を向けるだろう。

金の卵を産む鶏に火の粉が降り注ぐのを全力回避したいサワプロは、事の発端となった原田にすべてをおっ被せて早期解決を図ったのだ。まぁ、原田が薬物を使っていたことも、酔って〝一般女性〟を暴行したこともすべて本当のこと。ただ、その〝一般女性〟とＲｅ＝Ｍとの関係を全否定した形だ。どの道、毎年恒例の年越し歌番組で、すべて有耶無耶《うやむや》になると踏んでいるのだろう。

「そういうものですよ、マスコミは」

ダイニングテーブルにトーストとスクランブルエッグ、彩りのよいサラダ、それからコーヒーといった遅めの朝食を並べながら、琴美は眉を下げて苦笑いした。

報道は大きく、謝罪は小さく。今も昔も変わらないマスコミの体質だ。

被害者の〝一般女性〟がキスマダール社長、早見秀樹の恋人かどうか？　については報道陣も詮索したくてウズウズしていたようだが、秀樹が『テレビのスポンサーを降りる』と、必殺カードを切ったお陰で、琴美は名もなき一般女性のままだ。

スマートフォンゲーム市場ナンバーワンの地位は伊達《だて》じゃないわけだ。

「だからマスゴミなんて言われるんだ」

普段は冷静な秀樹が、琴美《じぶん》に関することにはこんなに怒ってくれているんだと思うと、ちょっぴり嬉しくなってしまう。いつもそうだ。秀樹は琴美を護ろうと、いつも全力を尽くしてくれている。琴美の気持ちに寄り添おうとしてくれている。そんな人だから、好きになってしまったのかもしれない。

「だいぶ噂も収まってきたみたいだし、いいじゃありませんか。それよりもお料理が冷めちゃうからどうぞ」

「琴美は優しいね。一番の被害者なんだから、もっと怒っていいんだよ？」

彼はそう言いながら、「いただきます」と手を合わせた。

「はぁ……朝から琴美の手料理を食べられる幸せ……」

「そんな大袈裟な」

トーストは焼いただけだし、スクランブルエッグだって簡単。サラダはレタスをちぎって蒸した豆類、ミニトマト、ツナを添えて、オリジナル和風ドレッシングをかけただけだ。そんなに手が込んだものではない。コーヒーに至っては、秀樹愛用のコーヒーメーカーが、カプセルをセットするだけで淹れてくれる。なのに秀樹は、琴美の用意した料理をまるで神からの下賜品のようにありがたがって食べるのだ。

「大袈裟なんかじゃないよ。だって、三食推しの手料理だよ!? こんなファンサある!? ないでしょ！　推しと同じ物を食べる一体感……推しと衣食住を共にできる歓び！　最高だ！」

恍惚《こうこつ》と言っていい表情を浮かべる秀樹を見て、琴美はクスクスと笑った。

「もう、秀樹さんったら！」

恋人になった今でも、秀樹にとって琴美《じぶん》は〝推し〟で、特別な存在らしい。そのことが嬉しくて、どこか擽ったい。

二人で笑いながらの朝食に、ブーイングを思わせるブーブーブーといった振動音が鳴り響いた。ダイニングテーブルの端に追いやられていた秀樹のスマートフォンからだ。

秀樹は手にしたスマートフォンの画面を見ると、少し眉を寄せた。

「松井さんからだ」

「えっ？」

今回のトラブルについて、秀樹が苦言を申し立てたのはサワプロの営業企画部に対してだ。つまりは竹林に、だ。竹林をはじめ、サワプロのお偉いさんからはすでにお詫びがきている。それは電話だったり、文書だったり、直接顔を合わせてではないけれど。

そんな中で、急にかかってきた松井からの電話……。ほんの少しの違和感を覚えながらもコーヒーに口をつける。電話に出た秀樹をじっと見つめていると彼の表情はますます険しくなり、最後には大きなため息をついた。

「はぁ……わかりました。では昼ごろに、うちの会社に来ていただけますか。謝罪記事が出たんだ、会社に張ってるマスコミも減っているでしょうしね」

それから二、三話して、秀樹は電話を切った。

「松井さん、なんの用件だったんですか？」

「今回の件で、直接詫びを入れたいんだそうだ」

「ああ……」

（松井さんも大変なんだろうな）

事件の際もその場にいた松井だ。上からいろいろと言われたのは間違いないだろう。「被害者と昔から面識のあるおまえが直接詫びに行け！」というやり取りが容易に想像できる。問題を起こしたのは原田なのに、とんだとばっちりだ。

「そういうことで、琴美。君も一緒に会社に来てくれないか」

社長の顔になった秀樹に見つめられて、琴美は小さく息を吐いた。本音を言えば、気乗りはしない。だが、キスマダールとサワプロが今後もビジネス上のお付き合いをしていくなら、これは必要な儀式だ。キスマダールとサワプロの縁を結んだ人間として割り切りが必要なところ。

「わかりました。お供します」

琴美も秘書の顔になってわずかに微笑む。すると秀樹は優しく目を細めて頭を撫でてくれた。

◆　◇　◆

身支度を調えて、秀樹が運転する車で会社に向かう。時間にして二十分程の距離だ。

まだマスコミが押し寄せてやしないかハラハラしていたのだが、そんな琴美の心配とは裏腹に会社ビルの前は、ただ道を行き交うサラリーマンたちがいるだけだった。秀樹が予想した通り、謝罪記事の効果のあらわれなんだろう。

秀樹がまだリモートワークの業務命令を撤回していないので、社内には誰もいない。サワプロの人間と会うには好都合だろう。秀樹が面会場所に自社を指定した理由がわかった気がした。

「わたしはお茶の支度をしてきますね」

「ああ、頼むよ」

重厚な椅子に腰を下ろした秀樹に断って、琴美は社長室を出たすぐ隣の給湯室に入った。一週間使っていなかっただけなので、ひどい汚れなんてものはないがそれでもひと通り茶器を洗って、電気ケトルでお湯を沸かしておく。

(謝罪か……。松井さんも大変ね。他にも誰か来るのかな?)

竹林辺りは来そうである。念の為に湯呑みを余分に用意していたとき、給湯室のドアがノックされた。

「琴美。向こうさんが着いたそうだから、下まで出迎えに行ってくるよ」

そう秀樹が言うものだから、琴美は慌ててドアを開けた。

「お出迎えならわたしが参ります」

それこそ秘書の仕事だ。だが秀樹は「いいよ」と首を横に振って苦笑いした。

「琴美の顔を見るなり一階で謝罪大会をされても困るしね」

キスマダールの自社ビルは一階エントランスホールが一面ガラス張りだ。つまりは外から丸見え。

そんな場所で謝罪されようものなら、せっかく収まりかけたゴシップが再燃焼してしまう。

「俺が行くから琴美はお茶をお願い」

「わかりました」

秀樹がエレベーターで一階に向かうのを見送ってから、琴美は松井と竹林と秀樹を想定して、とりあえず三人分のお茶を用意することにした。出社途中で買ったお茶菓子も皿に盛る。

ポン――と、跳ねるような独特な電子音が、エレベーターの到着を告げる。秀樹が客人を連れて戻ってきたのだろう。

「――いや、本当に、早見社長のお怒りもごもっともです。こんなことになるとは、あのときはつゆともおもわず、申し訳ないと――」

「それは平井本人に言ってください」

松井の謝罪を秀樹が撥《は》ねつけている声が聞こえる。秀樹の予想通り、松井はエントランスホールから謝罪大会を初めてしまったのだろう。

(松井さんらしいや)

少し苦笑いして、琴美はお盆に湯呑みとお茶菓子を載せた。

ノックをして声をかけてから、社長室のドアを開ける。

「失礼します」

秀樹の他に部屋にいたのは、予想通りの松井と竹林。そしてRe＝Mのメンバーである赤坂かすみと、黒木なぎさだった。リーダーと、今やグループの中心的存在がなぜ一緒に？　二人は舞台の上からは想像もつかないような、黒いスーツに身を包んでいる。

（男の人ばっかりになっちゃうと、わたしが怖がるかもとか気を回してくれたのかな？）

男に暴行された件の謝罪なのだ。そういう配慮をしてもらえたのかもしれない。琴美がそうポジティブに考えたとき――

「ことり！　今回の件は本当に申し訳ないっ！　この通りだ！」

松井が土下座をせん勢いで腰を折る。そして隣にいた黒木なぎさの腕を軽く小突くのだ。

「なぎさ！　ほら！　おまえも謝るんだよ！　おまえがやったことだろ！」

「え？」

ふてくされる黒木なぎさの後頭部を押さえつけて、無理矢理頭を下げさせようとする松井の言っている意味がわからない。

キョトンとしたまま答えを求めるように、一番親しい赤坂かすみのほうに目を向ける。彼女は一度バツが悪そうに視線を下げた。が、思い切ったように顔を上げた。

「なぎさがやったの……なぎさがマスコミに事件の情報を流したの……。早見社長とことりが付き合ってることも全部……竹林さんが記者にネタ元を確認してくれて――」

「ああ――」

力のない声が漏れて、どこか胸の奥で「そうか」という思いが浮かぶ。あの打ち上げのとき、なぎさが琴美のことをよく思っていないことは明らかだったから。

「と、とりあえず皆さん座って？　松井さんも、なぎさちゃんも頭を上げてください。あ！　お茶が足りませんね！　わたし、お茶を淹れて――」

早口でまくし立てる自分の心臓がバクバクしているのがわかる。なぎさが、気に入らない琴美を貶《おとし》めるために、マスコミにネタを売ったという事実に、おもいっきり動揺している自分がいるのだ。

（な、なぎさちゃんも、魔が差した、ってこと、だよね。うん！）

「それだけじゃないの！」

お茶を淹れ直すために社長室を出ていこうとする琴美を遮ったのは、かすみの悲痛な叫びだった。

「なぎさが……なぎさが、原田を打ち上げに呼んでたの……。あの日、本当は原田は来ないはずだったのに、なぎさが……」

「え……」

おもわずなぎさのほうを見ると、視線を斜め下に向けて、松井のせいで乱れたボブを手櫛で直している。

「ハイハイ。私がやりましたー。原田Pがことりサンにどハマリしてるの知ってたんでー、顔合わせればなんかやらかしてくれるかなーって。結局未遂とかダサい顛末《てんまつ》でツマンナイから、過去ネタと合わせてマスコミに売ってみただけなんですけどー。ゴメイワクおかけしてスミマセーン」

「あんたって子は！」

かすみが金切り声を上げて、パーンと勢いよくなぎさの頬を引《ひ》っ叩《ぱた》く。そこに松井が「顔はやめて！　顔は！　アイドルなんだから！」と止めに入る。

（え……？　わざと……？　呼んだ？　あの男を？　未遂が、つまらない……？　なんで？　ど、どうして――）

なぎさの言葉ひとつひとつが理解できない。

打たれた頬を手で押さえたなぎさが、憎悪の籠もった目で睨んだのは、打ったかすみではなく琴美のほうだった。

彼女からよく思われていないことはわかっていた。でも実際は、ここまでされる程、自分は彼女から憎まれていたと？

恐怖に肌が粟立つのと同時にグラリと足元が揺れ、急にその場に立っていられなくなって――

「危ない！」

あたたかくがっしりとした身体に後ろから包まれて、あわや落としそうになっていたお盆を支えられる。冷や汗をかきながらぎこちなく振り返ると、眉間に深々と皺を寄せた秀樹がそこにいた。

「琴美、座ろう」

今まで黙って成り行きを見守ってくれていた秀樹に促されて、震える足取りでソファに向かう。

座るのと同時に肩を抱くようにそっと手を添えられて、ひとりじゃないことを感じて琴美はようやく息を吐《つ》くことができた。

「痛ッいわね！　なにすんのよ！　なんであたしが殴られなきゃなんないのよ！　元はと言えば、根性のないそいつが原因じゃないの！　枕のヒトツやフタツなんだってのよ！　減るもんじゃあるまいし！　必死になってソロデビューのチャンスを掴んだってときに、こんな根性なしが抜けたユニットの穴埋めに回されて、あたしの人生めちゃくちゃよ！　それだけじゃなくて、今度はそいつがソロデビュー⁉　そんなの誰が認めるもんですか！　自分の人生、狂わせた奴に仕返ししてなにが悪いのよ！」

強い喉から発せられる言葉は、なぎさの人生と思いをそのまま載せて、琴美に投げつけられる。

（……なぎさちゃん……）

彼女の歌が強いのは、彼女自身が強いからだ。いや、強くあらねばならなかったのだろう。言葉の端々から垣間見える彼女の人生に胸が痛くなる。でも彼女は、琴美に——白石ことりに——同情なんてされたくないんだろうということも同時にわかる。だからこそ、掛ける言葉が見つからない。

「なぜ？」「どうして？」琴美のその疑問に、なぎさはすべて答えているのだから。

「なぎさ！　あんた——」

「その怒りは、本当に琴美に向けられるべきものだったのかな？」

頭に血が上ったかすみの言葉を遮ったのは、秀樹の落ち着いた声だった。その場にいた全員の視線が秀樹に集まる。でも彼は動じずに、琴美の背中をゆっくりとさすりながら話を続けた。

「君の今の状況が、君の意思とは違うというのはわかった。でもそれは、琴美が決めたことじゃないよね？」

「そいつが逃げたからあたしが身代わりにされたんじゃない！」

「じゃあ、君を身代わりに選んだ人間は誰なんだい？　いるはずだろう？」

「ッ！」

秀樹が淡々と突きつけた事実に、なぎさが言葉を詰まらせる。

「君が怒りを向ける相手は、君のソロデビューを撤回してＲｅ＝Ｍに入れることを決めた人間じゃないのかな？　原田とか、サワプロのお偉いさんとか——まぁ一番は、その決定に逆らわなかった君自身だろうけどね」

（あ……）

秀樹の言葉はそのまま琴美の胸にも刺さる。そう——あのとき、上がくだした決定に逆らわなかった。夢を叶える別の道を模索しなかったのは、琴美も同じだから……

「本当は自分でもわかっているんだろう？　琴美に理不尽な八つ当たりをしているって」

「うっさい！　なんなのよ！　なんであたしばっか割を食わなきゃなんないのよ！」

「割を食ってるのは君だけじゃないよ」

秀樹は一度言葉を切ると、琴美の頭をそっと撫でてきた。

「琴美は原田のせいで、味わう必要のない苦痛を味わったし、Ｒｅ＝Ｍからもサワプロからも追い出された。全国の白石ことりファンの落胆は凄まじかったよ。——でも君を歓迎するファンの声も確かにあった。それは揺るぎない事実だ」

「…………」

なぎさは視線を下げ、ブルブルと肩を震わせて唇を噛み締めている。その姿が六年前、悔し涙を流した自分の姿と重なり、見ていられなくなった琴美はおもわず立ち上がって彼女に駆け寄った。

「ごめんね。なぎさちゃん……わたしが弱かったから……アイドルになりたいって意志を貫けなかった。なぎさちゃんがＲｅ＝Ｍに入るって聞いたとき、わたし気持ちが折れちゃったの」

「……なに？　あたしのせいだって言いたいの？」

怒りに満ち満ちたなぎさの目だが今は怖くない。

許さねばならないのだ。

六年前のことも、今回のことも。自分の身に降りかかった恐怖そのものを忘れてしまうためにも、すべてを呑み込んで心の奥底に蓋をする。そしてその蓋が開かないように、幸せを自分で積み上げていくしかない。

許すということは、前を向いて歩くということなのかもしれない。

「違うよ。ただわたしが弱かったっていう事実だけ。それ以上でもそれ以下でもないよ。自分より力のある子が代わりに入ったって聞いただけで、呆気なく自分の夢を手放したの。そんなわたしに、再デビューする資格なんてないと思ってる。——なぎさちゃんがセンター張って、人気なのも、なぎさちゃんが持ってるアイドルとしてのプライドがお客さんに伝わるからだと思うよ。自分がナンバーワンだっていう強い意識がバンバンこっちに伝わってくるの。それって、すごく触発される。わたしも頑張ろうって気にさせてくれる。なぎさちゃんは、そんなアイドルなんだと思うな」

「なによ！　あたしのこと、なにも知らないくせに！」

噛みついてくるなぎさの目に、ほんの少しだけれど動揺が走ったのが垣間見えて、琴美の頬はおもわず緩んだ。

「そうだね。正直、Ｒｅ＝Ｍを抜けてからは辛《つら》くて見られない時期もあったよ。でもさっきの感想はこの間、生で舞台を見て感じたことだから。うたばんも絶対見るからねっ！」

おどけながらなぎさを見つめ、そしてかつての仲間であるかすみを見る。二人がＲｅ＝Ｍのツートップであることは間違いない。二人が力を合わせれば、Ｒｅ＝Ｍはもっともっと輝くだろう。

「二人ともちゃんと仲直りしてね。じゃなきゃ、大晦日《おおみそか》のうたばん心配〜」

「うっさい！　余計なお世話よ！」

なぎさは社長室のドアを荒々しく開け放つと、そのまま走って部屋を出ていく。その目に、いっぱいの涙がたまっていたことには、気付かないふりをしてやるのが情けというものだろう。

「なぎさ！　待ちなさい！」

すかさず、かすみがなぎさのあとを追う。

「な、なぎさ！　かすみ！　――すみません、本当にこの度は大変！　大変申し訳ありませんでした！　なぎさにはよーく言い聞かせますから、何卒……」

松井は米つきバッタのように何度も何度も頭を下げて、二人のあとを追って部屋を出ていく。

残された秀樹と琴美、そして竹林は互いに顔を見合わせて、なんとも苦々しい笑みを浮かべた。

「落ち着きかなくて申し訳ない。今回の件は、完全に我が社の監督不行き届きです。なぎさにはそれなりのペナルティーを考えています。これで今回は収めていただけないでしょうか」

竹林は懐から厚みのある白い封筒を出すと、頭を下げつつ琴美に向かって差し出してきた。どう見てもお金だった。つまり、なぎさに関して示談ということにしてほしいという意図なのだろう。大人のやり方だろうが、まったく以て反吐《へど》が出る。

「こちらはお持ち帰りください。いただく理由がありません」

「いや、しかし――」

「本人がいらないと言っているじゃありませんか。彼女に圧力をかけているつもりがないのなら、引き下がるべきでは？」

秀樹から出たひと言で、竹林の顔色がサッと変わり、面目ないとうな垂れる。

「私も耄碌《もうろく》しましたな。なんでも金で解決しようなどと……」

「誤解しないでください。わたしはなぎさちゃんのことを告発する気はサラサラありませんから」

原田のことは別だという含みを持たせた言い方に、竹林は苦笑いをして封筒を懐にしまった。

「原田の件はサワプロは感知しません。そもそも会社が違いますから、司法に委ねるまでです」

そして禊《みそ》ぎが済んでから、また原田の才能に集《たか》るのだろう。もっとも、その才能が薬物による幻覚でなければ、の話だが。

「ところで平井さん。こんな騒動があって言うのもなんですが、白石ことりのソロデビューの話はサワプロの中でも六年前からあったんですよ。松井の話だと歌唱力も声量も衰《おとろ》えてないそうですね。あなたなら、女性アーティストとして現代を牽引できると私らは踏んでます。復帰を望めば、事務所は全力で後押しします。もちろん、原田はかかわらせません。どうですか？」

竹林からの思わぬ申し出に琴美は苦笑いするしかない。琴美の心はとうに決まっている。それは簡単に覆《くつがえ》せるものじゃないのだ。

「ありがたいお話ですが……お断りします！　わたし今、自分のなりたかったアイドルに、なれてる気がするんです。今の自分にとても満足してます。だから申し訳ありません！」

溌剌《はつらつ》とした笑顔を向けると、竹林は首の後ろに手をやって残念そうに目を細めた。

「あーその笑顔、もったいないなぁ。いやはや……昔スカウトマンをやっていた自分からすると、金の卵を産む鶏を逃がした気分ですよ」

原田の手前、Ｒｅ＝Ｍに戻すことが叶わなかったとしても、ソロで出してやろうという計画はあったと——サワプロとしても、〝白石ことり〟の実力を高く評価していてくれたのだろう。ただ、それより先に琴美の心が折れてしまっただけ。あのまま干されながらも、下積みを重ねていれば、再起の可能性はあったのかもしれない。だが、すべては今更だ。

「見送りは結構ですよ。あの馬鹿どもが下で騒いでいるかもしれませんから。では失敬」と軽く会釈をして、竹林が社長室を出ていく。

フロアから人の気配が消えて、琴美はホッと息をついた。

「自分がやったことが本当にわかってるのかなぁ〜。あのなぎさって子は……」

いつの間にか琴美の隣にいた秀樹は、不満そうな口振りだ。彼もプライバシーを侵害された上に、会社の実務にも支障が出たのだから、腹立たしい気持ちはあるのだろう。それでも、今日は琴美のために抑えてくれていたのだ。

「大丈夫。わかってると思いますよ」

わかっているからこその、あの涙なのだと琴美は思う。頭でわかっていても、心がついていかないことはよくある。心が納得するためには時間が必要なのだ。

「時間を置いてかすみちゃんに連絡してみます。きっとかすみちゃんがフォロー入れてくれると思うんです。面倒見いいから。――いつかＲｅ＝Ｍのみんなとまたカラオケしたいな」

（なぎさちゃんも一緒に！）

琴美が微笑んでみせると、秀樹は少々複雑そうな顔を見せた。

「ものすごく今更なんだけど――」

歯切れの悪い口振りの秀樹は、なぎさや竹林に対峙していたときとは大違いだ。

「どうしました？」

キョトンと目を瞬かせながら、小首を傾げると彼は軽く咳払いをした。

「――本当に断ってよかったの？　その……ソロデビューの話。いや、琴美が以前、再デビューしないって言ってたのは覚えてるよ。でも今回は原田はノータッチっていうことだし……前と状況が違うから琴美が再デビューしたいなら、俺は全力で応援するし！」

（秀樹さん……わたしのこと、いっぱい考えてくれてるんだなぁ……）

彼のその気持ちが嬉しい。

一度はなぎさや、かすみたちと同じくアイドルを夢見た。でも、自分だけがふるい落とされて地に落ちた。けれども、今の場所でも歌は歌える。聞いてくれる人もいる。そしてなにより、琴美自身がその人を愛しているのだ。だから――

「わたしの決意は変わりません。再デビューはしない……今の仕事も好きですし、なにより秀樹さんとずっと一緒にいたいんです。それに、平井琴美は、秀樹さんだけのアイドルなんでしょう？」

「わたしはあなただけのアイドル」なんて、自分で言っていてなんだが、非常に気恥ずかしい。

はにかみながら琴美が笑うと、秀樹は両手で顔を覆って上を向く。首元まで真っ赤だ。

「〜〜〜っ！」

なにやら悶絶《もんぜつ》している彼が可愛らしく見えてクスクスと笑ってしまう。すると、バッと手を下ろした秀樹は、目にもとまらぬ速さで社長用の机に向かい、その引き出しを開けて再び琴美のところに戻ってきた。

「平井琴美さん！　俺の一生の願いです。絶対に幸せにします！　だからこれにサインしてください！」

差し出されたのは婚姻届。

そういえば、秘書の面接に来たときも婚姻届を持って迫ってきたっけ。今の状況と以前のことを思い出して、おもわず噴き出しそうになるのを懸命にこらえた。笑っちゃいけない、自分は今プロポーズされているんだから。

「もぉ〜秀樹さんったら！」

この人と一緒にいたら、ずっと笑っていられる気がする。

琴美は面接を受けたときと同じく応接ソファに座ると、ジャケットの胸ポケットからボールペンを出して、今度は躊躇いなく〝平井琴美〟とサインをした。

「はい！　書きました！」

婚姻届を秀樹に返すと、今度は二枚目の書類も差し出される。こちらも同じく婚姻届だ。

「えっ？　書き損じ用ですか？」

そう尋ねる琴美に、秀樹は満面の笑みを見せてきた。

「いえ！　提出用と、観賞用と、保管用との三枚お願いします！」

（くく……わ、笑っちゃダメ、笑っちゃ……でも、三枚って、婚姻届の観賞用と保管用って……）

気持ちのいいほどに言い切った秀樹が、面白くって、おかしくって、笑うまいとこらえているのに、肩が小さく揺れて涙まで出てくる。

きっと、寝室のあのコレクションケースに飾る気でいるに違いない。婚姻届をコレクションケースに飾るシュールな光景が目に浮かぶようじゃないか。

「だってファンなんです！　手元に置きたいと思うのは当然でしょう!?」

トドメを刺された琴美は、ついにおもいっきり噴《ふ》き出してしまった。

あとがき

ヒロインが引退したアイドルで、ヒーローが彼女にガチ恋したアイドルヲタだったら――そんな設定で書きました本作です。

『推し婚　婚姻届は、提出用、観賞用、保管用の3枚でお願いします！』をお手に取っていただきありがとうございます。

私の書くヒーローは皆それぞれにヒロインに一途ですが、今回の彼は私もドン引きするほど一途です（笑）

ヒロインが自分の会社に面接に来ることが決まってすぐに、婚姻届を取りに行っている姿を想像すると、彼の存在自体がコメディだと思わずにはいられません。絶対、走ってます。

表紙イラストを担当してくださいましたのは、八千代ハル先生です。どうですか、このキリッとしたイケメンが、ドルヲタでございます。ガチ恋勢でございます。手に持つうちわは手作りです。彼の内側からにじみ出るドルヲタ魂を、素晴らしいイケメン顔に落とし込んでくださった八千代先生、本当にありがとうございました。このギャップが最高にたまりません。ヒロインが完全に動揺して、可愛らしい「はわわ顔」になってしまうのも致し方ないでしょう。とっても可愛いです。

ヒロインの芸名には、夢に向かって羽ばたけるよう「ことり」と名づけました。結果的に彼女のアイドルになりたいという夢は叶いませんでしたが、夢はひとつでなくてもいいし、叶えるだけの存在ではないと私は思うのです。確かに叶えられたほうが、達成感もあるし嬉しいと思いますけれど、たとえ夢破れても、そこに至るまでの経緯を見ていてくれた人がいる、培った経験が未来の自分を支えてくれたりする――トゥルーエンドは他にもあるよ！　そんなことも表現したかった本作です。

最後になりましたが、担当氏をはじめ、本作に関わって下さった皆様、今回もありがとうございました。

そして本作を通して、読者の皆様とご縁をいただけましたことを深く感謝いたします。またお目にかかれる時を夢見ております。

ルネッタ🄻ブックス

オトナの恋がしたくなる♥

朝まで眠れなくても
文句は言えないよ？

隠れ肉食系な彼の正体は御曹司⁉

ISBN978-4-596-41433-5　定価1200円＋税

溺愛プロポーズ

極上御曹司は一途なストーカー⁉

MARI ASAMI

浅見茉莉

カバーイラスト／逆月酒乱

転職のため面接を受けた杏奈。そこで出会ったのは、旅先で偶然キスした男性、達彦だった。就職して上司と部下となり改めて彼から告白されるが、達彦が実は御曹司と知り杏奈は素直になれない。彼にそっと触れられると敏感な肌が反応し、逞しいもので擦られれば甘い喘ぎが洩れるけれど――。だが、仕事が忙しいという達彦に女性の影がチラつき始めて……⁉

ルネッタⓁブックス

推し婚

婚姻届は、提出用、観賞用、保管用の３枚でお願いします！

2021年10月25日　第１刷発行 定価はカバーに表示してあります

著　者　槇原まき　©MAKI MAKIHARA 2021
発行人　鈴木幸辰
発行所　株式会社ハーパーコリンズ・ジャパン
東京都千代田区大手町 1-5-1
03-6269-2883（営業部）
0570-008091　（読者サービス係）
印刷・製本　中央精版印刷株式会社

Printed in Japan ©K.K.HarperCollins Japan 2021
ISBN978-4-596-01622-5